길 위의 인생

한영택 수필집

시음사
시사랑음악사랑

삶 속의 향기를 오롯이 담아낸
한영택 작가의 진솔한 이야기

수필은 교술을 최소화하고 형상화에 치중해야 한다. 글 속에 작가 자신의 삶과 자양분인 인생철학을 보여주는 문학이 수필이기 때문이다. 수필은 작가의 자전(自傳) 성격이 담긴 문학이기도 하다. 한영택 작가님의 첫 수필집『길 위의 인생』은 한영택 작가님의 삶 속 일상을 꾸밈없이 솔직담백하게 담아냈다. 한영택 작가님의 수필집『길 위의 인생』에서 작가의 삶 속 일상을 엿볼 수 있다. 한영택 작가님의 첫 수필집『길 위의 인생』은 작가의 일상을 속속히 열어 보인 글 속에 담긴 진솔하고도 담백한 이야기가 작품마다 짜임새가 있고, 작가가 말하고자 하는 내용이 우리 주변의 이야기처럼 명확히 다가와 편안히 안착한다.

수필이란 시, 소설, 희곡과 같은 운율 구성 분야가 아니라 자유로이 쓸 수 있는 문학 분야이기에 한영택 작가님의 수필은 직접 겪은 일상들을 현실에 바탕을 두었다. 그러기에 누구나 공감하며 부담 없이 읽을 수 있는 삶의 진솔한 이야기 그 자체다. 수필집『길 위의 인생』은 설정, 소재, 서두, 본론, 결말 등이 자연스럽게 드러나 화자(話者)가 전하려는 이야기가 향기가 되어 은은하게 풍긴다.

한영택 작가님은 시인으로 첫 시집『피는 꽃 아름답고 지는 잎은 고와라』를 선보여 이미 독자의 사랑을 받으셨다. 지금은 중견 시인으로 활동하고 계시는 분이시다.

　이번에 첫 수필집『길 위의 인생』을 선보이며 다시 독자들 곁으로 다가오셨다. 작가의 생각, 감정, 인생관 등을 모두 용해하여 독자의 마음을 끌어내기에 충분한 작품들이 이번 수필집의 특징이라 할 수 있다. 한영택 작가님의 수필집『길 위의 인생』에는 작가의 인생관이 고스란히 표출되어 있다. 그리고 수필 내용이 교잡하지 않고 난해하지 않아 공감 가는 일상의 이야기로 구성되어 있어 누구에게나 편안하고 부담감 없이 읽히리라 여겨진다.

　한영택 작가님의 첫 수필집『길 위의 인생』은 작가의 삶 속 경험적 시각(視角)으로 바라본 우리 주변의 살아가는 이야기를 솔직담백하게 담아낸 자전적(自傳的) 성격을 띠는 수필집이다. "삶 속의 향기를 오롯이 담아낸 한영택 작가의 진솔한 이야기"를 담은 한영택 작가님의 첫 수필집이 독자(讀者)께서노 동화(同化)되리라 여겨진다. 한영택 작가님의 첫 수필집『길 위의 인생』상재(上梓)를 한영택 시인, 수필가를 사랑하는 독자의 한 사람으로서 기쁜 마음으로 축하하며 한영택 작가님의 첫 수필집『길 위의 인생』을 독자들께 추천해 드린다.

(사)창작문학예술인협의회 이사장 주응규

작가의 말

　계절이 바뀌듯, 인생 또한 바람 따라, 세월 따라 끊임없이 변해갑니다. 알 수 없는 내일을 향해 우리는 오늘도 삶의 현장에서 묵묵히 걸어갑니다. 그 길이 빠르든 느리든, 지나고 나면 모두 추억이 되고, 그리움이 되겠지요.

　어느 날은 산을 오르며 자연의 침묵 속에서 나 자신과 마주했고, 또 어떤 날은 마라톤 코스 위에서 한계를 뛰어넘는 자신을 만났습니다. 때로는 택시 운전석에 앉아 도시의 밤과 사람들의 이야기를 실으며, 삶의 다양한 얼굴을 마주했습니다.

　산의 고요함이 일러준 겸손함, 마라톤이 남긴 숨 가쁜 도전의 흔적, 낯선 승객들과의 짧은 대화에서 피어난 묘한 여운, 그리고 함께 걷던 이들과 나눈 따뜻한 순간들. 짧은 만남 속에서도 사람을 배우고, 인생을 배웠습니다. 그 단상들을 작은 기록으로 남겼습니다.

　길 위에서 만난 풍경과 사람들, 그 속에서 스스로 깨달은 삶의 조각들. 이 글들이 누군가에게는 낯선 이야기일 수도 있고, 또 다른 이에게는 익숙한 공감일 수도 있을 것입니다. 바람의 계절을 지나며, 사람의 온기를 통해 느낀 감정만큼은 분명 독자의 마음에 닿을 수 있으리라 믿습니다.

 잠시나마 이 글을 통해 자신을 돌아보고, 삶 속에서 간직했던 따뜻한 순간들을 떠올리며 미소 지을 수 있었으면 좋겠습니다. 그리고 오늘도 자신만의 속도로, 자신만의 길을 걸어가는 모든 이들에게 이 작은 책이 조용한 위로와 응원이 되기를 소망합니다.

2026년 3월 20일

작가 **한영택**

1. 산은 아무 말 없이 말한다
- 자연 속에서 삶을 배우다

2. 마라톤, 삶을 닮은 레이스
- 나를 이기는 길 위의 시간들

3. 택시, 길 위에서 마주한 인생
- 도심 속, 사람과 삶을 싣고

4. 함께 걷는 길, 함께 남는 시간
- 추억이 되는 순간들

1. 산은 아무 말 없이 말한다

– 자연 속에서 삶을 배우다

풋풋한 젊은 시절의 산행은 어울리는 즐거움, 웃음과 수다, 낭만 그 자체였다. 세월이 흐르고 삶의 주름이 깊어질수록 산은 새로운 의미로 다가왔다. 심신의 건강이 얼마나 소중한지, 자연과 함께하는 삶이 그 건강의 바탕이 된다는 사실을 깨달았다.

등산을 운동이나 취미로 즐기기도 하지만, 누군가와 함께 걷는 산길은 삶의 은유처럼 다가온다. "산은 아무 말 없이 받아주고, 또 아무 말 없이 돌려보낸다." 치유를 얻는 이도, 도전을 택한 이도, 사색에 잠기는 이도, 산은 각자의 마음을 조용히 품어준다.

그 바탕에는 자연을 통해 자신을 마주하고, 삶의 본질을 되돌아보려는 깊은 욕구가 있다. 도시의 소음, 인간관계의 피로, 일상의 스트레스에서 벗어나 숲과 바람, 물보라 속에서 마음을 다독이고 고요와 평온을 찾고 싶은 것인지도 모른다.

숲길을 걷다 보면 계절의 변화, 바람의 결, 나무의 향기, 돌의 온기. 그런 사소한 것들이 감동으로 다가온다. "산은 말하지 않지만, 모든 것을 말하고 있다." 그 침묵 속에 인간도 자연의 일부라는 겸허함을 배우고 좀 더 나은 사람이 되는 것이다.

 1. 산은 아무 말 없이 말한다

호남의 소금강, 대둔산을 오르다

간밤에 살짝 비가 내려서일까. 아침 공기는 유난히 맑고 상쾌하다. 하늘은 투명하게 열리고, 몸과 마음은 산뜻하게 들뜬다. 걷는 발걸음마다 힘이 절로 솟는다. 평소에도 많은 이들이 찾는 대둔산이지만, 요즘은 코로나19로 인해 한결 조용하다. 게다가 평일이라 그런지, 오늘은 마치 산 전체를 우리 일행이 전세 낸 듯하다.

푸른 숲과 파란 하늘, 깨끗한 공기에 흠뻑 취하고 싶다. 하늘엔 구름이 둥둥 떠 있고, 초록빛으로 물들어 가는 능선은 눈부시게 아름답다. 바위 위에 앉아 친구들과 김밥 한 조각을 나누고, 막걸리 한 잔을 들이키는 순간. 그만하면 족하다. 참으로 기분 좋은 하루다.

대둔산은 몇 번이고 다시 찾고 싶은 매력을 가진 산이다. 나도 아주 오래전 한 번 다녀온 기억이 있는데, 다시 오르니 또 새롭다. 전북 완주군을 중심으로 충남 금산과 논산 벌곡면에 걸쳐 있는 대둔산은 1977년 도립공원으로 지정되었고, 1983년에는 국민관광지로 선정되었다. 정상 마천대(878m)를 중

심으로 사방으로 뻗은 능선은 웅장하고, 기암괴석이 병풍처럼
펼쳐져 절경을 이룬다. 동북쪽으로 유등천, 북쪽으로 갑천, 서
쪽으로 논산천 등 금강의 지류가 흐르고, 봄이면 신록, 여름엔
짙은 녹음, 가을은 단풍, 겨울은 설경이 장관을 이루어 사시사
철 사랑받는 산이다.

주차장에서 300m 정도 오르면 '맛집촌'이 있고, 이어 대둔
산호텔이 자리하고 있다. 이곳 온천은 지하 620m 심부 암반
에서 솟는 유황온천수로, 1989년 발견되어 1992년 온천지구
로 지정되었다. 호텔을 지나면 곧 케이블카 승강장이 나온다.
우리는 편의를 위해 케이블카를 타고 올라, 느새골 코스와 용
문골 코스를 병행하기로 했다. 케이블카는 길이 927m, 경사
도 28°로, 5분 남짓이면 상부 휴게소에 닿는다. 거기서 본격
적인 산행이 시작된다.

초입을 조금 오르자 금강구름다리가 모습을 드러낸다. 높이
81m, 길이 50m, 폭 1m로 철재로 재가설된 이 다리는 출렁
출렁 흔들리는 재미가 있다. 이어 삼선바위로 오르는 삼선계
단과 삼선구름다리를 지나야 한다. 127개의 계단을 조심조심
오르자니, 고소공포증이 있는 친구 한 명은 진땀을 빼며 천천
히 올라온다. 삼선바위에는 고려 말, 나라가 망하는 것을 안타
까워한 한 재상이 세 딸과 이곳으로 숨어 들어와 은거했다는
전설이 있다. 세 딸은 선인이 되어 바위가 되었고, 지금도 그
형상이 남아 있다 한다.

마침내 마천대에 오르니, 대둔산의 절경이 한눈에 펼쳐진다.
정상에는 승전탑이 우뚝 서 있다. 이는 1950년부터 1955년까
지 대둔산 일대에서 벌어진 빨치산 및 북괴군 토벌 작전 중 순

　　1. 산은 아무 말 없이 말한다

국한 경찰, 국군, 청년단원 1,376명의 넋을 기리는 기념비다.

　하산은 동북 능선의 용문골 코스를 택했다. 장군봉과 칠성봉 전망대를 지나, 바위 능선 위에 앉아 먹는 김밥과 막걸리는 그동안 쌓였던 답답함을 시원하게 씻어준다. 암봉 위에서 날개짓을 흉내 내며 포즈를 취하자, 친구들은 웃으며 "엉덩이가 섹시하다"고 놀린다. 웃음이 절로 피어난다.

　계단을 내려오자 칠성봉전망대가 나오고, 잠시 옆길로 올라가면 용문굴이 있다. 당나라 정관 12년, 선도대사가 이곳에서 수도하던 중, 용이 하늘로 승천했다는 전설이 전해진다. 이 문을 통과하면 새로운 세계가 열린다 하여 '용문'이라 불렸다. 동학농민혁명 당시에는 수천 명의 농민군이 깃발을 펄럭이며 저항하던 골짜기였다.

　신선암을 지나면, 용의 입을 닮은 형상의 신선바위가 있다. 이곳은 동학군이 우금치 전투에서 패한 뒤 은신하던 천혜의 요새였다. 높은 고지임에도 샘물이 마르지 않는 신비한 바위다. 다시 길을 따라 걷다 보니 동학농민혁명 대둔산 항쟁 전적비가 나타나고, 곧 용문골 입구에 다다른다. 여기서 주차장까지는 15분 거리다.

　시간은 어느덧 오후 4시. 발길을 재촉해 인근의 태고사로 향했다. 대둔산 마천대 능선에 자리한 이 사찰은 신라 신문왕 때 원효대사가 창건했다. 한때 대웅전만 해도 72칸에 이르렀고, 인도산 향근목으로 만든 불상을 봉안하고 있었으나, 6·25 전쟁 중 소실되었다. 현재는 복원된 대웅전과 무량수전, 관음전 등이 조용히 산사 분위기를 지키고 있다.

　사찰 뒤편 낙조대에 오르면, 대둔산의 능선이 한눈에 들어온다. 능선 너머로 우뚝 솟은 커다란 남근석이 눈에 들어온다. 어쩌면 그 기운 덕에 이곳이 금강산 마하연사와 나란히 서산대사의 법손, 진묵대사가 수도하고 입적한 성지로 자리매김한 것은 아닐까. 우암 송시열이 이곳에서 도를 닦으며 남긴 석문도 절벽에 또렷이 남아 있다.

　해는 서쪽으로 기울고, 긴 하루의 여운이 발걸음을 감싼다. 어둠이 깔리기 전, 우리는 다시 일상으로 돌아갈 채비를 한다.

2020년 6월 1일

가을, 천황산 억새 길에서

　깊어 가는 가을, 친구들과 함께 멋진 추억 하나쯤 남기고 싶은 마음뿐이었다. 오늘은 또 무엇을 얻고, 무엇을 버릴 것인가. 산 하나를 오르며 나는 늘 삶을 돌아보게 된다. 고개를 숙여 땅을 바라보다가, 이내 하늘을 올려다본다. 눈앞에 펼쳐지는 자연의 풍경은, 한 걸음 한 걸음 내디딜 때마다 삶의 고통을 잠시나마 잊게 하고, 해탈에 가까운 평안을 안겨준다.

　가파른 오름길. 힘들고 고된 여정. 그러나 어쩌면 이처럼 포기하지 않고 끝까지 걷는 것이, 삶의 원동력이 되는지도 모르겠다. 그렇게 걸으며 생각하고, 필요 없는 것을 비워낸 후엔 몸과 마음이 한결 가벼워질 것이다.

　남쪽 지방의 단풍은 10월 하순이면 절정에 이르지만, 고산지대는 더 빠르다. 단풍과 억새가 동시에 무르익는 지금이야말로 산행의 절정기다. 우리는 영남알프스의 명봉, 천황산으로 향했다.

　평일 아침이라 한가할 줄 알았건만, 밀양 얼음골에 도착하니

도로 옆에 차량이 길게 주차되어 있다. 케이블카 승강장엔 이미 많은 사람들이 북적이고 있었고, 표를 끊기 위해 한참 줄을 서야 했다. 얼음골 케이블카는 상부 승강장까지 1.8km를 10분 만에 오른다. 초속 4m로 운행되는 박스형 궤도차량 두 대가 20분 간격으로 사람들을 실어 나른다. 정상까지 짧은 시간에 오를 수 있어, 이 고산도 더 이상 힘들기만 한 곳은 아니다.

해발 1,020m의 상부 승강장을 내려서면 천황산 정상까지는 불과 1km, 재약산 정상까지는 2.8km다. 우리는 재약산까지 다녀오기로 계획했다. 천황봉으로 오르는 길, 길옆 전망대에 서자 영남알프스 서편의 웅장한 산세가 한눈에 들어온다.

날씨는 맑고 바람은 차가웠지만, 햇살이 따뜻해 체온은 오히려 편안했다. 길을 걷다 보니 먼저 재약산의 암봉이 눈에 들어왔다. 천황봉은 능선에 가려 있다가 한참을 지나서야 모습을 드러낸다. 하늘정원 길을 지나며 억새밭을 스쳤다. 억새는 이미 흰 수염이 날리고 있었고, 제법 많이 떨어져 있었다. 절정은 지났지만 여전히 운치가 있다. 천황산 정상에 서자 바로 앞의 재약산은 물론, 간월산, 신불산, 영축산, 백운산, 가지산, 운문산 등 영남알프스 9봉이 파노라마처럼 펼쳐졌다. 기쁨이 두 배, 만족도 두 배다.

천황봉에서 재약산으로 향하는 길, 친구들이 배가 고프다고 한다. 우리는 천황재 내리막길 옆 억새숲에 자리를 잡고 점심을 먹었다. 식사를 마치고 출발하려 하자, 철재와 정구는 그대로 쉬고 싶다고 한다. 결국 나와 상석이 재호 셋이 재약산 정상을 향해 나섰다.

정상 오르기 전, 억새가 무성한 구간이 펼쳐졌다. 바람에 흔들리는 억새는 금빛 파도처럼 아름다웠고, 우리는 몇 번이나 발길을 멈춰 기념사진을 남겼다. 나는 먼저 정상을 향해 걸었고, 뒤따라 친구 둘도 올랐다. 재약산 정상은 기암괴석들이 아담하게 자리 잡은, 정갈한 곳이었다. 이곳에서 바라본 사자평 억새군락지는 국내 최대 고산습지로, 무려 18만 평에 달한다. '하늘 아래 첫 학교'라 불린 고사리분교가 이곳에 있었다던데, 직접 가보지 못한 것이 아쉬웠다.

사자평을 지나 표충사로 하산하고 싶었지만, 교통편 문제로 왔던 길로 다시 돌아가야 했다. 천황재 간이테이블이 있는 곳에서 잠시 쉬며 능선을 따라 길게 뻗은 억새의 마지막 풍경을 눈에 담았다. 억새는 점점 흩어지고 있었다. 마치 인생처럼. 이때 문득 떠오른 단상을 시 한 편으로 남긴다.

억새 / 한영택

바람이 분다
하얀 깃털 같은 억새가 바람에 몸을 맡긴다

하나둘 떨어져 어디론가 흩어져 사라진다
그렇게 조금씩, 조용히 사라져 간다

때가 되면 결국 모두가 사라지겠지
우리의 인생도

저 억새처럼 바람을 따라
어디론가 흩어져 가는 것일 테니.

　천황봉에 다시 도착했을 때, 기다리던 친구들은 꽤 오랜 시간을 보내고 있었다. 조금은 미안했지만, 모두가 자신의 속도로 산을 오르는 것도 하나의 지혜다. 나이가 들수록 무리하지 않는 우정이 더욱 소중하게 느껴진다.

　하산 후 우리는 표충사로 향했다. 가는 길가에는 사과밭이 즐비했고, 밀양 부사는 이제 막 서리를 맞을 준비를 하고 있었다. 서쪽 하늘로 해가 기울어가는 시간, 우리는 여전히 문이 열려 있는 표충사에 들어섰다. 예전보다 유명세는 덜하지만 이 사찰은 여전히 산의 정기를 품은 채 당당하고 품위 있게 자리를 지키고 있었다.

　벽에 걸린 사진 작품들이 내 발길을 붙들고는 조용히 속삭였다. "저물어 가는 인생길, 멋스럽게, 품위 있게 걸어가라…" 그렇게 또 하나의 계절과 이별하고 있다.

2020년 10월 23일

　1. 산은 아무 말 없이 말한다

가야산 만물상능선을 오르다

왠지 모르게 좋은 예감이 드는 아침이었다. 하늘은 맑고 투명했으며 공기 또한 유난히 깨끗했다. 전날 밤, 해인사 IC에서 가까운 야로면 매촌리의 작은 모텔에서 하룻밤을 보낸 뒤였다. 난이도 상급의 만물상능선을 따라 가야산을 종주할 예정이라 평소보다 일찍 잠자리에서 일어났다. 간단히 아침을 먹고 백운동 주차장에 도착하니 시계는 오전 8시를 가리키고 있었다.

11월의 산은 이미 겨울을 준비하고 있었다. 산 위에는 낙엽이 졌고, 산 아래 단풍은 마지막 빛을 태우듯 고운 자태를 남기고 있었다. 탐방지원센터를 지나며 아가씨 두 명과 서로 인사를 건넸다. 내딛는 첫 발걸음이 유난히 가벼웠다.

오늘의 동행은 김상화 작가님이다. 먼 길을 오느라 컨디션이 썩 좋아 보이지는 않았다. 해인사에서 오르는 길이 한결 수월하다는 말도 있었지만, 가야산의 진면목은 만물상능선에 있다는 생각에 결국 힘든 이 길을 택했다. 백운동에서 옹기골과 만물상으로 갈리는 갈림길에서 우리는 망설임 없이 만물상 쪽으로 방향을 잡았다.

오솔길을 지나 가파른 비탈이 시작되자 산은 서서히 본색을 드러냈다. 좌측 멀리 심원사의 고요한 풍경이 스쳐 지나가고, 능선 위로는 암봉들이 하나둘 모습을 드러냈다. 사자바위에서 뻗어 내린 아침 햇살이 바위 벽면을 어루만지며 그리움릿지의 희끗한 윤곽을 밝혀준다. 마치 오랜 침묵을 깨고 무대에 오르는 배우들처럼. 바위산의 서막이 열리는 순간이었다.

능선에 올라서자 촛대바위봉이 우뚝 서 있고, 멀리 가야산 정상부가 첫선을 보였다. 979m봉에서 촛대바위봉, 1,096m봉과 상아덤으로 이어지는 만물상의 주요 암봉들이 한눈에 들어왔다. 단풍의 화려함은 이미 자취를 감췄지만, 앙상해진 능선 위 바위들은 오히려 산의 골격을 더욱 또렷이 드러내고 있었다. 풍경이 아까워 발걸음은 자주 멈췄다. 그 순간 가장 선명하게 남는 것은 몸에 스며드는 공기와 심장의 박동이었다. 이 각도, 저 빛, 이 순간을 놓치고 싶지 않아 휴대폰을 꺼내 들기를 반복했다. 바위와 바위 사이로 떠 있는 조각구름과 깊고 투명한 가을 하늘은 그 자체로 한 폭의 그림이었다.

979m봉에 올라 촛대바위를 올려다본다. 활활 타오르던 단풍이 남아 있었다면, 하얀 촛대바위에는 촛농처럼 붉은 빛이 흘러내렸을지도 모를 일이다. 촛대바위봉에 서니 가야산 정상부가 시원하게 펼쳐지며 가슴이 탁 트인다. 『택리지』의 저자 이중환이 극찬했다는 가야산 암릉미의 정수, 칠불봉의 암봉들이 위용을 드러내고 있었다.

　연꽃을 닮은 1,096m봉에 오르자 이제까지 보아온 만물상능선의 후면이 아니라 전면이 펼쳐졌다. 부처의 형상, 동물의 모양, 능선 아래로 삼라만상의 군상이 즐비하다. 깎아지른 암벽과 기묘한 바위들은 사람의 상상력을 가볍게 넘어선다. 두 발로 오르지 않고서는 결코 알 수 없는 풍경이었다.

　상아능선에서 조금 비켜선 전망대에 서니 만물상이 더욱 크고 막힘없이 다가왔다. 마침내 상아덤에 닿았을 때는, 시간보다 풍경에 붙들린 하루였음을 실감했다. 김 작가님의 걸음은 느렸고, 나는 앞서가며 기록을 남기느라 바빴다. 서성재에서 잠시 숨을 고른 뒤, 점심은 정상에서 하기로 했다.

　칠불봉과 상황봉을 향한 마지막 오르막은 쉽지 않았다. 가파른 계단을 오를수록 다리에 힘이 빠지고 숨이 차오를 즈음, 이미 정상을 다녀온 산행객들이 내려오고 있었다. 초입에서 보았던 아가씨 두 명도 마주치며 씽긋 웃는다. 짧은 인사 속에 산에서만 나눌 수 있는 동질감이 스쳤다. 계단 주변의 고사목들은 묵묵히 가야산의 시간을 말해주는 듯했다.

　마침내 칠불봉(1,433m) 정상에 올랐다. 푸른 하늘에 조각구름이 떠 있는 풍경 앞에서 한참을 서 있었다. 잠시 후 도착한 김 작가님과 함께 사진을 남기고, 다시 상황봉(1,430m)으로 향했다. 정상부에는 사람들의 웃음소리와 셔터 소리가 뒤섞여 있었고, 까마귀 몇 마리가 상공을 맴돌며 무언가를 찾는 듯 날고 있었다. 상황봉 아래 봉천대 앞에서 김 작가님과 마주 앉아 충분한 휴식을 취했다. 산 아래로 이어지는 능선의 부드러운 곡선이 그림처럼 펼쳐진다.

내려가야 할 시간이다. 하산은 토산골로 방향을 잡아 해인사로 향했다. 암봉이 거의 없는 길은 비교적 수월했다. 낙엽이 깔린 길을 밟을 때마다 바스락거리는 소리가 이어지고, 길가의 대나무들이 조용히 배웅한다. 한참을 걷다 보니 해인사의 지붕이 시야에 들어왔다. 비로소 산행의 끝이 다가왔음을 실감했다.

만물상능선을 따라 걷는 동안, 갖가지 형상의 군상과 오색 단풍으로 물든 산 아래 풍경이 오감에 남았다. 그렇게 몸 안에 고요히 스며든 가야산의 기운은 잠자고 있던 나의 산행 의욕을 다시 깨웠다. 산은 늘 그 자리에 있었고, 변한 것은 오히려 나였다.

2020년 11월 7일

　1. 산은 아무 말 없이 말한다

덕유산 설천봉의 눈꽃

겨울에 피는 꽃이 있다. 따뜻한 남쪽엔 동백이 피고, 한란이 향기를 더하겠지만, 이 꽃은 혹한에만 피어난다. 기온이 조금만 올라가도 금세 스러지는 이 꽃은, 바람과 눈이 만든 순백의 상고대, 인간이 흉내 낼 수 없는 자연의 예술이다.

상고대를 보기 위해 덕유산을 찾는다. 전북 무주군 설천면에 위치한 덕유산(1,614m)은 우리나라에서 네 번째로 높은 산으로, 한겨울 눈이 내리면 4월까지 녹지 않는다. 특히 설천봉에서 향적봉까지 이어지는 600m 구간은, 가장 춥고 맑은 날에만 볼 수 있는 눈꽃과 상고대의 향연이 펼쳐진다.

2021년 1월 13일 아침 8시 30분, 대구에서 출발해 약 두 시간 만에 설천면 스키장에 도착했다. 평일임에도 많은 인파가 곤돌라를 타기 위해 줄을 섰고, 우리 일행도 한 시간 뒤에야 탑승할 수 있었다. 곤돌라로 20분, 해발 1,520m 설천봉에 오르니, 눈앞에 펼쳐진 설경은 그야말로 다른 세상이었다.

순백의 눈꽃을 뒤집어쓴 주목 군락, 하얗게 얼어붙은 팔각

정 상제루, 구상나무가 만든 눈꽃 터널… 모든 풍경이 고요하고도 찬란했다. 향적봉으로 향하는 길목마다 포토존이 형성되어, 누구나 멈춰 감탄하고, 사진을 찍는다. 어젯밤 내린 눈이 맑은 아침 햇살에 반사되어, 상고대는 그야말로 눈부신 하얀 빛을 뿜어낸다.

향적봉 정상에 오르자 사방으로 펼쳐진 설원이 파노라마처럼 시야를 감싼다. 인증사진을 남기고, 우리는 중봉 방향으로 더 나아갔다. 겨울 바람은 매서웠지만, 중봉까지의 능선길은 크게 힘들이지 않고 걸을 수 있었다. 덕유평전에는 눈꽃에 덮인 조릿대와 봄을 기다리는 철쭉이 조용히 겨울을 견디고 있었다.

되돌아오는 길, 소나무 아래 눈으로 덮인 공간에 자리를 잡고 점심을 먹었다. 지나가던 이들이 풍경이 좋다며 사진을 찍어준다. 그 순간, 이곳이 자연이 마련한 특별한 쉼터임을 깨달았다.

오후 3시, 다시 곤돌라를 타고 하산했다. 짧지만 찬란했던 겨울 하루, '코로나19'로 지친 일상에 잠시나마 위로가 되는 시간이었다. 겨울이 지나면 봄은 오고, 꽃도 핀다. 그리고 언젠가, 혹한 속에 피었던 눈꽃이 그리워질 것이다.

2021년 1월 13일

보물섬 남해 금산에 가다

남해 금산. 비단으로 두른 듯한 산세에 봄이 완연하다. 일부 지역은 삼일절 연휴에 늦은 폭설로 불편을 겪었다지만, 남해는 촉촉한 빗물 덕에 초목이 생기를 머금고 목련꽃이 활짝 피었다. 오랜만에 마시는 바깥공기에 모두가 절로 웃음 짓는다.

대부분의 탐방객은 북곡탐방지원센터에서 상부주차장까지 차량으로 이동한 뒤 보리암까지 오른다. 하지만 우리는 금산 본래의 산길을 느끼고자 상주해수욕장 방면의 금산탐방지원센터에서 도보로 오르기를 택했다. 걸어서 약 한 시간 이십 분, 바위 능선을 따라 솟아오른 기암괴석들이 마치 스페인의 몬세라토를 떠올리게 했다. 금산에는 모두 38개의 명소가 있다고 한다. 과연, 명불허전이다.

조금 오르니 자연관찰로가 나타난다. 이곳은 숲길을 따라 나무와 꽃, 새들을 관찰하며 자연의 소중함을 체험하는 길이라지만, 오늘의 목적지는 보리암이기에 발길을 돌렸다. 40여 분을 더 올라가니, 해골처럼 구멍이 두 개 뚫린 바위가 나타났다. 금산의 첫 관문인 쌍홍문이다. 그 앞에는 검을 짚고 선 장군 형상의 장군봉이, 좌측에는 재석봉이, 우측에는 보리암으로 이어지는 돌계단 굴이 있다. 바위를 통과하는 길은 여름철이면 제법 시원할 것 같다.

해발 681m 절벽 위에 위치한 보리암은 신라 신문왕 3년, 원효대사가 초당을 짓고 수도하던 곳이다. 그때는 산을 보광산, 절을 보광사라 불렀으나, 조선시대 이성계가 백일기도 끝에 조선왕조를 개국하면서 원당으로 삼았고, 이후 '소원을 이뤄주는 절'이라 하여 보리암이라 불리게 되었다. 현재는 강화도 보문사, 낙산사 홍련암과 더불어 우리나라 3대 기도처로 꼽힌다.

보리암 뒤편, 웅장한 대장봉을 향해 고개를 숙인 형상의 바위가 있다. 형리바위라 불리는 이 바위 아래엔 해수관음상이 세워져 있고, 경남유형문화재 제74호인 삼층석탑이 있다. 해수관음상이 있는 자리는 명당으로, 소원을 빌면 하나는 꼭 이루어진다는 전설 덕에 많은 이들이 정성껏 기도하고 간다. '코로나19'로부터 자유롭지 못한 오늘날, 사람들의 소망은 과연 무엇일까. 잠시 보리암에서 내려와 단군성전으로 향했다. 이곳은 우리 겨레의 시조 단군을 모신 성역으로, 김연섭 선생이 1995년에 재건했다고 한다. 성전에는 환인 하느님, 환웅천왕, 단군왕검의 신위가 모셔져 있다. 민족의 뿌리를 기리는 의미가 있다지만, 내겐 겉모습으로는 큰 인상을 주지 못했다. 곧장 상사암으로 향했다.

이곳은 금산 최고의 조망지다. 보리암이 일출과 일몰로 유명하다면, 상사암은 사방을 한눈에 담을 수 있는 곳이다. 미

    1. 산은 아무 말 없이 말한다

세먼지 탓에 시야가 흐렸지만, 보리암을 잇는 능선과 점점이 떠 있는 다도해, 은빛 모래가 부서지는 상주해수욕장이 그림처럼 펼쳐졌다. 상사암에는 슬픈 전설도 서려 있다. 선조 봉강 조경기록에 따르면, 이곳에서 아래를 굽어보면 땅이 보이지 않아 '사신암'이라 불렀고, 속세를 끊고자 하는 상사자가 오르는 것을 금했다 하여 '상사암'이란 이름이 붙었다. 한편으로는, 사랑에 빠져 상사병에 걸린 남자가 여인과 바위에서 사랑을 맺었다거나, 머슴이 뱀이 되어 부잣집 딸을 감싸 안자 무당이 굿을 벌였고, 그 뱀이 절벽 아래로 떨어져 죽었다는 등의 전설도 전해진다.

기념사진을 몇 장 찍고, 좌선대와 요암(흔들바위)을 지나 다시 정상으로 향했다. 정상 근처에는 바위에 찰싹 달라붙은 줄사철나무가 보인다. 노박덩굴과에 속한 이 덩굴식물은 5~6월에 연한 녹색 꽃을 피우고, 10~12월이면 붉은 열매가 열린다. 생명력 강한 이 식물처럼, 금산의 자연도 고요히 살아 숨 쉰다.

드디어 정상. '남해 금산'이라 새겨진 표지석 앞에서 기념사진을 찍는다. 그 아래, 버선 모양의 문장암 틈으로 야생 고양이 한 마리가 어슬렁거린다. 낯선 이를 두려워하지 않고, 친구가 놓아준 빵조각을 조심스레 물고는 사라진다. 바로 위 봉수대는 고려시대에 만들어진 것으로, 금산에서 가장 높은 곳이라 탁 트인 남해의 바다가 한눈에 들어온다.

정상 아래 평상에서 준비한 김밥과 과일을 나눠 먹고, 커피로 여정을 마무리한다. 오르막길에 쏟은 땀 덕에 음식이 꿀맛

이다. 38경을 모두 보진 못했지만, 금산의 정수는 충분히 느
꼈다. 하산길, 무릎이 좋지 않은 친구들이 먼저 내려가고, 나
머지는 천천히 길을 따른다. 기다리던 친구들이 한참 후에야
모습을 드러낸다.

　돌아오는 길, 남해의 명소인 상주해수욕장에 잠시 들렀다.
소나무가 병풍처럼 둘러싼 해변과 은빛 모래밭이 한 폭의 수
채화 같다. 바닷가에 왔으니 회 한 접시는 빼놓을 수 없다. 삼
천포 용궁수산시장에 들러 단골 가게에서 회를 고르고, 식당
으로 자리를 옮겨 싱싱한 회와 매운탕, 소주 한 잔으로 산행
의 피로를 씻어냈다.

　어둑해진 해변, 떠나가는 어선들과 반짝이는 불빛이 물결 위
에 흩어진다. 또 하나의 추억을 남기고 돌아설 시간이다. 언제
나 그랬듯이, 마음 한구석에 여운을 남긴 채.

2021년 3월 10일

금오산, 그리움과 함께 오른 길

계절의 여왕이라 불리는 오월. 그러나 올해의 봄은 유난히 순탄치 않다. 잦은 비와 황사, 미세먼지에 '코로나19'까지 겹쳐, 바깥바람 한 번 제대로 쐬는 것조차 마음 놓기 어렵다. 문득, 1987년 직장 동료들과 올랐던 금오산이 떠올랐다. 지금은 어떤 모습일까. 궁금함에 발길을 다시 그곳으로 향했다.

오랜만에 찾은 금오산은 몰라보게 달라져 있었다. 금오지 주변은 말끔하게 정비되어 있었고, 주차장과 백숙골목도 새로 단장되어 방문객을 맞이하고 있었다. 산행은 금오산관리소를 지나 해운사 입구로 이어지는 길에서 시작된다. 중간에 케이블카도 탈 수 있다. 길이 805m로, 오전 9시부터 오후 6시 15분까지 운행되며 왕복 요금은 8,000원, 편도는 5,000원이다.

초입 오른쪽에는 1999년 12월 30일에 세워진 돌탑이 있다. 새천년을 맞아 구미의 발전을 기원하며 시민들의 정성이 모인 탑이다. 금오산의 정기가 널리 퍼져 새로운 희망과 용기가 솟기를 바라는 마음이 담겨 있다. 잘 정비된 계단 길을 따라 500m쯤 오르면 금오산성이 나타난다. 고려 말 왜구의 침

략에 대비해 금오산 정상과 계곡에 이중으로 쌓았다고 전해지며, 조선 초기에 대대적으로 개축되었다. 성의 총 길이는 3,700m, 내성은 2,700m에 이르고, 성문의 현판은 '대혜문(大惠門)'으로, '크게 은혜를 입은 문'이라는 뜻이다.

해운사로 들어서기 전 오른편에는 지하 168m 암반에서 솟아나는 샘물 '영흥정'이 있다. 해운사는 신라 말 도선국사가 창건한 사찰로, 당시에는 '대혈사'라 불렸다. 임진왜란 때 폐사되었다가 1925년 해운암이라는 이름으로 복원되었고, 1956년 대웅전을 새로 지으며 지금의 '해운사'로 이름을 바꾸었다.

잠시 후, 폭포수가 쏟아지는 소리가 들려온다. 해발 400m 지점에 있는 대혜폭포다. 27m 높이의 수직 절벽에서 떨어지는 물줄기 소리는 산 전체를 울린다 하여 '명금폭포'라는 별명도 있다. 이 폭포는 금오산 정상 분지에서 발원하여 대혜골을 따라 흐르는데, 이 일대의 유일한 수원이 되기에 '큰 은혜의 골'이라는 이름이 붙었다. 폭포 아래 움푹 팬 연못은 '욕당'이라 불리며, 전설에 따르면 선녀들이 무지개를 타고 내려와 목욕을 즐기던 곳이라 한다.

이제 정상까지는 2.1km. '할딱고개'를 지나 도선굴 방향으로 오르자, 급경사가 이어진다. 거리보다 시간이 더 걸리는 이유가 바로 이 때문이다. 갈림길에 도착하자, 오른쪽은 오형돌탑, 왼쪽은 정상으로 향하는 길이다. 오형돌탑으로 가면 자연 암벽에 새겨진 마애석불과 함께, 돌탑을 쌓은 이가 남긴 글귀가 있다. 이곳에서 내려다보는 약사암과 산 아래의 풍경은 압도적이지만, 일정상 아쉽게도 다음을 기약해야 했다.

　　　　1. 산은 아무 말 없이 말한다

곧장 정상으로 향한다. 약사암 직전의 오름길은 바닥으로 물이 흘러 미끄럽고 산만하다. 해발 900m 지점, 약사봉 아래 자리한 약사암은 의상대사가 수행하던 곳으로, 신라시대에 창건된 유서 깊은 사찰이다. 비록 유물은 남아 있지 않지만,『일선지』(1618),『범우고』(1799),『영남진지』(조선 고종) 등의 고문헌에서 그 존재를 확인할 수 있다.

정상에 오르니 외국인 대학생들과 구미공단 근로자들로 보이는 이들이 무리지어 있었다. 금오산 정상은 한때 미군 통신기지로 사용되며 출입이 제한되었으나, 2014년 구미시가 반환 협상을 통해 시민의 품으로 돌려받았다. 현재의 정상석은 복원 과정에서 나온 자연석으로 세운 것이다. 상부 정상석(현월봉 976m)에서는 외국인 연인이 사진을 찍고 있었고, 곧 친구들이 몰려와 함께 기념사진을 찍으며 웃음꽃을 피웠다. 하부 정상석 근처에서는 외국인 여학생들이 사진을 부탁해 찍어주었고, 나도 함께 사진에 들어갔다. 따스한 날씨에, 어느 것하나 부족함이 없는 산행이었다.

간단한 요기를 하고, 하산을 시작한다. 나는 빠르게 내려와미처 들르지 못한 도선굴을 향한다. 대혜폭포에서 약 150m위에 있는 도선굴은 암벽에 뚫린 천연 동굴로, '대혈'이라 불리던 곳이다. 신라 말 도선국사가 득도했고, 고려 말 충신 야은길재 선생이 이곳에서 학문에 전념했다고 전해진다. 임진왜란당시에는 향민들이 이곳에 피신해 세류폭포의 물을 긴 막대로 받아 마셨다는 기록도 남아 있다. 현재 통로는 1937년 구미면에서 개통한 것으로, 굴 내부는 길이 7.2m, 높이 4.5m, 너비 4.8m다.

폭포수를 바라보며 잠시 숨을 고른다. 뒤이어 친구들이 도착하고, 정상에서 마주쳤던 외국인들도 다시 만난다. 자연스럽게 나누는 미소 속에 국적은 아무런 의미가 없다.

산을 내려와 지역 등산객이 추천한 백숙골목의 '큰나무집'을 찾았다. 약 5시간 산행 뒤 마주한 궁중한방백숙은 꿀맛이었다. 식사 후, 다시 찾은 금오지 둘레길은 정갈하게 단장되어 있었다. 걷기에도, 쉬기에도 그만인 곳이다. 그렇게 친구들과 이야기꽃을 피우며, 쌓인 일상의 피로를 훌훌 털어낼 수 있었던 하루였다.

2021년 5월 22일

월출산, 영암(靈巖)의 기운 속으로

유난히 맑고 높은 하늘 아래, 한 점 구름이 천천히 흘러간다. 몸과 마음이 어디론가 훌쩍 떠나고 싶어지는 계절이다. 천고마비(天高馬肥)의 넉넉함도 어느새 낙엽처럼 스산한 기운으로 바뀌고, 떠나는 계절의 그림자가 스미면, 마음은 작은 바람 소리에도 쉽게 흔들린다. 세월 속에 멀어진 이들이 문득 떠올라도, 나는 그저 바람 소리처럼 가만히 침묵할 뿐이다.

떠나자. 걸으며 답을 구하자. 니체는 "모든 위대한 생각은 걷는 데서 나온다"고 했다. 발걸음이 이어지는 동안 생각은 깊어지고, 숨이 가빠질수록 삶은 또렷해진다. 가을 속으로 길을 나선 것은 어쩌면 낙엽과 마지막 인사를 나누기 위함이었는지도 모른다.

해가 짧아진 계절의 산행은 서둘러야 한다. 대구를 출발한 우리는 전날 목포에서 여장을 풀고, 이튿날 아침 7시 월출산으로 향했다. 목포에서 영암까지는 약 36km, 자동차로 50분 남짓. 영암 들녘에 들어서자 희뿌연 해무가 산자락을 감싸고 있었다. 조금만 더 일찍 올랐다면 산 아래를 덮은 운해가 장관을 이루었으리라. 이내 해무가 걷히고, 맑고 푸른 하늘과 따사로운 햇살이 우리를 맞았다.

월출산(月出山, 809m)은 1973년 도립공원으로 지정되었고, 1988년 국립공원이 되었다. 설악산·주왕산과 더불어 '남쪽의 3대 바위산'으로 불리며, 빼어난 암릉과 기암괴석으로 '남도의 소금강'이라 일컬어진다. 영암 아리랑의 노랫말처럼 "달이 뜬다, 둥근 달이 뜬다"는 곳. 서해와 인접해 달을 먼저 맞이하는 산이기도 하다. 이름 그대로, 신령스러운 바위의 기운이 하늘로 치솟는 영암(靈巖)의 산이다.

산행은 천황사 주차장에서 시작했다(08:20). 완만한 숲길을 따라 20여 분 오르니 야영장이 나타난다. 아직 이른 시각인지 텐트 몇 동이 고요히 숨을 고르고 있다. 천황삼거리에 이르니 갈림길이다. 왼쪽은 구름다리(0.5km), 직진하면 바람폭포(0.2km)를 거쳐 정상으로 향한다. 우리는 구름다리를 택했다.

본격적인 오르막이 시작된다. 바위 계단과 급경사가 이어지자 숨이 거칠어진다. 산은 쉽게 길을 내어주지 않는다. 시루봉과 매봉을 잇는 구름다리(길이 54m, 폭 1m, 지상 약 120m)에 올라서자 사방이 트인다. 붉게 물든 단풍 사이로 사자봉 능선이 병풍처럼 펼쳐지고, 기암괴석은 햇빛을 받아 금빛 윤곽을 드러낸다. 한 폭의 산수화다. 와…… 발아래 허공이 아찔하지만 감탄이 먼저 터져 나온다.

사자봉을 지나 다시 한참을 내려섰다가, 경포대 능선 삼거리까지 재차 오르는 길은 쉽지 않았다. 오랜만에 산을 찾은 친구

     1. 산은 아무 말 없이 말한다

들의 숨이 거칠다. 그러나 누구도 발걸음을 멈추지 않는다. 땀과 숨결이 뒤섞인 끝에 경포대 삼거리에 서자, 가까이 천황봉이 우뚝하고 멀리 구정봉이 고개를 내민다. 오를 때마다 전혀 다른 풍경을 내어주는 산의 너그러움에 모두가 미소 짓는다.

마지막 관문 통천문(通天門). 거대한 바위굴을 통과해 천황봉(809m) 정상에 선다. 사방으로 장쾌한 조망이 터진다. 구정봉(738m)으로 이어지는 1.4km 능선 위에는 기묘한 바위들이 줄지어 서 있다.『서유기』속 인물들이 막 튀어나올 듯하다. 면벽 수행하는 삼장법사를 닮은 바위, 익살스러운 저팔계의 얼굴…. 손오공과 사오정, 사랑바위와 남근·여근바위까지. 자연이 수천만 년을 다듬어 빚어낸 거대한 조각 전시장이다.

하산 시각은 12시 30분. 천황봉에서 구정봉을 거쳐 도갑사(약 5.8km)로 내려가려면 시간이 빠듯하다. 우리는 광암터를 거쳐 천황사 주차장(약 2.7km)으로 하산하기로 했다. 아쉬움은 남는다. 다음에는 강진 경포대에서 올라 도갑사로 내려가는 종주 코스를 걸어보고 싶다.

경포대(鏡布臺)는 2km에 이르는 계곡이 마치 흰 무명 베를 펼쳐놓은 듯하다 하여 붙은 이름이다. 월출산은 강진과 영암에 걸쳐 있다. 지금쯤 마왕재 억새밭은 은빛 물결을 이루며 가을의 절정을 노래하고 있으리라.

광암터에 이르니 또 다른 바위 풍경이 펼쳐진다. 장군봉 능선에는 여섯 형제가 도란도란 이야기를 나누는 듯한 육형제바위가 서 있고, 투구를 쓴 장군바위는 산의 수문장처럼 위엄을 지킨다. 남쪽으로는 책꽂이를 닮은 책바위가 비스듬히 걸려 있어 '식빵바위'라는 별명도 있다. 오를 때 보지 못했던 암봉들이 단풍과 어우러져 또 다른 절경을 이룬다. 산은 내려오는 이에게도 새로운 얼굴을 보여준다.

바람골 한가운데에는 높이 약 15m의 바람폭포가 있다. 지금은 수량이 적어 잔잔하지만, 여름이면 시원한 물보라가 일고, 겨울이면 빙폭으로 변해 또 다른 장관을 연출한다.

예상보다 이른 하산이었다. 내려오는 길, 샛길로 100m쯤 들어가면 작은 사찰 천황사가 있다. 사자봉 아래 옛 절터에 2004년 정각 스님이 부임하며 새로 창건한 절이다. 소박하고 고요한 법당 앞에서 잠시 숨을 고른다. 산의 기운이 가슴 깊이 스며든다.

오후 2시 50분, 천황사 주차장에 도착했다. 월출산은 힘들었으나 경이로웠다. 거칠고 당당한 바위 능선, 하늘을 찌를 듯 솟은 암봉, 그리고 그 사이를 물들이는 가을빛. 다시 찾고 싶은 산이다.

가을이 깊어질수록 사람은 누군가를 떠올린다. 다시 만날 수 없는 얼굴일지라도, 함께 걷던 시간만은 사라지지 않는다. 산길을 오르며 흘린 땀처럼, 그 기억도 몸 어딘가에 스며 남아 있을 것이다. 한때 품었던 사랑 하나가, 달빛 아래 선 바위처럼 오래도록 제 자리에 머물기를.

2021년 10월 26일

　　　　1. 산은 아무 말 없이 말한다

두타산 비경, 베틀바위에서 무릉계곡까지

　두타산(1,357m)은 언제나 그 자리에 있으되, 그 품에 안긴 비경들은 계절 따라, 햇살 따라, 구름 따라 표정을 달리한다. 그 가운데에서도 베틀바위와 협곡 마천루, 그리고 무릉계곡은 천하제일의 풍광이라 불러도 아깝지 않다. 고금의 나그네들이 이 길을 찾았고, 지금도 사람들은 그 신비한 절경을 향해 발걸음을 멈추지 않는다.

　산행은 무릉계곡 입구 매표소를 지나 신선교를 건너면서 시작된다. 이정표 삼거리에서 왼편 돌계단을 오르자 오래된 숯가마터와 하늘로 곧게 뻗은 금강송이 길을 맞이한다. 베틀바위까지는 약 1시간 거리. 천천히 오르니 백 년을 살고 천 년을 썩어가는 노송이 알몸을 드러낸 채 묵묵히 서 있다. 세 번의 급경사 계단을 지나 네 번째 고비에 이르자 전망대가 열리며, 두타산의 웅장한 품이 눈앞에 펼쳐진다.

　길게 솟은 바위들은 실로 직조하듯 하늘을 짜올리고 있었다. 전설에 따르면 무릉도원에서 벌을 받은 선녀가 삼베를 짜다 승천했다는데, 이 바위가 마치 베틀 같아 '베틀바위'라 불린다고 한다. 하늘과 맞닿은 저 암봉에서 선녀의 망치질 소리가 들리는 듯하다.

전망대를 지나 급경사를 200m쯤 오르자 '미륵바위'가 나타난다. 이 바위는 각도에 따라 미륵불처럼, 혹은 조용한 선비나 부엉이로 보인다. 내가 바라본 그 모습은 어느새 부드러운 미소를 머금은 미륵의 형상이었다. 그 자태에서 무언의 평화가 흘러나온다.

산성터 갈림길에서 정상을 오르는 길은 뒤로하고, 협곡 마천루를 향해 발걸음을 옮긴다. 비교적 평탄한 길이 이어지며, 이내 산성 12폭포를 지난다. 바위 틈에서 흐른 물은 작고 투명한 소를 이루며, 까마득한 절벽 아래로 몸을 던진다. 물소리, 바람소리, 그리고 바위의 침묵이 어우러져 이곳은 마치 시간마저 느릿하게 흐르는 듯하다.

걷다 보니 샘물처럼 맑은 석간수가 바위 깊숙한 곳에 고여 있다. 마실 순 없어도, 그 맑음이 마음까지 정화시킨다. 이어 길은 지붕처럼 펼쳐진 거대한 바위를 돌아 고개 너머로 내려가는 길에 이른다. 문득 오른쪽으로 샛길이 나타나 궁금증에 따라가 보니, 그곳은 두타산을 한눈에 내려다볼 수 있는 숨은 전망대였다.

청옥산과 두타산의 정상이 멀리 보이고, 무릉계곡과 암릉들이 협곡 아래에서 숨을 쉬고 있었다. 그 아래엔 번개를 닮은 기묘한 바위가 있었다. 나는 바위 아래로 조심스레 다가가 협곡을 배경 삼아 사진 한 장을 남겼다. 순간, 바위도 나도 이 풍

      1. 산은 아무 말 없이 말한다

경의 일부가 된 듯했다.

500m쯤 더 내려가자 '마천루 전망대'에 이른다. 마치 하늘을 향해 돛을 올린 듯한 암릉들이 빼곡히 솟은 절경이 펼쳐진다. 이곳은 해발 470m에 위치한 협곡의 하이라이트다. 금강산을 닮은 바위 위에 조성된 덱을 따라 걸으면, 발바닥바위, 고릴라바위, 박달계곡의 기암괴석이 하나의 건축물처럼 하늘과 맞닿는다.

그 풍경은 '산의 마천루'라 불릴 만했다. 신성봉, 병풍바위, 번개바위가 웅장하게 자리하고 있고, 아래로는 용추폭포, 쌍폭포, 무릉계곡의 단풍 숲이 파노라마처럼 펼쳐진다. 자연이 빚은 이 거대한 조각품 앞에서 사람은 한없이 작아지고, 그 작음 속에 겸허함이 깃든다.

협곡을 내려가며 철제 계단을 지나면 쌍폭포가 모습을 드러낸다. 두 줄기 물줄기가 시원하게 낙하하고, 그 위로 조금 올라서자 용추폭포와 용추중탕폭포가 잇따라 나온다. 맑고 투명한 물보라가 몸과 마음을 적신다. 더위도, 피로도, 이곳에서는 모두 씻겨 내려가는 듯하다. 이후 이어지는 무릉계곡의 길은 평탄하다. 크고 넓은 반석 사이로 흘러내리는 물줄기를 따라 걷는 길은 가벼운 마음 그대로 걸어도 미끄러질 것 같다.

옥류동은 말 그대로 옥색 물이 흐르는 골짜기. 커다란 바위들이 무심히 놓인 사이로 물은 투명하게 빛난다. 예전엔 학이 머물렀다는 학소대엔 지금은 조형물의 학 두 마리가 자리하고, 병풍처럼 서 있는 천주암 절벽에선 물이 흘러내린다.

　　길의 끝자락에서 마주하는 삼화사는 큰 사찰은 아니지만 깊은 역사성과 선종의 전통을 간직한 곳이다. 예약하면 템플스테이도 가능하다고 한다. 나는 안으로 들어가 보진 못했지만, 고요히 서 있는 절집이 한 편의 시처럼 느껴졌다.

　　무릉계곡의 넓은 반석 위, 옛 선비들이 시를 읊으며 풍류를 즐겼을 자리에 지금은 가족과 연인이 모여 앉아 사진을 찍고, 조용히 쉰다. 이곳은 다른 계곡과 달리 누구나 자유롭게 반석 위에 앉아 시간을 보낼 수 있는 곳이다. 나 또한 간단한 간식을 꺼내며 망중한을 즐긴다. 흐르는 물빛은 옥처럼 투명하고, 그 아래로 쌓인 피로가 서서히 녹아내린다.

　　무릉계곡(명승 제37호)은 두타산과 청옥산을 배경으로 호암소에서 용추폭포까지 약 4km 이어진다. 신선이 머물던 무릉도원을 닮았다고 해서 붙여진 이름. 곳곳에 놓인 반석들은 수백 명이 앉아도 남을 정도로 넓고, 그 위에 새겨진 옛 시인과 묵객들의 글씨는 이곳이 단순한 자연이 아닌 한 시대의 정신이 머문 자리였음을 말해준다.

　　오늘의 산행은 베틀바위에서 시작해 협곡 마천루를 거쳐 용소폭포, 무릉계곡까지, 그야말로 두타산의 정수였다. 몸은 지쳤지만, 마음은 오히려 가벼워졌다. 무릉도원, 그곳을 다녀온 기분이다.

2022년 10월 3일

단풍에 물든 남설악, 흘림골과 주전골

가을의 물드는 순서는 언제나 높이에서부터다. 대청봉에 첫 단풍이 스며드는 10월 초, 붉고 노란 물결은 중순 흘림골을 지나 하순이면 주전골에 닿는다. 설악산의 수많은 비경 중에서도 흘림골과 주전골은 단연 압권이다.

남설악 점봉산 깊은 골짜기, 흘림골. 이름처럼 빽빽한 수림이 하늘을 가려 날씨마저 흐리게 느껴지는 곳이다. 한때 휴식년제로 7년간 닫혀 있던 길이, 지난 9월 8일 다시 열렸다. 갑작스런 개방에 하루 5천 명만 예약제로 허용되고 있다.

버스를 타고 대구에서 4시간. 인제와 양양을 잇는 44번 국도를 따라 오색마을을 지나 한계령 정상으로 향하다, 해발 700m 흘림골 탐방지원센터에서 하차했다. 돌계단을 따라 600m쯤 오르면, 기암 사이로 20m 높이에서 떨어지는 여심폭포가 모습을 드러낸다. 옛날엔 이 물을 마시면 아들을 낳는다는 속설에 신혼부부들의 발길이 잦았다 한다. 그러나 가뭄에 물줄기는 말랐고, 민낯을 드러낸 바위는 여인의 음부를 닮아 어딘가 쓸쓸하다.

더 오르면 등선대(1,022m)에 닿는다. 신선이 내려와 놀았다는 전설이 깃든 곳. 철제 계단을 밟고 전망대에 오르니, 사방이 한 폭의 산수화다. 북쪽에는 귀때기청봉, 동쪽에는 대청봉, 서쪽으로는 설악의 암봉들이 병풍처럼 둘러선다. 아래로는 흘림골과 주전골로 솟구친 수많은 바위들이 웅장하다. 전망대 아래 바위틈으로 내려서자, 장가계를 연상케 하는 절경이 눈앞에 펼쳐진다. 회색 하늘이 물러가고 햇살이 드러나자, 암벽은 더 또렷하고 깊어 보인다. 그 풍경 앞에서 나도 모르게 감탄이 터져 나왔다.

점심을 간단히 해결한 뒤, 등선폭포를 향해 500m쯤 내려간다. 전설에 따르면 신선이 하늘로 오르기 전 몸을 씻고 이곳 등선대로 올랐다 한다. 높이 30m, 비 온 뒤에 보면 백발을 휘날리는 듯한 물줄기라지만, 이마저도 가늘다.

촛대바위, 기묘한 암봉들을 지나 내려오면, 흘림골의 마지막 지점인 용소삼거리에 당도한다. 여기서부터 주전골이 시작된다. 덱길 옆으로 300m쯤 들어서면 청록색 깊은 물빛의 용소폭포와 주전바위가 모습을 드러낸다. 물은 투명하게 반석 위를 흐르고, 사람들은 발을 담그며 쉬고 있었다. 나도 그 물에 발을 담그니, 몸 깊숙이 에너지가 솟구치는 듯했다.

주전골은 비교적 평탄한 길이다. 예부터 엽전을 위조하던 도둑들이 승려로 위장해 숨어들었다는 전설이 내려온다. 곧 주전골 전망대교를 지나는데, 아래로 선녀탕이 보인다. 깊게 팬 바위 그릇에 옥같이 맑은 물이 고여 있다. 전설에 따르면 달 밝은 밤, 선녀들이 날개옷을 벗고 목욕하던 곳이라 한다. 고개를 돌려 흘림골 쪽을 바라보니, 단풍과 계류, 암봉이 어우러져

     1. 산은 아무 말 없이 말한다

장엄한 풍경을 이루고 있었다.

당단풍, 개옻나무, 붉나무의 붉은 빛, 생강나무와 고로쇠, 참나무의 노란 빛이 계곡을 물들인다. 등산로 반대편 정상에는 단 한 사람이 앉을 수 있을 만큼 좁고 뾰족한 독좌암이, 그 아래로는 봉우리들이 길게 늘어앉아 있다. 성국사 앞에 유독 노랗게 물든 단풍나무 한 그루가 눈을 사로잡고, 오색약수터의 약수는 샘솟듯 가늘게 떨어져 지나가는 이의 갈증을 달랜다.

하산 후 오색주차장에서 재호 친구와 종이컵 커피를 나눈다. 발아래는 붉고 노란 낙엽이 조용히 깔려 있고, 광장 한쪽에서는 '꿈꾸는 사람들'이 감미로운 노래를 부르고 있다. '그 겨울의 찻집', '10월의 마지막 밤' 같은 음악이 깊어가는 가을 풍경과 어우러진다.

피고 지는 계절, 화려하게 물들고 스러지는 잎사귀처럼 인생도 피고 지고, 사연을 남기며 떠나는 법. 이토록 아름다운 순간을 기억하며, 나는 생각한다. "매사 즐겁게 살다가 미련 없이 떠나면 좋겠다."

2022년 10월 27일

숨은벽능선, 북한산의 숨결로

장마는 제주에서부터 시작되었다. 6월 중순부터 7월 하순까지 이어진 빗줄기, 그리고 그 뒤를 잇는 8월의 폭염. 입추와 처서가 지나도록 늦더위는 사그라들지 않고, 한낮 기온은 여전히 30℃를 넘나든다. 그러다 엊그제, 또 한 차례의 가을장맛비가 지나갔다. 하늘은 잔뜩 찌푸리고, 공기에는 묵직한 습기가 가득 찼다.

계절의 이마에 입맞추듯 다가온 9월. 여름 내내 미뤄두었던 산행이 다시 마음을 두드린다. 그간 더위와 비에 갇혀 가보지 못했던 길, 마음속 깊이 간직했던 이름 하나가 문득 떠오른다. 숨은벽능선. 북한산의 한 자락, 무심히 지나쳐서는 결코 드러나지 않는 길. 마침내, 오랜 그리움처럼 그 능선을 향해 발을 내딛는다.

새벽 6시 30분, 대구에서 산악회 버스가 출발했다. 날씨는 도무지 종잡을 수 없다. 흐림 속을 뚫고 문경을 지날 무렵 햇살이 엷게 스며들었고, 이천에 다다르자 장대비가 차창을 두드린다. 서울 외곽을 지나자 다시 비가 그치고, 의정부에 닿으

    1. 산은 아무 말 없이 말한다

니 비 온 자취조차 사라진 흐린 하늘뿐이다. 그렇게 변덕스러운 날씨를 보며 4시간 만에 북한산 들머리, 고양시 덕양구 효자동 밤골에 닿았다.

서울 근교의 네 바위산, 북한산·도봉산·수락산·불암산은 저마다 절경을 품었지만, 결코 만만한 산이 아니다. 특히 숨은벽 능선은 북한산에서도 손꼽히는 험한 길. 거칠고 날 선 암릉의 연속이기에 흔한 등산객의 발길은 좀처럼 머물지 않는다. 하지만 바로 그 험난함이야말로, 진정한 산의 얼굴을 마주하려는 이들을 이끌어온다. 숨은벽은 이름처럼 숨어 있지만, 마음속 그리움처럼 강렬하다.

산행은 국사당과 밤골통제소를 지나 사기막골 능선을 따라 이어진다. 초입은 평범한 산길이다. 일행과 앞서거니 뒤서거니 걸으며 1시간 남짓 올랐을 무렵, 본격적인 암릉 구간이 입을 연다. 해골바위를 우회하고 마당바위에 오르자, 숨은벽의 위용이 드디어 눈앞에 펼쳐진다. 오랜 기다림 끝에 마주한 그 모습은 말 그대로 장엄하다. 바나나바위와 전망바위를 지나며 발아래 펼쳐진 풍경에 숨이 멎는다. 숨은 자태는 결코 말로 다 담을 수 없다.

하늘엔 구름이 낮게 걸려 흐른다. 인수봉과 백운봉 사이로 검은 날을 세우고 솟은 숨은벽은 두 주봉의 그늘에 가려 평소엔 잘 보이지 않는다. 그러나 오랜 세월을 묵묵히 견디며 그 자리를 지켜온 바위는 결국 기다려온 누군가의 시선 앞에 고요히 모습을 드러낸다. 산을 오르는 발걸음은 그 기다림에 대한 응답일 것이다.

백운대까지는 아직 1.7km. 구멍바위를 지나 다시 너덜겅

오르막길이 이어진다. 가파른 바위틈을 넘고 오르다 보면, 우측으로 백운봉 하단에서 암벽 등반을 연습하는 젊은이들이 눈에 띈다. 그 열정이 싱그럽다. 백운대 정상까지는 갈림길에서 500m 남짓. 밧줄과 난간에 의지해 조심스럽게 오르자, 뿌연 운무가 산 아래에서부터 서서히 감싸오른다. 고도차와 습도가 만든 풍경은 신비롭고도 몽환적이다.

정상에 올라 사방을 둘러보면, 북서쪽으로는 인수봉의 설교벽과 그 아래 길게 늘어진 악어바위 능선이 시선을 이끈다. 저 멀리 도봉산 오봉과 망월대가 선명하고, 동남쪽으로는 오리바위와 노적봉이 앙증맞게 자리한다. 두터운 구름 사이로 파란 하늘이 틈틈이 얼굴을 내민다. 정상의 넓고 평평한 바위에서, 나는 그저 고요히 자연과 마주 앉았다.

숨은벽능선은 백운대에서 인수봉 방향으로 바라볼 때 중간에 솟은 해발 768.5m의 작은 봉우리에서 북서쪽으로 뻗어 있는 바위 능선을 말한다. 거대한 성곽처럼 우람하고 견고한 이 능선은, 북한산에서 가장 첨한 의상능선에 이어 두 번째로 난이도가 높은 길이다. 원효봉(510m), 염초봉(662m), 그리고 백운대(836m)로 이어지는 원효능선의 최정점이기도 하다.

하산길은 산불감시초소 갈림길을 지나 위문을 통과하여 북한산성탐방센터 방향으로 이어진다. 너덜겅 내리막길 4.3km, 약 한 시간 반의 여정이다. 발밑을 조심하며 걷다 보면 어느덧 대동사와 원효봉 갈림길이 나타난다. 원효봉에 올라 다시 산성길로 내려가면 조망이 좋다지만, 다시 오르기엔 마음이 선뜻 움직이지 않는다. 곧장 동문각을 지나 산성 계곡 길로 접어든다.

계곡물은 맑고 시리게 흐른다. 물보라는 하얗게 흩날리고, 숲에서 뿜어져 나오는 음이온은 폐부 깊숙이 스며든다. 인간은 원래 이렇게 숨 쉬며 살아야 하는 존재였다는 사실을 새삼 깨닫는다. 도심에서 묻어온 양이온을 모두 털어내고, 자연의 청정한 기운을 흠뻑 들이마신다.

하산 지점에 도착했을 때, 온몸은 땀으로 흠뻑 젖어 있었다. 마른 옷으로 갈아입고 한 모금의 물을 마시며 생각한다. 산을 오르며 몰아쉬던 숨, 흘렸던 땀방울은 몸 안의 피로만이 아니라, 마음속 깊은 곳의 무거움까지 씻어내는 정화의 의식이었다. 거친 바위와 맑은 계곡, 숲속 음이온은 내 삶에 다시 생기를 불어넣는다.

삶이 무기력하고 답답하게 느껴질 때, 나는 산을 찾는다. 쉽게 얻어지는 것은 없다. 하지만 자연이 주는 선물은 오래도록 가슴에 남는다. 입으로 만들면 1년, 머리로 만들면 2년, 돈으로 만들면 3년, 몸으로 만들면 10년, 마음으로 만들면 평생 간다. 그렇게 자연은 우리에게 '숨 쉴 공간'을 허락한다. 각자의 바쁜 삶 속에서, 우리는 과연 어떤 방식으로 그 공간을 만들어가고 있을까.

2023년 9월 3일

설악산 종주, 오감으로 느낀 설악

■1편: 오색의 밤, 대청봉의 아침

설악산(大靑峰, 1,708m)은 한라산, 지리산에 이어 우리나라에서 세 번째로 높은 산이다. 한라산, 지리산, 덕유산, 북한산과 함께 5대 명산에 꼽히며, 산림청과 블랙야크가 선정한 '한국 100대 명산'에도 당당히 이름을 올린다. 국립공원으로는 1970년 3월 34일에 다섯 번째로 지정되었다.

설악산은 대청봉을 기준으로 크게 이설아, 내설악, 남설악, 북설악으로 나뉜다. 대청봉에서 북쪽, 바다 쪽으로 이어지는 능선이 외설악, 내륙 쪽은 내설악, 남쪽은 그 방향을 불문하고 남설악이라 칭한다. 외설악과 내설악을 가르는 능선은 공룡능선, 남설악과 내설악의 경계는 대청봉에서 십이선녀탕까지 이어지는 서북능선이다.

설악산은 온통 바위로 이루어진 돌산이다. 그만큼 등산 난이도는 국내 최고 수준에 속하며, 어느 코스를 선택하든 체력과 장비, 식량을 철저히 준비해야 한다. 대피소 또한 지리산에 비해 적은 편이다. 비선대에 자리한 비선산장, 공룡능선의 시작과 끝에 위치한 희운각대피소, 소청봉 인근의 소청대피소, 대청봉과 중청봉 사이의 중청대피소, 그리고 양폭대피소와 수렴동대피소가 대표적이다.

나는 이번 산행에서 오색에서 출발해 대청봉에 오른 후, 희운각대피소를 지나 공룡능선과 마등령을 넘어 설악동으로 하산하는 약 21km의 종주 코스를 택했다.

매년 10월 초, 설악산은 전국에서 가장 먼저 단풍이 드는 곳으로 이름 높다. 단풍 절정기를 노려 등반 일정을 맞췄지만, 올해는 늦더위가 계속되어 단풍 상태가 다소 걱정되었다. 전날 밤 10시, 산악회 일행과 함께 대구에서 버스로 출발해 새벽 2시 반경 오색통제소에 도착하니, 이미 수많은 등산객들로 북적였다. 끊임없이 들어오는 버스, 줄지어 대기하는 사람들 그 수가 수천 명은 족히 넘어 보였다.

설악산 대청봉에 오르는 길은 오색, 한계령, 백담사, 설악동 방면이 있으며, 오색은 가장 짧은 거리(5.4km)로 정상을 오를 수 있어 가장 인기 많은 코스다. 새벽 3시, 통제소가 개방되자 사람들은 줄지어 어둠 속으로 들어섰다. 랜턴 불빛이 산길을 밝히고, 등산객들은 긴 행렬을 이루며 조용히 오름길을 밟는다. 무성한 나무 사이로 달이 비치고, 등산로 옆 간이 쉼터마다 짧은 숨 고르기와 에너지 보충이 이어진다.

2시간가량 올랐을까. 동녘이 점차 밝아오며 숲길 너머로 희뿌연 하늘이 열린다. 오전 6시 무렵, 정상부에 다다르자 휑한 바람이 땀에 젖은 몸을 서늘하게 식힌다. 파카를 꺼내 입고 대청봉 표석 앞에 도착하니, 이미 기념사진을 찍으려는 등산객들이 긴 줄을 이루고 있다. 10여 분 기다려 인증 사진을 남긴다.

　그때, 낯선 젊은이가 조심스레 다가와 "이제 일출 봐야죠?"라고 묻는다. 짧은 반팔 차림에 벌벌 떨고 있는 그에게 가지고 온 조끼를 건넨다. 수원에서 혼자 왔다던 그는 뜻밖에도 나와 같은 해병대 출신이었다. "필승!" 짧은 인사로 선·후임을 확인하고, 함께 일출을 기다렸지만, 끝내 두꺼운 안개에 해는 가려졌다. 고봉에서 흔히 있는 현상. 해는 이미 떠 있었고, 우리는 그 순간을 볼 수 없었다. 작별 인사를 나누고 길을 서둘렀다.

　중청봉과 소청봉을 지나 희운각대피소로 향하는 길에도 안개는 자욱했다. 혹시나 오늘은 공룡능선을 포기하고 천불동계곡으로 하산해야 하나, 고민하던 차였다. 그러나 대피소 근처에 다다르자 기적처럼 시야가 트였다. 햇살이 단풍잎을 비추며, 좌측으로는 마등령을 향한 공룡능선, 우측으로는 천불동계곡과 암봉이 한눈에 들어왔다. 아, 이 풍경을 마주하지 못했다면 얼마나 아쉬웠을까.

　8시 30분, 희운각산장 도작. 짧은 휴식과 간단한 식사로 에너지를 보충하고, 오늘의 핵심 구간, 공룡능선 종주를 위한 준비를 마친다. 수많은 봉우리와 바위, 그리고 마등령을 넘는 고난의 여정. 젊은 시절 한 번 걸었던 길이지만, 지금은 세월의 무게가 다르다. 그러나 수년 전 마라톤 풀코스를 완주했던 기억과 설악산의 기운을 믿으며, 조심스레 결의를 다진다.

공룡능선은 2013년 3월 11일, 명승 제103호로 지정된 이 길은 설악산에서 가장 아름답고 가장 험준한 능선이다. 희운각대피소에서 마등령까지 이어지는 5.1km 구간. 이름처럼, 공룡이 산을 타오르듯 연이어 솟은 암봉의 모습은 장쾌하고도 위엄 있다. 기상 변화가 잦고, 영동과 영서를 가르는 분기점이자 경계선인 이곳은 설악의 백미라 불릴 만하다.

천불동계곡과 갈라지는 갈림길. 이곳에서부터 공룡능선의 본격적인 시작이다. 철제 손잡이, 밧줄을 잡고 오르며 오감을 총동원한 전신의 산행이 시작된다. 산악구조대도 중대한 사고가 아닌 이상 출동하지 않는 이 구간은, 스스로의 힘으로 완주해야 한다. 자신이 없다면 첫 봉우리인 신선봉까지만 다녀오고 되돌아가길 권한다.

신선봉에 올라 외설악을 내려다보니, 이어지는 2봉에서 7봉, 마등령, 울산바위, 속초 동해안까지 파노라마처럼 펼쳐진다. 다시 뒤를 돌아보면 구름 낀 대청봉과 귀때기청봉이 멀리 보인다.

2봉, 3봉, 4봉을 지나며 '촛대바위'가 우뚝 솟아 시선을 붙든다. 마른 고목이 누운 터널 같은 오르막을 지나자, 5봉(1,275m)의 거대한 암봉에 이르렀다. 정상엔 사람들이 저마다 휴식을 취하며 풍경을 담고 있다. "지금이 아니면 또 언제 오를까"라는 생각에, 배낭을 벗고 무작정 올랐다.

오르기를 잘했다. 눈앞에 펼쳐진 풍경은 감탄 그 자체였다. 대청봉보다도 가까이, 더 생생하게 마등령과 울산바위, 동해,

천불동계곡이 손에 잡힐 듯 펼쳐진다. 어떤 분이 내게 사진까지 예술적으로 찍어주었는데, 정말 감사한 마음뿐이다.

6봉, 7봉을 지나며 체력은 바닥나지만 마음은 점점 차오른다. 곱게 물든 단풍과 7봉을 배경으로 사진 한 장 남기며, 마등령의 마지막 오르막을 넘는다. 마등령에서 비선대까지는 3.5km의 급경사 내리막. 그 구간조차 만만치 않다. 힘겹게 내려오던 중, 좌측으로 200m 올라가면 '생명수'가 떨어진다는 금강굴이 있어 가기로 한다. 바위틈 작은 굴 속 불상 앞, 물 한 바가지로 갈증을 달랜다. 그리고 아래로 펼쳐진 천불동계곡의 암봉들을 바라본다. 아, 이래서 사람들이 설악산을 찾는구나.

계곡물이 흐르는 비선대를 지나며, 흐르는 물에 손을 담그고, 깨끗한 물 한 모금을 들이켰다. 몸이 씻기듯, 마음도 정화된다.

이윽고 신흥사에 닿는다. 평탄한 길을 따라 빠른 걸음으로 걸으니, 오후 4시. 약 13시간, 21km의 여정을 마친 시각이다. 가이드가 반갑게 인사한다. 피곤할 법도 한데, 이상하게도 몸은 가볍고 마음은 맑다. 아…… 설악산의 정기를 가득 품은, 인생에서 오래도록 기억될 단 한 번의 산행이었다.

2023년 10월 7일

지리산 종주, 지리의 품을 걷다

▌1편: 노고단의 달, 삼도봉의 일출

어리석은 자도 머무르면 지혜롭게 된다는 산, 지리산. 한자로는 智異山, '지이산'이라 쓰지만, 우리는 그것을 '지리산'이라 부른다. '지이'란 말은 '지리'에서 변형되었다는 설이 있고, '지리'는 본디 산을 뜻하는 순우리말 '두레'에서 유래되었다는 이야기도 전해진다. 또 어떤 이들은 '이상한 사람(異人)'이 찾는 산이라 하여, 슬기롭고 이질적인 이들을 품는 신성한 산이라 말한다.

별칭 또한 많다. 두류산, 방장산, 삼신산. 예로부터 금강산, 한라산과 더불어 삼신산 중 하나로, 민족의 신앙과 정신이 깃든 곳. 칠선계곡, 피아골, 뱀사골… 사방으로 흩어진 깊은 계곡들로 인해 계절마다 발걸음이 끊이지 않는다.

30년 전, 1992년 10월. 나는 30대의 젊은 기운으로 직장 동료 몇 명과 함께 지리산 천왕봉에 오른 적이 있다. 무박 1일. 새벽 2시, 중산리에서 시작해 아침 6시에 천왕봉(1,917m)에서 일출을 보았고, 오후 2시쯤 다시 중산리로 하산했다. 당시

12km의 산행도 대단한 도전이었지만, 이번엔 그보다 더 거대한 여정. 무려 34.9km의 종주, 제한 시간 14시간. 이미 60대가 된 지금, 체력이 과연 따라줄까? 산에 오르기 전부터 조심스레 마음을 다잡았다. "이번 아니면 다시는 없을지도 모른다."

11월 27일 밤 자정, 대구에서 백두대간 종주팀과 함께 드림산악회 버스에 올랐다. 새벽 4시, 전남 구례군 산동면 성삼재 주차장 도착. 고요한 산중, 코끝을 시원하게 파고드는 공기. 마침내 지리산 종주의 문이 열렸다. 이번 팀은 정기적인 산행으로 단련된 정예 멤버들이었다. 누구나 쉽게 도전할 수 없는 14시간 34.9km 당일 종주 코스. 첫 주봉은 노고단(1,507m), 최종 목적지는 천왕봉(1,917m), 도착 예정 시간은 오후 6시, 장소는 중산리 주차장.

새벽 5시, 노고단 돌탑에 도착했다. 그런데 어둠이어야 할 시간이 이토록 환할 수 있을까? 고개를 들어 하늘을 보니, 거대한 둥근달이 산중천에 걸려 있다. 음력 10월 15일. 보름이다. 달빛에 비친 북두칠성은 또렷했고, 수많은 별들이 반짝였다. 마치 어린 시절 시골 밤하늘을 그대로 옮겨놓은 듯했다. 깊은 산속에서 보는 별밤은 그 자체로 시간 여행이었다. 나는 헤드램프를 켜지 않았다. 숲이 없는 능선길. 달빛이 길을 밝혀주었다. 키 작은 대숲이 길 양옆을 감싸고, 기온은 낮았지만 발걸음은 가벼웠다.

6시 20분경, 삼도봉에 도착했다. 전라북도와 경상남도의 경계. 서서히 밝아오는 동쪽 하늘엔 붉은 기운이 스미고, 차가운 바람에 몸이 덜덜 떨렸다. 아직 일출까지는 조금 더 기다려야 한다. 다음 일출 장소는 1.8km 떨어진 화개재지만, 나는 이곳에서 해를 맞이하기로 했다. 붉고 둥근 해가 봉우리 너머로 솟아오르자, 곳곳에서 탄성이 터졌다. "와……!" 부부, 연인, 산악회원들… 모두가 같은 감동을 나눴다. 낯선 청년과 사진을 찍어주고 찍어주며, 등산객 사이의 정겨운 교류도 오갔다. 그 순간의 찬란한 태양은 사진으로, 기억으로, 가슴 속 깊이 남는다.

다시 길을 재촉했다. 이미 일출을 보느라 20분이나 지체한 터라 일행은 한참 앞서갔을 것이다. 그러나 나는 두렵지 않았다. 마라톤 풀코스 5회, 설악산 공룡능선 20.1km 종주 경험은 이 여정에 대한 나름의 자신감을 심어주었다. 산은 흐린 날도, 비 오는 날도 있지만 오늘은 달랐다. 2023년 산행 중 가장 좋은 날씨. 북한산도, 설악산도 좋았지만 오늘 지리산은 특히나 따뜻했다.

이날은 백두대간 종주 1,471km 여정의 마지막 날이었다. 나는 그 오랜 여정의 종착점에 합류한 셈이다. 21년 4월부터 시작해 2년 반 동안 이어진 이 긴 도전을 이끌어 온 박종윤 산대장님과 강인한 종주 멤버들. 그리고 나는 그 여정의 끝자락에서 다시 한 번 산을 믿고, 나를 믿고 발을 내디뎠다.

▌2편: 에너지 충전, 대피소는 쉼터

길 양옆으로 나지막한 대숲이 어깨를 툭툭 두드리는 듯한 등산로. 그 길을 따라 묵묵히, 그러나 경쾌하게 발을 내딛는다. 새벽을 지나 해가 떠오르고, 이른 아침 8시 무렵 연하천대피소에 닿았다. 산길 여기저기에서 모여든 일행들이 아침을 먹고 있었다. 나는 뒤늦게 도착해 급히 식사를 하려는데, 일부는 벌써 자리를 털고 길을 나선다. 그 뒤를 나서는 몇몇이 "천천히 오세요." 하고 떠날 때, 나는 물끄러미 그 뒷모습을 바라본다.

등은 가볍지만 발걸음은 무겁다. 이젠 본격적인 장거리 산행의 중심부로 들어간다. 연하천 초입에 서 있는 고사목 하나. 벌거벗은 채 서 있는 그 모습에서 지리산이 품은 오랜 세월의 상처가 느껴졌다. 껍질 벗은 나무의 등처럼 산도 그 속내를 드러내는 순간이었다.

10시, 종주 거리의 절반인 벽소령 휴게소(17.9km 지점)에 도착했다. 남은 거리는 17km. 천왕봉까지 11.6km, 하산지 중산리까지는 5.4km. 몸은 점점 무거워졌지만 마음은 가벼워졌다. 문득 초면인 두 아가씨가 다가왔다. "안녕하세요?" 인사와 함께 사진을 부탁한다. 정중하게 위치를 잡아 찍어주었더니, "같이 한 장 찍으실래요?" 하고 환하게 웃는다. 멀고 험한 산길 위, 낯선 이에게 건네는 그 짧은 호의와 미소. 아마도 긴 여정 속에서 마주한 고독한 나 자신과의 싸움, 그 외로움을 잠시 잊게 해준 작고 따뜻한 연대였으리라.

휴식을 마치고 다시 빠른 걸음으로 능선을 탄다. 형제봉을 지나면서는 전망 좋은 바위가 나왔다. 뒤로는 형제봉, 아래는 불타는 듯한 단풍, 북동쪽엔 구름 걸친 천왕봉. 하늘은 높고 푸르렀다. 순간 나는 감탄을 멈출 수 없었다. 산을 걷는 것이 곧 살아 있다는 증거였다. 그리고 마침내 마주한 108계단. 가파르고 지루한 오르막에 많은 이들이 숨을 헐떡이며 잠시 멈춘다. 나는 한 계단, 또 한 계단씩 오르며 페이스를 잃지 않았다. 장거리 산행은 체력보다 호흡의 싸움, 내 안의 리듬을 지켜야 완주할 수 있다.

　　1. 산은 아무 말 없이 말한다

12시 30분경, 세석평전에 당도했다. 많은 등산객이 대피소 주변 벤치에 둘러앉아 도시락을 먹고 있었다. 나는 약밥과 찰떡으로 간단히 요기했다. 에너지를 채우는 동시에, 잠시나마 마음의 여유도 함께 충전한다. 산에서의 점심은 영양보다도 마음을 쉬게 하는 일이다.

이곳은 해발 1,500m, 남한에서 가장 높은 평지형 습지다. 야생동물에게 물을 제공할 뿐만 아니라, 6월이 되면 철쭉이 붉게 타오르며 또 다른 풍경을 만들어 낸다. 오후 1시, 천왕봉으로 향해 고개를 넘는 길에 세석봉에 올라 아래를 내려다보았다. 대피소와 평전은 마치 고요한 호흡처럼 그 자리에 잔잔히 머물러 있었다.

다시 천왕봉을 향해 능선을 걷는다. 안개가 암봉을 가렸다 드러냈다를 반복하는 풍경은 마치 한 폭의 동양화 같다. 그 안개 너머로 천왕봉이 있을 터. 가는 길 곳곳엔 살아 있던 나무가 죽어 천년을 서 있는 고사목으로 변해 여전히 바람을 맞고 있었다. 장터목대피소에 도착하니 많은 이들로 붐빈다. 천왕봉으로 오르는 마지막 1.7km. 여기서 잠시 숨을 고른다. 이제부터가 지리산 종주의 진정한 시험대다.

▮3편: 희열의 천왕봉, 종점 중산리

허허로운 제석봉 능선. 키 작은 잡풀 사이로 고사목 몇 그루가 바람을 맞으며 서 있다. 그 나무들, 몸만 남긴 채 서 있는 그들은 살아 백 년, 죽어 천 년이라 했다. 1950년대, 이곳은 울창한 숲이었다. 그러나 도벌꾼들이 나무를 훔치고, 증거를 없애기 위해 불을 질렀다. 그 불길이 제석봉 전체를 삼켰고, 이제는 나무의 공동묘지가 되어버렸다. 인간의 탐욕이 남긴 흉터, 그리고 그 흔적을 되새기는 산의 침묵.

천왕봉은 가까워지고, 고사목들은 점점 더 우람해진다. 통천문을 지나 드디어 천왕봉까지 200m. 하지만 지금이 가장 힘든 순간이다. 그 짧은 거리조차 천근만근으로 느껴진다. 파워젤을 삼켜도 피로가 엉덩이를 잡아당긴다. 한 걸음, 그리고 잠시 숨. 또 한 걸음, 다시 쉼. 그리고…

오후 2시 30분, 나는 드디어 천왕봉(1,917m)에 올랐다. 숨이 멎는 듯한 순간. 피로가 눈 녹듯 사라지고, 몸 안에서 또 다른 에너지가 솟아난다. 먼저 도착해 있던 박종윤 산대장님과 종주 일행들이 환하게 웃으며 인증 사진을 남기고 있다.

정상에서 내려다본 능선은 굽이굽이 단풍이 들고, 안개가 봉우리를 타고 오르며 시시각각 풍경을 바꾼다. 정상엔 사람이 그리 많지 않아 나는 한참을 머물며 독사진을 찍었다. 지금 이 순간, 구름을 타는 신선처럼 천왕봉 위에 홀로 서 있었다. 와… 와… 이런 감동, 이런 풍경, 다시 올 수 있을까? 이 고비를 넘은 자만이 맛볼 수 있는, 이 산의 끝에서 맞는 벅찬 희열이었다.

30분간 정상의 바람을 마시고, 오후 3시에 하산을 시작했다. 중산리까지 5.4km. 돌계단과 급경사가 연이어 이어진다. 일행은 순식간에 사라졌고, 나는 느릿하게 그러나 확실하게 내려간다. 오늘 나는 더 많은 것을 보고, 더 많이 머물렀다. 그만큼 피로도 깊지만 시간은 충분했다.

내려가는 길, 법계사가 나타났다. 해발 1,400m에 위치한

　　　　1. 산은 아무 말 없이 말한다

우리나라에서 가장 높은 곳에 있는 절. 신라 시대 연기조사가 창건하고, 6·25 전쟁 중 불탔다가 최근 법당이 재건된 사찰. 세월이 스러지고 다시 피어난 공간 앞에서 나는 잠시 발걸음을 멈췄다.

이제 마지막 지점인 칼바위가 남았다. 모양이 마치 부엌칼 같다고 해서 붙은 이름. 오후 5시 무렵, 그림자가 산을 덮기 시작하자 칼바위는 그 존재를 더욱 또렷하게 드러냈다. 그 아래 계곡엔 맑은 물이 흐르고, 산 아래는 화려한 단풍으로 가득했다. 정상이나 능선의 단풍이 투박했다면 이곳의 단풍은 정제된 비단결처럼 섬세했다. 칼바위 아래로 내려가 보고 싶었지만 낭떠러지라 조심스레 사진만 담았다.

곧 일행이 몰려왔다. 빠르게 내려오는 그들과 함께 나는 맨 뒤에 붙어 하산했다. 그리고 마침내… 아스팔트 포장길. 중산리 탐방소를 지나 다리를 건너는 순간, 계곡 건너편으로 극치의 단풍이 펼쳐졌다. "아… 멋지다." 단풍은 그렇게 마지막 장면을 장식했다. 그토록 긴 하루의 클라이맥스였다.

새벽 4시부터 오후 5시 30분까지. 총거리 34.9km, 소요 시간 13시간 30분. 그 어떤 누구도 쉽게 흉내 낼 수 없는 당일치기 지리산 종주. 달도 보고, 별도 보고, 일출도 보고, 고사목과 천왕봉, 칼바위와 단풍까지… 이 모든 것이 한날 한 번에 가능했던 건 하늘이 허락한 날씨, 그리고 몸과 마음을 갈고닦은 인내 덕분이었다. 이제 나는 안다. 이 하루는 내 인생 가장 빛나는 기록이자, 어쩌면 다시 오지 않을 마지막 도전일지도 모른다.

2023년 11월 28일

태백산, 최고의 설경을 보다

2024년 갑진년 1월 중순, 전국에 30cm가 넘는 폭설이 내린 뒤 영하 20℃를 오르내리는 한파가 연일 이어졌다. 특히 강원 산간 지역, 그중에서도 태백산은 설경을 즐기려는 산객들의 발길을 끌기에 충분했다. 그러나 산행은 언제나 타이밍이 중요하다. 눈이 아무리 많이 내려도 맑은 날이 이어지면 금세 녹아버리기 마련이다. 따라서 눈이 내리는 중이거나 그 직후가 최적의 시기다. 주말까지 한파가 지속된다는 예보에 설산 산행에 대한 아쉬움을 삼키고 있던 차, 뜻밖의 기회가 찾아왔다.

당일치기 버스를 타고 태백산으로 향했다. 도심을 출발할 때만 해도 눈이 거의 보이지 않아 실망감이 앞섰다. 그러나 해발 700m 지점에 이르러 정상 능선을 올려다보는 순간, 나는 말문을 잃었다. 산 아래와는 전혀 다른 세계가 펼쳐져 있었다. 순백의 눈은 해가 떠오르는 동쪽 능선에서 아침 햇살을 받아 반짝였다. 마치 은빛 보석이 빛나는 듯한 광경에 "오길 잘했구나"라는 감탄이 절로 나왔다.

아이젠과 방한 장비를 갖추고 산행을 시작했다. 눈 덮인 등산로를 따라 빌걸음을 옮길 때마다 '뽀드득' 소리가 청랑하게

　　1. 산은 아무 말 없이 말한다

울렸다. 10분쯤 올랐을까, 눈꽃이 만발한 상고대가 우리를 맞았다. 매서운 추위였지만 바람이 없어 그리 춥게 느껴지지 않았다. 눈꽃은 참나무와 전나무 가지마다 솜처럼 내려앉아 있었다. 파란 하늘과 절묘하게 어우러진 풍경은 한 폭의 설국 그림 같았다. 산 아래에서 보면 하늘에 닿을 듯 솟아 있던 나무들이, 가까이에서는 겨울이 빚어낸 화폭처럼 다가왔다. 대기는 투명할 만큼 맑아 멀리 함백산과 대관령 풍차, 심지어 동해까지 한눈에 들어왔다. 그 장관 속에서 우리는 말없이 걸었다.

정상인 장군봉(1,567m)을 지나 천재단에 이르자 많은 산객들이 휴식을 취하고 있었다. 천재단은 단군을 모신 제단으로, 2m 높이의 자연석으로 쌓은 원형 단이 남쪽을 향해 세워져 있다. 매년 4월 이곳에서 천신제가 열린다고 한다. 태백산 정상 표석 앞에는 기념사진을 남기려는 사람들의 줄이 이어졌고, 햇빛에 반사된 설경은 눈이 시릴 만큼 빛났다.

천재단 갈림길에서 나는 망경사를 거쳐 당골계곡으로 내려가는 길을 택했다. 10분쯤 내려가자 고요한 눈 속에 묻힌 망경사가 모습을 드러냈다. 해발 1,470m에 자리한 이 절은 자장율사가 창건한 곳으로, 제천의식을 앞두고 정화수를 길었던 태백신사가 있던 자리이기도 하다. 대웅전 아래에는 '하늘 아래 첫 샘물'이라 불리는 용전이 있고, 이를 보호하기 위해 세운 용전각이 자리하고 있다. 폭설로 절 주변은 온통 하얀 눈에 덮여 있었고, 용전 주변에는 거대한 얼음덩이가 얼어붙어 겨울의 위엄을 드러내고 있었다.

망경사에 마련된 휴게소에서 잠시 쉬며 소박한 식사로 허기를 달랬다. 겨울 산행에는 가벼운 간편식이 제격이다. 약밥 한 조각과 컵라면, 따뜻한 커피를 나누어 먹으며 언 몸과 마음의 온기를 더했다.

당골계곡 하산길은 넓고 완만해 걷기에 편안했다. 길 양옆 나무에 핀 상고대는 햇빛을 받아 반짝였고, 마치 설국의 터널을 지나는 듯한 기분이 들었다. 한참을 내려가던 중, 젊은 커플이 비닐포대를 이용해 눈썰매를 즐기고 있었다. "아저씨도 한번 타보세요!"라는 말에 나도 용기를 내어 도전했다. 자세를 잡고 미끄러져 내려가자 속도는 점점 붙었고, 나무 옆을 스치듯 지나며 아찔함이 온몸을 스쳤다. 잠시나마 어린 시절로 돌아간 듯한 그 순간은 뜻밖의 선물 같은 추억이 되었다.

당골광장 입구에 이르자 함께 출발했던 산대장님이 홀로 걷고 계셨다. "오늘처럼 완벽한 날은 드물다"고 하신다. 아무리 준비를 철저히 해도 높은 산에서는 기온, 바람, 햇빛 가운데 하나쯤은 아쉬움이 남기 마련이다. 그러나 이날은 세 가지 조건이 모두 완벽히 갖추어진, 말 그대로 '10년 만에 만나는 날'이었다.

나는 유일사 탐방소에서 출발해 유일사, 주목 군락지, 장군봉, 천재단, 망경사, 당골계곡을 거쳐 당골광장까지 약 8.6km를 걸었다. 걸음마다 황홀한 설경과 눈꽃이 눈과 마음을 가득 채웠다.

두 번 다시 이런 날이 올 수 있을까? 계절은 돌고 해마다 겨울은 찾아오지만, 오늘의 태백산은 다시 만날 수 없는 단 한 번의 순간이었다. 할 수 있을 때 도전하고, 느끼고, 기록하는 삶. 자연과 함께한 이 하루는 오래도록 내 안에 남을 소중한 자산이 되었다.

2024년 1월 25일

봄, 덕룡산에 오르다

봄은 해남 땅끝에서부터 피어난다. 강진의 주작산과 덕룡산으로 이어지는 능선을 타고, 하나 둘 앞다투어 꽃들이 고개를 든다. 그 봄의 서막은 바위의 등줄기를 타고 흐른다. 덕룡산의 암봉들은 마치 하늘로 찔러 오르는 창끝 같다. 28개의 암봉이 꼬리를 물고 이어지며, 긴 능선 위에 속살을 드러낸다. 그 장대한 자태는 봄이 가장 먼저 머무는 산의 위용이다.

겨울 끝자락, 동백의 붉은 흔적이 아직도 바위틈을 지키는 덕룡산에 진달래가 불을 밝힌다. 암릉의 긴장감 속에서 봄꽃은 고요하게 피어나고, 암봉의 위세 속에 연분홍빛 감성이 번진다. 암릉 산행의 진미는, 바로 이곳에서 봄과 맞닿는다.

소석문 입구의 돌다리를 건너자 곧장 가파른 오르막이 시작된다. 밧줄을 잡고 올라서는 길, 거친 숨결 속에 자연의 품이 조금씩 열린다. 너덜한 바위 틈을 지나며 산은 점점 자신의 속살을 내보인다. 능선을 따라 오르자 시야가 트이고, 그 아래로 봉황저수지의 푸른 물빛이 고요하게 누워 있다.

발아래 낙엽 사이로 산자고꽃이 고개를 내민다. 노란 입술 끝에 하얀 꽃망울을 얹고, 산의 조용한 아침을 깨운다. 진달래는 아직 이르다. 하지만 햇살이 먼저 닿은 곳에서는 연분홍 빛이 조심스레 피어오른다. 마치 바위의 틈새에서 살아난 희망처럼.

능선은 곧 동봉(東峰)에 이른다. 이곳에서 마주한 덕룡산의 진면목은 장쾌하다. 동봉에서 바라보는 서봉, 그리고 그 사이를 잇는 암봉의 능선은 거대한 용의 등줄기처럼 하늘을 가른다. 바위 사이로 선 사람들은 사진을 남기기 위해 줄을 선다. 어떤 이는 더 좋은 각도를 찾아 암봉 위로 올라선다. 발아래 펼쳐진 풍경은 단 한 장의 사진으로는 담기지 않는다. 그것은 오직 오름으로써만 얻을 수 있는 감동이다.

동봉에서 서봉으로 향하는 길은 한 편의 드라마다. 바위를 딛고 스테플러를 붙잡아가며 조심스레 움직인다. 오르고, 내리고, 틀고, 비틀며 산은 끊임없이 사람을 시험한다. 서봉(433m)은 덕룡산의 가장 높은 봉우리이자 중심이다. 이곳에 서면 능선의 실루엣이 파도처럼 흐르고, 저 멀리 남해의 바다가 흐릿한 안개 속에서 숨을 고른다.

길은 여전히 이어진다. '등산로가 아닙니다'라고 적힌 이정표 옆 갈림길로 발을 디디면 암봉 위로 향하는 또 다른 길이 열린다. 그 위에서 바라본 풍경은 일반 등산로에선 결코 볼 수 없는 장관이다. 앞쪽 바위는 창끝처럼 날카롭고, 바다와 하늘은 그 아래에서 숨죽인다. 그 순간, 이곳이 왜 '암릉 산행의 명소'로 불리는지 비로소 알게 된다.

거북바위 부근은 덕룡산의 대표적인 포토 명소다. 뾰족한 암봉들 사이로 붉은 진달래가 피어오르고, 그 너머로 남해가 흐

   1. 산은 아무 말 없이 말한다

른다. 수많은 등산객이 이곳에서 발걸음을 멈춘다. 봄의 절정을 담기 위해, 자연이 허락한 이 한 장의 무대를 오래도록 기억에 담기 위해...

거칠고도 긴 암릉을 지나면, 풍경은 다시 부드러워진다. 대나무 숲으로 이어지는 능선길이 평온하게 이어지고, 바람은 대숲을 흔들며 속삭인다. 점봉(430m)은 온통 대숲으로 덮여 있다. 사각사각 부딪히는 잎새 소리 속에 마음도 함께 가벼워진다.

덕룡산의 마지막 봉우리, 주작봉(476m)으로 가는 길목엔 동백꽃 군락지가 있다. 바람에 흩날리는 꽃잎들이 붉은 융단처럼 산길을 물들인다. 소석문에서 주작봉까지 이어지는 능선 위 28개의 암봉은 단 한 줄기 계곡물 없이도 사람을 충분히 매혹시킨다. 진달래, 동백, 암봉, 대숲, 그리고 바다. 덕룡산은 이 모든 풍경을 한데 품은 봄의 화첩이다.

주작봉에서 내려서면 작천소령에 다다른다. 그 맞은편 주작산의 공룡능선은 이름처럼 굽이치며 펼쳐지고, 멀리 해남의 두륜산 봉우리까지 시야에 들어온다. 지도에는 433m, 7.7km로 적혀 있지만, 그 체감은 1,000m 고도에 15km 거리와 맞먹는다. 그러나 이 여정이 주는 감동은 피로를 웃음으로 바꾼다.

봄날, 암봉 사이를 걷고, 꽃을 만나고, 바람과 눈을 맞춘 덕룡산 산행. 이 특별한 기억은 계절보다 오래 마음에 남는다. 그리고 다시 봄이 오면, 사람들은 또다시 그 능선 위를 걷고 있을 것이다.

2024년 3월 30일

황매산 철쭉과 모산재 암릉

푸르름이 막 움트는 봄, 황매산(1,113m)은 이름처럼 황홀하고 매혹적인 얼굴을 내민다. 해마다 5월 초순이면 그 품에 수채화처럼 퍼지는 철쭉 물결이 산자락을 물들이고, 바람 따라 피어나는 꽃잎 향기는 산객의 발걸음을 유혹한다. 그 가운데 선 나는 오랜 기다림 끝에 황매의 품을 찾아 나섰다.

맑은 날, 꽃가루도 미세먼지도 물러난 고요한 봄 하늘 아래, 합천댐을 지나 하금리 떡갈터널을 지나던 버스가 떡갈재 입구에 멈춰 선나. 산행의 시삭은 그곳에서였다. 초입부터 완만한 능선길, 부드럽게 감긴 오솔길은 연초록 떡갈잎 사이로 햇살을 이고 있었다. 햇빛을 머금은 잎은 유리처럼 반짝이고, 피톤치드 내음은 폐부까지 맑게 씻어낸다. 이 길이 나에게 건네는 첫 인사였다.

이곳의 이름, 떡갈재는 아마 떡갈나무가 많아 붙여진 것이리라. 떡갈나무는 가랑잎나무라고도 하며, 목질이 단단하여 용재로, 껍질은 타닌 원료로 쓰인다. 오래전 조상들은 그 잎으로 떡을 싸기도 했다. 자연을 품어 살아온 선인의 삶이 스치듯 떠오른다.

1.6km쯤 오르자 시야가 확 트인다. 철쭉 사이로 길게 뻗은 산길 너머, 합천호가 다도해처럼 펼쳐진다. 수면 위로 햇빛이 부서지고, 그 아래 풍경은 마치 한 폭의 산수화 같다. 3.6km 지점, 마침내 황매산 정상에 다다르니 사람들로 북적인다. 바위 위 기존 정상석은 협소하고 위험하여, 그 아래에 새로 세운 정상석 앞에서 긴 줄을 이루고 인증사진을 찍는다. 나 또한 그 틈에서 짧은 정상을 음미한다.

이제 본격적인 철쭉의 세상으로 발걸음을 옮긴다. 황매산성에서 베틀봉까지 이어진 능선은 합천군과 산청군 경계를 따라 좌우로 펼쳐진 철쭉 동산이다. 해발 700~900m 고지에 100헥타르나 되는 철쭉 군락은 붉은 융단처럼 겹겹이 펼쳐져 있다. 목장이 있던 구릉진 초원은 여전히 제 자리를 지키며 계절마다 색을 바꿔 입는다.

베틀봉에서 이어진 능선 아래 2군락지. 만개한 철쭉은 연분홍 물결처럼 흐르며, 사람들은 그 사이를 걸어 나른한 오후의 햇살을 벗 삼아 걷는다. 마치 꽃잎 사이를 헤치며 걷는 꿈길 같다. 누군가의 웃음소리, 셔터 소리, 바람 소리가 함께 어우러진다.

능선을 지나면 숲은 다시 깊어진다. 내리막과 오르막을 반복하다 모산재에 당도한다. 철쭉으로 화려하던 풍경이 일순간 돌변한다. 바위의 세계, 암릉이 그 자리를 대신한다. 이곳은 황매산의 또 다른 얼굴이다. 단단하고 거친, 그러나 아름다움을 품은 얼굴.

모산재 정상(767m)에서 조망을 즐기고 내려오던 중, 길을 잘못 들어 황포돛대바위에는 닿지 못했으나, 바위 능선을 오르내리다 마주친 '득도바위' 앞에서는 발길이 절로 멈췄다. 바위 사이 틈으로 들어서니 절벽과 맞닿은 곳에 포토 명소가 펼쳐져 있다. 인스타그램을 위한 인증샷을 찍는 젊은이들, 연출과 반복 속에 웃음꽃이 피어난다. 자연은 세대와 시간의 벽을 넘어, 모두에게 포근하게 다가선다.

그리고 마지막. 사람들의 이야기를 가장 많이 품은 '순결바위'가 눈앞에 선다. 큼직하고 평평한 바위가 한가운데서 쩍 갈라져, 어쩌면 다소 민망한 상상을 자극한다. 전설에 따르면, 순결하지 못한 이는 이곳에 들어가면 바위가 닫혀버려 나오지 못한다 한다. 나는 아무 주저 없이 들어가 보았다. 바위는 아무 반응도 없었다. 순결하다는 증표일까? 아니면, 그저 바위가 무심했던 걸까? 전설은 전설로 남겨두기로 한다.

하산길 끝, 난전 아주머니가 건네준 삼백초 식혜 한 사발이 갈증을 훅 날려 보낸다. 좌측 샛길로 150m, 작은 절집 영암사에 들르니, 모산재의 암릉이 벽처럼 감싸안고 있다. 크진 않지만 명당이라 할 만한 아늑한 공간. 그곳에서 잠시 숨을 고른다.

총 12km, 5시간의 산행. 그러나 결코 버겁지 않았다. 황매산 정상을 감싼 철쭉 평원은 꽃 같은 여인의 얼굴이었고, 철쭉 사이를 가르던 길은 그녀의 허리 같았으며, 모산재의 큼직한 암릉은 품 넓은 연인의 팔과 같았다. 득도바위, 순결바위는 다시금 인간의 본성과 상상력을 떠올리게 했다.

나는 이 산에서, 자연 속에서, 가슴 뛰는 감흥(酣興)을 얻었다. 아름답고 풍만한 여인을 조용히 품고 돌아온 듯한, 그윽한 여운과 함께.

2024년 5월 3일

북설악 화암사 숲길을 걷다

초가을. 여름의 무성했던 푸르름이 옅어지고, 나뭇잎들은 떠날 채비에 분주하다. 길가의 억새는 백발처럼 흩날리며 긴 수염을 흔든다. 설악산의 단풍 명소로는 남쪽의 흘림골과 주전골이 이름나 있지만, 북쪽에는 금강산 턱밑까지 밀려든 울산바위와 금강산이 시작되는 화암사, 그리고 신선대가 있다. 오늘 나는 북설악 화암사 숲길을 따라 신선대에 올라, 그곳에서 울산바위의 장엄한 자태를 마주하기 위해 길을 나섰다.

속초에서 용대리로 넘어가는 미시령을 기준으로 남쪽에는 울산바위, 북쪽에는 신선대가 자리한다. 산 아래에는 화암사가 있다. 과거에는 이곳부터가 금강산이라 하여 '금강산 화암사', '금강산 성인대'로 불렸지만, 현재는 설악산 국립공원 구간으로 변경되어 '신선대'라는 이름이 더 자주 쓰인다.

화암사는 신라 혜공왕 5년(769년), 진표율사가 창건한 유서 깊은 절이다. 그는 금강산 동쪽에 발연사, 서쪽에 장안사, 남쪽에 화암사를 세웠다고 전해진다. 화암사는 유점사의 말사(末寺) 중 하나로 금강산에 존재했던 수백 개 암자 가운데 유람 순서상 첫 번째 암자이며, 신선대는 금강산 1만 2천 봉 중 제1경으로 불리는 첫 봉우리이다.

　일주문을 지나 아스팔트길을 따라 약 1km 오르면 수암전에 닿는다. 이 길은 '선시의 길'이라 불린다. 오른쪽엔 오를 때 보라는 오도송(悟道頌), 왼쪽엔 내려올 때 읽는 열반송(涅槃頌)이 새겨진 석문이 줄지어 서 있다. 선시는 수행자들이 깨달음을 언어로 형상화한 글이다. 그 문구들을 음미하며 걷는 길은 곧, 삶의 물음과 마주하는 길이기도 하다.

　수암전에서 산길로 접어든다. 약 10분을 오르면 '수(穗)바위'에 도착한다. 이곳은 진표율사와 스님들이 수행했던 장소로 전해진다. 바위 위에서 내려다보면 고요한 숲 속에 자리한 화암사의 전경이 한눈에 들어온다. 이윽고 시루떡처럼 층층이 쌓인 바위가 길가에 나타나고, 다시 숲길을 따라 30여 분을 오르면 마지막 돌길에 닿는다.

　그 끝에서 신선대(해발 646.7m)에 이른다. 전설에 따르면, 예로부터 천상의 신선들이 내려와 머물던 자리라 한다. 앞으로 올 어진 인물이 이곳을 지나 성황산까지 이어진다고 하여, 신령스러운 바위로 여겨진다. 동해를 조망할 수 있는 절경의 자리이자, 화암사 숲길의 정점이다.

　신선대 정상부를 지나 왼쪽 능선으로 조금 더 가면, 암릉 위에 펼쳐진 울산바위의 장대한 풍경이 눈앞에 펼쳐진다. 구름 한 점 없는 파란 하늘 아래, 낙타바위가 자리하고, 평평한 암릉 끝자락에는 버섯처럼 생긴 바위 세 개가 우뚝 솟아 있다. 그 위에서 울산바위를 배경 삼아 인증사진을 남겼다. 그야말로 절경 중의 절경이었다.

 　　1. 산은 아무 말 없이 말한다

버섯바위 아래에는 넓은 평평한 바위 하나가 자리하고 있었다. 그 위에 홀로 앉은 등산객의 모습이 눈에 들어왔다. 신선이 앉아 쉬었을 법한 그 바위는, '신선암'이라 불려도 좋을 만큼 인상적인 장소였다. 그러나 아쉽게도 내려가 보지 못한 채 발길을 돌렸다.

짧지만 깊은 여운을 안은 채 하산을 시작한다. 신선대에서 화암사까지 이어지는 2km의 숲길은 좁고 완만하지만 걷기에 좋다. 1.5km쯤 내려오자, 청정한 계곡물이 흐른다. 설악과 금강산의 줄기에서 흘러내린 물이라 그런지 유난히 맑고 투명하다. 계곡 옆에서 잠시 머물다 길을 따라 사찰로 향한다.

다리를 건너 화암사 경내에 들어서면, 남쪽 300m 거리에서 우뚝 솟은 수바위가 눈에 들어온다. 전해오는 이야기에 따르면, 이 절은 오랜 세월 외진 곳에 있어 시주가 어려웠다고 한다. 어느 날, 두 스님이 똑같은 꿈을 꾼다. 백발의 노인이 나타나 수바위의 구멍을 지팡이로 세 번 흔들면 쌀이 나온다고 일러준다. 아침 일찍 바위에 오른 스님들이 그 말대로 하자, 두 사람분의 쌀이 나와 끼니 걱정 없이 수행할 수 있었다고 한다.

그 후, 이 이야기를 들은 한 객승이 더 많은 쌀을 얻고자 욕심을 냈다. 지팡이를 여섯 번 흔들자 피가 나왔고, 그날 이후로는 더 이상 쌀이 나오지 않았다고 한다. 작은 이익을 탐한 욕심이 결국 모든 것을 잃게 만든 전설은 지금도 이곳을 찾는 이들에게 깊은 울림을 준다.

하산길, 선시의 길을 다시 걷는다. 올라갈 때는 오도송, 내려올 때는 열반송의 글귀가 마음에 새겨진다. 진리를 배운다는 것은 결국 '자기 자신'을 배우는 일이다. 그리고 그것은 자신을 비워야 가능한 일이다.

사계절이 순환하듯 인생에도 오르막과 내리막이 있다. 지금 이 순간에 감사하고 충실한 삶을 살아가고 있는가. 더 가지려는 욕심 때문에 마음이 피폐해지진 않았는가. 이 아름다운 길 위에서, 나는 묻고 또 되묻는다. 남은 인생, 어떻게 살아가는 것이 진정 행복한 길일까.

2024년 10월 3일

북설악 신선대

  1. 산은 아무 말 없이 말한다

천불동, 가을에 길을 묻다

2024년 10월 18일, 전국 188개 기상 관측 지점 중 166곳에 폭염 경보가 내려졌다. 서울 전역에도 폭염이 발효되었고, 늦여름의 기세는 좀처럼 물러갈 기미가 없었다. 9월과 10월에 이어 다시 기록된 '가장 늦은 폭염 경보'. 낮 기온 25℃. 한낮의 볕은 여전히 여름의 기운을 머금고 있었다.

기후의 변화는 자연의 색채에도 영향을 미친다. 늦더위 탓에 설악산 단풍도 예년보다 늦게 물들 것이라는 예보가 이어졌다. 하지만 언제나 그렇듯, 산은 사람보다 한걸음 앞서 계절을 준비한다. 나는 길어지는 여름의 끝자락에서 짧아질 가을을 온전히 만나기 위해 설악산으로 향했다.

대청봉으로 오르는 길은 여러 갈래가 있지만, 이번에도 나는 가장 빠른 코스인 오색에서 출발하기로 했다. 목적지는 천불동계곡. 지난해엔 공룡능선을 탔지만, 올해는 천불동의 깊은 골짜기와 폭포들이 나를 부르고 있었다.

새벽 3시. 입산이 허용되자마자 등산객들의 헤드랜턴 불빛이 밤하늘을 가르며 꼬리를 물고 이어졌다. 고요한 어둠을 헤치며 한 시간가량 올랐을 무렵, 오색폭포의 물소리가 쏴……
사방을 휘감는다. 숲길 위로 달빛이 스며들기 시작한다. 하늘
이 열리고, 운명처럼 올해 가장 크고 밝은 '슈퍼문'이 떠올랐
다. 그 아래 서 있다는 사실이 특별하게 느껴졌다.

　은빛 달을 이고, 가파른 오색의 밤길을 걸었다. 대청봉 정상
에 닿은 시간은 새벽 6시. 동해 수평선 위로 붉은 기운이 피
어오르고, 서쪽 하늘의 달은 붉게 물들다 능선 너머로 사라진
다. 해가 떠오른다(6시 34분). 그 순간, 산 전체가 붉은 숨결
로 물든다. 한참을 멈춰 서서 일출을 마주했다. 카메라 셔터
소리 하나 없이, 모두가 조용히 숨을 고르고 있었다. 산과 해
와 달이 오롯이 어우러지는 그 찰나를 놓치지 않으려는 듯이.

　중청봉을 지나 소청으로 내려서자, 백담사 방향 1.1km 지
점에 있는 봉정암으로 향하는 갈림길이 나온다. 귀때기청봉과
봉정암 주변 암봉들, 그리고 백담사 쪽 운해가 어우러지는 풍
경은 그야말로 절경이었다. 나는 해발 1,244m에 자리한 봉정
암에 먼저 들렀다가 가기로 했다.

　아침 7시. 봉정암은 침묵에 잠겨 있었다. 전날 머물렀던 이
들은 이미 떠났는지, 사람의 기척 하나 느껴지지 않는다. 동료
와 함께 봉정암 서편, 오층석탑이 있는 곳으로 발길을 옮겼다.
그 위 전망대 바위에 올라서자, 공룡능선과 용아장성이 한눈
에 펼쳐진다. 하늘에 닿을 듯한 울산바위의 암릉이 먼 시야 속
에서 마치 바다의 파도처럼 겹겹이 밀려온다.

　고요한 아침, 그 자리에서 약밥으로 간단히 끼니를 때우고
자판기 커피 한 잔으로 짧은 여유를 누렸다. 산바람은 여전히
차고, 바위는 따스한 햇살을 머금고 있었다. 자연과 하나 되

어 숨 쉬는 듯한 시간이 천천히 흘렀다. 짧은 휴식을 뒤로하고 다시 소청으로 올라가는 길. 내려올 때는 몰랐지만, 오르막은 꽤 가파르고 힘들다.

다시 희운각대피소 갈림길을 지나 무너미고개 방향으로 내려선다. 정상 부근의 단풍은 이미 떨어졌지만, 천불동계곡에 접어드는 순간 계절은 다시 붉고 노랗게 타오르기 시작한다. 마치 긴 여름 끝에 겨우 도착한 가을이 이 계곡에서 가장 아름다운 빛깔로 피어난 듯하다.

'천당에 온 것 같다' 하여 이름 붙은 천당폭포. 그 이름처럼 신성하고 깨끗한 물줄기가 깊은 골짜기를 가르며 떨어진다. 오른쪽엔 음폭포, 왼쪽엔 양폭포, 두 줄기가 만나 장관을 이루고, 그 아래 오륜폭포는 다섯 단의 물길로 바위를 쪼개며 흘러내린다. 절벽 위, 귀신의 얼굴을 닮았다는 귀면암은 묵묵히 계곡을 지키고 있다. 이쯤 오면 사람의 말소리도 줄어든다. 오직 물소리와 바람 소리만이 천불동을 가득 메운다.

비선대에 닿았다. 아래서 올려다보는 미륵봉의 위용이 대단하다. 하늘을 향해 솟은 미륵봉 중턱에는 신라 시대 원효대사가 불도를 닦았다는 금강굴이 있다. 돌굴이 천불의 깨달음을 품고 있다면, 나는 그 문턱에도 닿지 못한 채 그저 발 아래 흐르는 계곡물에 마음을 씻는다.

오색에서 출발해 신흥사에 이르기까지 총 19km, 11시간 30분의 여정. 밤하늘의 슈퍼문 아래를 걷고, 대청봉에서의 일출, 소청에서 펼쳐진 운해, 봉정암에서 내려다본 용아장성과 공룡능선, 천불동계곡의 폭포와 단풍이 하나하나 기억 속에 선명히 남는다.

　자연은 늘 그 자리에 있는 듯 보이지만, 사실은 언제든 사라질 수 있다. 소중한 것에 무심해질 때, 우리는 그것이 언제나 곁에 있으리라 착각한다. 그러나 정말 귀중한 것들은 정성과 시간과 마음을 들여야만 지켜낼 수 있다. 자연도, 계절도, 사람도. 그 모든 귀한 것들은 다 그러하다.

천불동계곡으로 / 한영택

내려서는 길 끝에서 가을은 다시 불붙는다
이미 떠난 계절이 골짜기 깊은 곳에서
늦게 피어난다

물은 떨어지고 바위는 갈라지며
빛은 부서져 흘러간다

이름 붙은 것들, 폭포와 바위와 길
그러나 결국 남는 것은
소리뿐

말은 사라지고, 물과 바람이
계곡을 채운다

나는 그 아래 서서
닿지 못할 것들을 바라본다

돌굴 깊은 곳의 깨달음 대신
발 아래 흐르는 물에 마음을 씻으며
긴 여정 끝에서야 알게 된다

 1. 산은 아무 말 없이 말한다

늘 그 자리에 있을 것 같던 것들이
지나가는 순간이었다는 것을

그래서
이 길 위의 나는

붙잡지 못할 것을 알면서도
끝내 바라보고 있는
한 사람의 풍경이다.

2024년 10월 17일

천불동계곡 천당폭포

남녘 끝자락 달마산을 오르다

매일같이 반복되는 일상을 잠시 벗어나, 낯선 길 위에 서면 마음은 늘 설렌다. 이른 봄, 강진 덕룡산에서 진달래를 벗 삼아 바위 능선을 타던 기억이 선하다. 계절이 깊어지는 늦가을, 다시 남녘 끝자락을 찾았다. 이번에는 붉게 물든 단풍을 따라 달마산 암봉을 오르기 위해서다.

새벽 다섯 시, 대구를 출발해 광주 시가지를 지나 영암으로 향한다. 차창 너머로 월출산의 준봉들이 저마다 기개를 드러내고, 두륜산 주봉이 멀어질 즈음 구사터널을 지나 마봉리 주차장에 닿는다. 이곳에서 산행이 시작된다. 도솔봉(417m)에 올라 도솔암을 지나 암봉 능선을 따라 걷는다. 달마산 정상 달마봉(489m)을 거쳐 미황사까지 이어지는 약 8km의 여정이다.

설악산 대청봉에서부터 남하하던 단풍은 어느새 땅끝마을까지 내려왔다. 기암괴석이 솟아 있는 자리에 가을이 잠시 머무른 듯, 도솔봉에 서니 남쪽으로는 다도해가 탁 트인 시야로 펼쳐지고, 동쪽에는 완도, 서쪽에는 진도가 자리한다. 수면 위를

 1. 산은 아무 말 없이 말한다

반짝이는 윤슬이 보석처럼 빛나며, 저마다 사연을 간직한 섬들의 존재를 알린다.

중계탑 아래를 지나 0.8km 능선을 오르니 왼편 아래로 도솔암이 보인다. 길게 쌓아 올린 돌담 위에는 소원을 적은 기왓장이 정성스럽게 놓여 있다. 길은 좁고 험하여 한 사람씩 조심스럽게 걸어야 한다. 그런 외길은 걷는 이에게 깊은 사색을 안긴다. 계단을 올라 도솔암에 이르니 사람은 보이지 않고, 돌을 정성스레 쌓아 올린 담장이 자연과 하나 되어 고요히 서 있다. 맞은편 절벽 아래로는 삼성각이 자리 잡고 있고, 그 너머로 떠오르는 해가 서쪽 진도와 삼성각을 배경으로 한 폭의 그림을 만든다.

도솔암은 미황사가 세워지기 전 의조 화상이 수도하던 수행처다. 원래는 통일신라 시대 의상대사가 창건한 암자였으나, 정유재란 당시 명량대첩 이후 왜군에 의해 소실되었다. 이후 2002년, 월정사 법조 스님이 꿈속 계시를 받고 재건했다. 삼성각에서 바라본 도솔암은 흡사 천년을 품은 요새 같다. 거대한 바위 위, 석축을 쌓아 올린 그 모습은 신비롭기까지 하다. 법당과 주변 경관이 어우러져 경외심을 자아내며, 일출과 일몰을 모두 감상할 수 있는 명소로 사진작가들이 즐겨 찾고, 드라마 '추노' 등의 촬영지로도 유명하다.

능선 위로 다시 올라 떡봉(432m)으로 향한다. 작은 사각형의 표석이 떡처럼 놓여서 그런가? 잠시 쉬어가는 자리지만, 이곳부터 달마봉까지는 본격적인 암릉 산행이다. 너덜길이 이어지고, 좌우로는 완도의 풍경이 펼쳐진다. 떡봉 위에서 일행들과 인증 사진을 남긴다.

길은 점점 더 야성적인 풍광을 보여준다. 산사태가 있었던 듯, 무수한 돌무더기가 길게 흩어져 있고, 바위 틈 사이에는 동백나무가 군락을 이루고 있다. 아직 꽃이 피려면 한 달은 더 기다려야겠지만, 그 잎새만으로도 충분히 아름답다. 작은 봉우리 하나를 넘는데, 황소가 목을 길게 빼고 있는 듯한 형상의 바위가 눈에 띈다. 마치 누군가를 오랫동안 기다려온 망부석 같다. 그 맞은편 뾰족한 바위 위에 해가 걸쳐진 풍경은 한 폭의 예술 작품이다.

능선길은 여전히 울퉁불퉁하고 너덜한 바위가 많아 긴장의 끈을 놓을 수 없다. 밧줄을 잡고 내려가야 하는 구간도 있다. 하숙골재를 지나 대밭삼거리에 이르니, 미황사와 달마봉으로 갈리는 갈림길이 나온다. 대나무숲이 우거진 이곳에는 마주 보고 선 두 개의 커다란 바위가 다정히 뽀뽀를 나누는 듯한 형상을 하고 있어 웃음을 자아낸다.

험한 길은 이어진다. 바위틈을 비집고 지나 문바위재에 도착한다. 이곳은 유일하게 문바위 구멍을 통과해야 달마봉으로 향할 수 있다. 바위를 지나자마자, 거대한 암봉들이 장엄하게 둘러싸고 있다. 포토 명소로 알려진 바위 곁에서 인증 사진을 남기고, 곧장 암봉을 오른다. 달마봉 산행 중 가장 인상적인 지점이다. 해남 일대를 조망하는 풍경이 숨이 멎을 듯 감동적이다.

잠시 그 감동에 머물다 다시 걸음을 재촉하니, 드디어 달마봉(489m)에 오른다. 정상에는 돌무더기 봉수대가 쌓여 있고, 바로 아래에는 달마봉 표석이 서 있다. 몇 번이고 인증 사진을 남기고, 이윽고 하산길에 들어선다. 오후 3시, 미황사까지

    1. 산은 아무 말 없이 말한다

1.4km 거리, 30분이면 충분할 듯하다. 길은 비교적 잘 정비되어 있고, 바닥에는 낙엽이 수북하다.

암봉으로 둘러싸인 미황사는 우리나라 육지 사찰 중 가장 남쪽에 위치한다. 신라 경덕왕 8년, 의조 스님이 백 명의 향도와 함께 쇠등에 경전과 불상을 실어 가던 중, 소가 크게 울며 주저앉은 자리에 절을 세웠다. 처음에는 ‘통교사’라 불리던 이곳이 훗날 ‘미황사’로 자리 잡는다. 어여쁜 소가 점지해 준 절이요, 부처의 말씀을 품은 산인 셈이다.

사찰로 향하는 길목, 일주문을 지나 108계단을 오른다. 부처님을 향해 오르는 이 걸음이 곧 참선이 된다. 세상의 고통과 슬픔을 함께 나누고, 맑게 씻어내기를 기원하는 자비의 계단이다.

오늘 이 길을 걸은 나, 그리고 내일 이 길을 찾는 이 모두에게, 단풍처럼 붉은 감동과 바다처럼 깊은 평안이 함께하길 빈다.

2024년 11월 23일

무등산, 눈꽃을 품다

▍1편: 어머니의 품 같은 그곳으로

서해안을 중심으로 연일 많은 눈이 내렸다. 충남 서해안과 호남, 제주에는 대설특보가 내려졌고, 이틀 전 제주 산간에는 20㎝가 넘는 눈이, 호남 지방에도 10~15cm 이상의 눈이 쌓였다. 어제는 올겨울 들어 가장 추운 날이었다. 예보에 따라 한파가 기승을 부렸고, 겨울답게 혹독한 냉기가 온 땅을 휘감았다.

나는 그 순간을 기다리고 있었다. 한겨울 눈꽃 산행지로 꼭 한 번은 가보고 싶던 곳, 무등산. 국립공원이자 유네스코 세계지질공원으로 등재된 산, 마치 어머니의 품처럼 아늑하고도 포근한 기운을 품은 그 산. 오늘은 하늘이 맑고, 매서웠던 추위도 한풀 꺾였다. 때를 놓치면 다시 오기 어려운 적기라 생각했다. 새벽을 지나 아침 7시 30분, 대구를 출발했다.

무등산국립공원 입구에는 10시쯤 도착했다. 가방을 메고, 옷깃을 여미고, 등산화를 고쳐 신으며 산행을 시작했다. 중심교를 지나 중심사에 이르니 갈림길이 나왔다. 우측, 새인봉 방향으로 약 800m쯤 올라가니 눈 덮인 약사암이 모습을 드러낸다. 고요하고 단정한 그 풍경에 절로 마음이 맑아졌다. 잠시 경내를 둘러보고는 다시 등산로에 접어들었다.

산길은 계단으로 이어지고, 이어지는 오름길 끝에 또 다른 갈림길이 나타났다. 오른쪽은 새인봉이 400m 거리에 있고 내려가는 길이다. 정상으로 가려면 왼쪽인 서인봉으로 올라야 한다. 곧장 가파른 오르막 900m를 올라 서인봉(636m)을 거쳐 중머리재(617m)에 이르렀다.

이곳은 무등산을 오르는 탐방객들이 가장 많이 머무는 지점이다. 중봉, 새인봉, 장불재 등 주요 봉우리로 가기 위해 반드시 거쳐야 하는 길목. 쉼터도 마련되어 있고, 많은 이들이 휴식을 취하고 있었다. 눈으로 덮인 정상 능선을 바라보니 설렘과 긴장이 함께 밀려왔다.

본격적인 설산 등반을 앞두고 아이젠을 꺼내 신었다. 그때, 광주에서 왔다는 일가족이 찰떡을 나눠준다. 팥과 완두콩이 들어간 따뜻한 찰떡 하나에 마음이 먼저 녹았다. 껍질이 쫀득하고 속은 부드러웠다. 오르막을 앞둔 등산객에게 이보다 든든한 간식이 또 있을까. 덕분에 몸과 마음에 온기가 퍼졌다.

장불재로 이어지는 눈길은 부드러우면서도 단단했다. 발밑에서 뽀드득뽀드득 눈 밟는 소리가 경쾌하게 울렸다. 하나둘 모여드는 산객들의 발걸음이 능선을 따라 길게 이어졌다. 한참을 오르자 장불재(919m)에 도착했다. 시야가 확 트이며 광주 시내와 정상부 능선이 눈앞에 펼쳐졌다.

장불재는 예부터 화순 동복과 광주를 잇는 옛길이자 교통의 요충지였다. 이곳에 이르면 누구나 잠시 숨을 고른다. 바람은 차고 강하지만, 눈 덮인 들판과 솟은 철탑, 그리고 하얀 능선이 어우러져 눈부신 풍경을 만들어낸다.

장불재를 지나 400m를 더 오르니, 무등산의 명소 입석대가 나타났다. 거대한 주상절리 기둥들이 하늘로 솟구친 모습은 장엄하고도 신비로웠다. 눈은 상부에서는 녹았지만, 암반 아래쪽은 이불처럼 눈이 덮여 있다. 그 위로 서석대가 웅장한 자태를 드러낸다. 천연기념물 제465호로 지정된 무등산의 주상절리는 자연이 빚은 조형미의 극치다.

서석대로 향하는 등산로 주변에는 철쭉 군락지가 눈꽃으로 뒤덮여 화원처럼 펼쳐져 있다. 상고대가 가지마다 피어 눈의 조각들이 햇살을 머금고 반짝인다.

줄지어 걷는 사람들의 행렬이 능선을 따라 물결처럼 이어진다. 생명이 살아 숨 쉬는 듯한 풍경이다. 정상에 가까워질수록 바람은 더욱 매서워졌고, 발걸음은 더딜 수밖에 없었다. 인왕봉(1,164m)에 이르자, 군부대 시설로 인해 천왕봉은 가려졌지만, 서석대와 광주 시내를 내려다보는 전망은 환상적이었다. 차가운 바람이 뺨을 때렸지만, 눈부신 설경 앞에서는 오히려 감사한 마음뿐이다.

정상은 천왕봉, 지왕봉, 인왕봉 세 봉우리로 이루어져 있으며, 한때 군사시설 보호구역으로 출입이 금지되었다가 2011년 일반에 개방되었고, 2023년 9월 천왕봉도 개방되었다. 오늘은 출입이 제한된 관계로 인왕봉에서 만족해야 했다. 천왕봉까지는 불과 500m 거리였지만, 다시 왔던 길로 발길을 돌렸다.

돌아가는 길, 서석대 전망대에서 마주한 풍경은 이번 산행의 정점을 찍었다. 햇살 아래 반짝이는 상고대와 설화가 어우러져, 이 세상이 아닌 듯한 환상을 만들어냈다. 그 찰나의 순간, 자연이 허락한 가장 아름다운 그림 앞에서 사진기를 든 이들의 손이 분주했다. 나 역시 발길을 멈추고, 그 풍경을 마음속에 깊이 담았다.

무등산의 설화(雪花) / 한영택

도심을 품은 부드럽고 너른 어머니의 산,
새하얗게 덥힌 능선 위로 치솟은 주상절리는
젖 봉우리처럼 그려진다.

삼봉(三峯) 형제가 있는 고지(高地)엔
혹한에 생장(生長)을 멈춘 뻣뻣한 가지 위로
차가운 하늘이 뿌린 눈발이 스며들어
새하얀 꽃을 피웠다.

거대한 병풍을 둘러놓은 듯
서석대의 장엄한 돌무더기 사이사이로
하늘의 기운과 바람의 속삭임을 품고 있다.

한 줄기 따스한 기운이 오면
조용히 지고 사라져 버리겠지만,
차가운 바람 맞으며 송이송이 피어난
그 존재가 더욱 빛을 발한다.

결코 인간의 손길이 닿을 수 없는
완벽한 자연의 조합 속에 핀 무채색의 백색 꽃은,
무수한 발걸음이 오고 간 장불재로 메아리쳤다.

하산은 중봉 방향으로 이어졌다. 눈으로 덮인 너덜겅을 지나 중봉(915m)에 도착하니 다시금 찬바람이 몰아쳤다. 인왕봉을 배경으로 사진 한 장을 남기고, 빠르게 중머리재로 내려왔다. 올라갈 땐 북적이던 산길도 이젠 한산했다. 오후 2시 30분, 중심사까지는 약 3km 남짓. 빠른 걸음으로 하산을 시작했다.

산길 중턱쯤, 수령 500년이 넘는 당산나무가 우뚝 서 있다. 그 옆 송풍정은 조선시대 이서면 주민들이 도원마을에서 장골재를 넘어 광주 읍성으로 가던 길목에 자리한 쉼터다. 그 옛 사람들도 이 나무 아래에서 솔바람을 맞으며 숨을 돌렸을 것이다.

산 아래는 눈이 녹아 길이 질퍽거렸다. 정상이 그토록 차가웠던 것이 무색할 만큼, 하산길은 봄처럼 부드럽고 따뜻했다. 중심사 경내를 둘러보고, 도로를 따라 주차장으로 향하던 중 도넛가게 앞 오뎅 냄새에 발길이 멈췄다. 출출하던 찰나, 가게 주인 아저씨가 "오뎅 하나 먹고 가세요"라며 건넨 국물. 그 따뜻함에 갈증이 확 가셨다. 두 개를 먹고 값을 묻자 고개를 젓는다. 돈을 내겠다고 해도 받지 않겠단다. 마음이 찡했다. 대신 도넛 몇 개를 사며 감사 인사를 전했다.

오늘은 유난히 공짜가 많았던 날이었다. 중머리재에서 받은 찰떡, 눈길에서 주운 초콜릿, 하산 후 대접받은 오뎅까지. 작지만 귀한 마음들이 산길마다 놓여 있었다. 생각해본다. 산을 좋아하는 이들은 왜 이리 인심이 후할까. 아마 자연 앞에서 겸손해지고, 함께 오른 사람들 앞에서 따뜻해지는 법을 배우기 때문일 것이다. 삶이란, 때때로 누군가의 작은 배려와 나눔 속에서 더욱 빛나는 것이 아닐까.

2025년 1월 12일

무등산 서석대

도봉산 Y계곡을 지나, 기억을 오르다

몇 번이고 계획만 세워두고 미뤄왔던 도봉산 Y계곡 산행. 교통과 일정이 번번이 엇갈리다 마침내 오늘, 기다리던 그날이 찾아왔다. 파란 하늘 위로 간간이 떠 있는 흰 구름이 길을 떠나는 마음을 먼저 설레게 한다. 이틀 후면 9월이다. 하늘은 이미 가을을 예고하고 있지만, 도심은 여전히 여름의 열기를 품고 있다.

버스에 몸을 싣고 북쪽으로 향하는 동안 하늘은 종잡을 수 없이 표정을 바꿨다. 맑던 하늘은 문경을 지나며 빗방울을 흩뿌리고, 검은 구름이 몰려오더니 이천을 지나자 다시 파란 하늘과 뭉게구름이 모습을 드러낸다. 날씨처럼 마음도 오르내리며, 오전 10시 20분 원도봉 제2주차장에 도착했다.

도봉산은 북한산과 더불어 수도권을 대표하는 명산이다. 서울 도봉구와 경기도 양주시, 의정부시의 경계를 이루며 솟은 이 산은 1983년 국립공원으로 지정되었다. 주봉 자운봉(740m)을 중심으로 만장봉, 선인봉, 신선대가 암봉 군을 이루고 있고, 일반 산행이 가능한 신선대가 정상의 역할을 한다.

 1. 산은 아무 말 없이 말한다

산기슭에는 도봉사와 망월사 같은 유서 깊은 사찰이 자리한다. 그중 망월사는 신라 선덕여왕 6년(639), 해호 스님이 왕실의 융성을 기원하며 창건한 사찰이다. 토끼 모양의 바위와 달을 닮은 월봉이 어우러져 '토끼가 달을 바라본다'는 형상에서 이름을 얻었다고 전해진다. 화려하면서도 단정한 대웅전과 극락전, 그리고 고즈넉한 분위기는 이곳이 단순한 산중 사찰이 아니라 마음을 쉬게 하는 공간임을 말해준다.

당초 안말지킴터에서 포대능선을 타고 Y계곡으로 오를 계획이었으나, 등산로 보수 공사로 통제되어 오늘은 원도봉 주차장에서 다락능선을 이용한다. 다락능선은 조선시대 단원의 숙소가 있던 '다락원'에서 유래한 이름으로, 이름처럼 조용하고 단정한 길이다.

주차장에서 500m 시멘트 길을 오르면 삼원사가 나오고, 곧장 우측 등산로로 접어들면 본격적인 산길이 열린다. 새벽에 내린 비 때문인지 등산로는 촉촉한 물기를 머금고 있다. 20여 분쯤 올랐을까, 첫 번째 통천문이 모습을 드러내고, 다리미를 세워둔 듯한 다리미바위와 가오리를 닮은 바위가 산행 초반부터 시선을 붙든다.

점점 경사가 가팔라진다. 오전 10시 50분, 흐린 하늘에서 간간이 빗방울이 떨어진다. 기온 34℃, 습도 90%. 숨이 차오를수록 땀은 온몸을 적신다. 두 번째 통천문을 지나자, 바위틈에서 고양이 한 마리가 태연하게 다가온다. 먹을 것을 달라는 눈빛이다. 과자 한 조각을 던져주니 그 자리에서 받아먹는다. 산에서는 사람과 짐승의 경계가 그리 분명하지 않다.

자운봉까지 1km 남은 도봉 탐방로 삼거리. 다시 하늘이 열린다. 11시 50분, 냉장고바위가 있는 도봉산 최고의 포토존에 닿는다. 남쪽 산기슭에 만월암이 작게 내려다보이고, 뒤편의 선인봉은 안개를 두른 채 나타났다가 사라지기를 반복한다. 만장봉과 자운봉, 신선대의 거대한 암봉들이 겹겹이 펼쳐진다. 이 찰나의 풍경 앞에서 사람들은 말없이 셔터를 누른다. 자연은 늘 짧은 시간만 허락한다.

다시 포대능선으로 향하는 길, 빗줄기가 갑자기 굵어진다. 우의를 꺼내 입지만 철재 손잡이를 두 손으로 잡고 올라야 하는 급경사에서는 비를 피할 수 없다. 바지는 흠뻑 젖는다. 예보를 믿고 올랐지만, 산의 날씨는 늘 산의 뜻대로다. 다행히 10여 분 만에 비는 멎고, 포대능선 정상에 닿는다.

포대능선은 과거 대공포 진지가 있던 자리다. 전망대에 서니 북쪽으로 이어진 포대능선 끝자락의 초소와 사패산 능선이 보인다. 남서쪽의 만장봉과 자운봉, 신선대는 안개에 가려 모습을 감췄다가 드러내기를 반복한다. 12시 30분, 약밥과 간식으로 잠시 숨을 고른다.

이제 오늘 산행의 하이라이트인 Y계곡으로 향한다. 도봉산에서 가장 스릴 넘치고, 가장 많은 이들이 지나고 싶어 하는 암릉길이다. 약 200m 길이의 V자형 계곡을 통과해야 자운봉과 신선대를 마주할 수 있다. 쇠말뚝과 와이어가 설치되어 있지만, 거의 수직에 가까운 암벽은 여전히 긴장을 요구한다.

자신 없는 이들은 우회로를 택하지만, 이 길을 오르는 마음은 그저 즐겁다. 철재 손잡이를 잡고 오르내리는 순간의 아찔함, 그리고 이를 사진에 담기 위해 직접 내려갔다 다시 올라오신 서창무 산 대장님의 수고 덕분에 그 긴장감은 기억으로

     1. 산은 아무 말 없이 말한다

남았다.

Y계곡을 넘어서자, 도봉산 정상부가 한눈에 들어온다. 중앙에 자운봉, 오른쪽에 신선대, 왼쪽에 만장봉. 덱 계단을 따라 신선대에 오르니 남쪽으로 서울 도심과 북한산 인수봉, 백운대, 숨은벽이 펼쳐지고, 서쪽으로 오봉과 여성봉이 시야에 들어온다. '도심 속 설악산'이라는 별명이 과장이 아님을 실감한다. 오늘은 날씨 덕에 사람도 많지 않아 오래 기다리지 않고 인증 사진을 남길 수 있었다.

오봉으로 향하는 길에서 물이 거의 바닥난다. 쉼터에 도착하니 외국인 세 명이 휴식을 취하고 있다. 사정을 말하자 망설임 없이 생수 한 병을 건네준다. 이온 음료까지 내미는 친절 앞에서, 산에서 만나는 인연의 온기를 다시 한번 느낀다.

오봉 삼거리에 닿아 50m를 올라 오봉 정상에 선다. 다섯 개의 봉우리가 병풍처럼 늘어서 장엄하다. 여성봉으로 향하는 1.5km 길은 한적하다. 오후 3시 20분, 여성봉(540m)에 도착한다.

정면에서 바라본 여성봉은 부드러운 곡선을 이루며 누워 있는 형상이다. 바위는 긴 세월 풍화작용을 거치며 둥글고 유연한 윤곽을 갖추었고, 산세는 강인함보다는 포근한 인상을 먼저 전한다.

봉우리를 가까이에서 바라보면 그 형태가 더 또렷해진다. 마치 한 여성이 두 다리를 쩍 벌리고 누워 있는 것처럼, 은밀한 부분의 그 중간에 생긴 타원형 구멍은 마치 자연이 의도적으로 남긴 '숨구멍' 같다. 그 안에서 소나무 한 그루가 바위틈을 비집고 자라나고 있는 모습은, 견고한 암석 속에서도 생명이 스며들어 온다는 사실을 은근히 드러낸다.

여성봉의 상부로 올라서면 넓고 평평한 바위가 펼쳐진다. 이곳에 서면 가까이에는 오봉의 암봉들이, 멀리에는 북한산 능선이 시야에 들어온다. 아래로는 길게 뻗어 내려간 암봉들이 층층이 이어지며 만들어내는 선율이 장관이다. 거칠고 강한 암릉 사이에서 이 봉우리는 유독 부드러운 표정을 하고 있다. 그래서일까, 여성봉은 보는 이로 하여금 잠시 걸음을 멈추고 자연의 균형과 생명의 기운을 곱씹게 만든다.

오후 4시, 드디어 하산을 마치고 송추계곡 끝자락에서 발을 담근다. 아직 여름의 열기는 가시지 않았다. 더위를 식히려 계곡을 찾은 사람들 틈에 끼어 잠시 몸을 맡긴다. 물은 차갑지만, 그 차가움 속에 남아 있는 여름의 기운이 오히려 오래된 기억을 끌어올린다.

문득 45년 전의 기억이 떠오른다. 1981년 가을, 입대 한 달 전. 망월사역에서 홀로 올라 만월암을 지나 신선대에 섰던 날. 선인봉에서 암벽을 오르는 마니아들의 모습을 바라보던 장면, 신선대에서 아가씨에게 건네받은 사과 한 조각의 달콤함, 우이령에서 바라본 단풍 든 자운봉과 만장봉의 붉은 물결….

그때의 나는 무언가를 잃을까 두려웠고, 또 무언가를 얻을 수 있을까 설레었다. 지금의 나는 그 모든 시간을 지나 다시 여기 서 있다. 다만 다른 점이 있다면, 이제는 잃는 것보다 남는 것이 더 많다는 사실을 안다는 것이다.

산은 늘 그 자리에 있었다. 그 자리에 서서, 나는 다시 그 길

   1. 산은 아무 말 없이 말한다

을 걸었다. 그리고 그 길 위에서, 45년 전의 나와 지금의 내가 잠시 마주쳤다. 서로 다른 시간에 살고 있지만, 같은 숨을 쉬고 같은 바람을 맞는 존재로서.

"산은 기억을 지워주지 않는다. 오히려 기억을 더 선명하게 만들어, 다시 걷게 한다. 누구에게나 그런 길이 있다." 그래서 나는 오늘도 그 길을 오르고, 또 다시 오를 것이다.

2025년 8월 30일

도봉산 오봉

속리산 종주, 산이 다 보여주지 않은 날

두둥실 뭉게구름이 떠가고 하늘은 맑다. 사계절 내내 탐방객의 발길이 끊이지 않는 속리산 법주사로 향하는 길 위에는, 저마다의 인생이 좁은 산길에 실려 천천히 흐르고 있다. 1970년 국립공원으로 지정된 속리산은 우리나라 중심부에 우뚝 솟아 험준하면서도 명결함을 상징하는 산이다. 주봉은 천왕봉(1,058m), 그리고 문장대(1,054m). 오래 품어온 속리산 종주 산행에 설레는 마음으로 나선다.

대구에서 두 시간을 달려 상주 화북 공용주차장에 도착했다. 좌측 계단을 올라 도로를 따라 걷자 화북탐방지원센터가 나타난다. 작은 다리를 건너는 순간부터 산은 말없이 사람을 받아들이기 시작한다. 문장대까지는 3.5km. 돌계단을 오르고 나면 숨을 고르게 허락하지 않는 가파른 오르막이 연달아 이어진다.

산길로 접어들자 숲은 희뿌연 안개를 가득 머금고 있다. 나무들은 말수가 줄었고 풍경은 경계 없이 번져간다. 1.7km 지점, 약 30분쯤 올라 쉼터바위에 도착했다. 일기예보는 종일 흐림. 정상에 오르면 잠시라도 햇빛을 볼 수 있으리라는 기대가 있었지만, 지금의 기색으로는 쉽지 않아 보인다. 그래도 한낮이면 달라질지 모른다는 작은 희망 하나는 마음속에 남겨 둔다.

전날 밤 내린 비로 계곡물은 콸콸 소리를 내며 흐르고, 곳곳의 기암들은 안개 뒤에 숨어 제 모습을 온전히 드러내지 않는다. 산은 보여주지 않음으로써 오히려 더 많은 이야기를 품고 있는 듯하다.

2.3km 지점, 문장대까지는 이제 1.2km. 이곳부터 이어지는 돌계단 양옆으로 무성했을 대숲은 검게 탄 줄기만 앙상하게 솟아 있다. 불에 그을린 시간의 흔적처럼 서 있는 대나무들 사이로 길은 묵묵히 이어진다. 길옆으로는 각기 다른 표정의 암봉들이 안개 속에서 제 존재를 암시하고, 댓잎이 바람에 스치는 소리만이 적막을 깨운다.

문장대 삼거리에 올라서자 비교적 넓은 공터가 나타난다. 이곳은 1976년 신축되었던 휴게소 자리로, 자연보전과 생태복원을 위해 2008년 철거된 곳이다. 사라진 시설 대신 비워진 자리에 고요가 남아 있다.

삼거리에서 약 200m 떨어진 문장대는 속리산을 대표하는 자연경관 중 하나다. 바위로 석대를 쌓아 올린 듯한 형상의 봉우리. 본래 구름 속에 감추어져 있다고 해 운장대(雲藏臺)라 불렸으나, 조선 7대 임금 세조가 이곳에서 신하들과 강론하고 시를 읊었다 하여 문장대(文藏臺)로 이름이 바뀌었다고 전해진다. 구름은 예나 지금이나 이 봉우리를 쉽게 내어주지 않는 듯하다.

표석 두 개를 지나 좌측 가파른 철계단을 오르면 문장대 정상이다. 맑은 날이라면 사방으로 펼쳐질 속리산의 절경이 오늘은 안개에 가려져 있다. 힘들게 올라온 오늘의 메뉴는 곰탕이다. 시야는 막혔지만, 대신 구름 속에 몸을 맡긴 채 흐르는 기분으로 만족한다. 안개는 풍경을 지우는 대신 생각을 남긴다. 보이지 않는다는 것은 비어 있음이 아니라, 잠시 감춰두는 일임을 산은 조용히 가리킨다.

인증사진을 남기고 철계단을 내려선다. 위에서 내려다보는 풍경도, 아래에서 올려다보는 문장대의 위용도 오늘은 눈을 감아야 할 것 같다. 속리산이 자랑하는 조망을 포기하고, 정해진 길을 묵묵히 걷는 것만으로 오늘의 산행은 충분하다고 여긴다.

다시 문장대 삼거리. 이곳은 화북, 법주사, 천왕봉으로 갈라지는 갈림길이다. 대부분의 탐방객은 법주사에서 문장대(6.5km)에 올라 원점 회귀하지만, 우리는 화북에서 문장대(3.2km)를 올라 천왕봉을 거쳐 법주사로 내려가는 종주 코스를 택했다. 짧지만 깊은 길이다.

문수봉과 비로봉을 지나 천왕봉까지는 3.0km, 능선을 타는 구간이다. 신선대까지는 비교적 평탄한 길이 이어진다. 습기를 머금은 흙길은 발걸음을 부드럽게 받아준다. 신선대에는 매점과 탁자가 있어 잠시 쉬어간다. 주인이 직접 담갔다는 당귀 막걸기가 인기라 한다. 정오 무렵 간단히 요기를 마치고 다시 천왕봉으로 향한다.

등산로 옆으로 우뚝 솟은 바위들이 더러 눈에 띈다. 커다란 바위틈을 통과하자 산 대장님이 뒤를 돌아보라 손짓한다. 고

     1. 산은 아무 말 없이 말한다

개를 돌리니 고릴라 어미와 새끼를 닮은 바위 두 개가 나란히 앉아 있다. 안개 속에서도 그 형상만은 또렷하다. 날씨가 좋았다면 더 선명했으리라 아쉬움을 남긴 채, 벤치에 앉아 바위와 함께 인증사진을 남긴다.

능선을 돌아 대숲 길로 접어든다. 안개로 인한 습도로 댓잎은 물기를 잔뜩 머금고 있다. 정상부 능선을 가득 덮은 대숲 풍경은 이채롭다. 일행은 작년에 이곳에서 비로봉을 바라보던 장쾌한 조망을 떠올리며 아쉬움을 전한다. 오늘의 산은 끝내 보여주지 않기로 작정한 듯하다.

첫 번째 석문을 지나 천왕봉 갈림길에 이른다. 천왕봉은 600m를 더 들어갔다가 되돌아 나와야 한다. 그 수고 끝에 다다른 정상은 생각보다 아담하다. 문장대보다 탐방객도 적다. 먼저 도착한 몇몇과 대전에서 왔다는 젊은 아가씨 두 명이 반갑게 인사를 건넨다.

속리산 천왕봉에서 문장대까지 이어지는 3.2km는 백두대간의 일부다. 백두산에서 시작해 지리산 천왕봉까지 이어지는 우리 민족의 등줄기. 이곳에서 떨어진 빗물은 방향에 따라 낙동강, 금강, 남한강으로 흘러간다. 삼파수(三波水). 하나의 산에서 세 갈래의 물길이 갈라지듯, 사람의 삶도 각자의 방향으로 흘러간다. 날씨가 좋으면 월악산, 덕유산, 계룡산까지 조망된다지만 오늘은 사방이 곰탕이다. 정상석 앞에서 인증사진을 남기고 하산을 시작한다.

상환암으로 내려가는 길, 두 번째 석문을 지나친다. 곧이어 바위를 병풍 삼아 자리한 상환암이 모습을 드러낸다. 작지만 섬세하고 단아한 건축물이다. 처마 끝 풍경이 바람에 흔들리고, 색채는 안개 속에서도 고요히 빛난다. 샘물 한 잔으로 갈증을 달래며 잠시 쉰다. 사방은 고요하고, 계곡 물소리만 또렷하다.

세심정에 이르러 아스팔트 길이 시작된다. 덱으로 잘 정비된 세조길 대신 빠르게 내려갈 수 있는 도로를 택한다. 연못에는 오리 떼가 나란히 물 위를 미끄러지듯 지나간다. 단풍이 들었다면 덜 지루했으리라. 산길보다 아스팔트 길이 유난히 길게 느껴진다. 법주사에 닿을 무렵, 무리지어 뛰고 있는 젊은 남녀들이 눈에 띈다. 활력이 넘치는 그들의 모습에서 잠시 생기를 얻는다.

문장대와 함께 속리산을 대표하는 법주사로 들어선다. 국내 최대의 금동미륵대불과 목조 오층탑, 금종각이 시선을 붙든다. 포토존에는 탐방객들이 붐빈다. 그 틈에서 법주사의 시간을 천천히 품어본다.

경내를 거닐다 문득 깨닫는다. 자연은 언제나 허락한 만큼만 내어주고, 그 안에서 우리는 자유와 행복을 배운다는 것을. 종일 안개와 함께한 산행. 보지 못한 풍경은 아쉬움으로 남았지만, 그 아쉬움마저 산이 건네준 선물처럼 느껴진다. 안개는 걷어내는 것이 아니라, 오래 기억하게 하는 방식으로 오늘을 남겨두었다.

2025년 10월 4일

신불산에서 간월산까지, 억새의 시간

꽃대에 솜털이 차오르는 10월 하순에서 11월 중순, 억새는 가장 눈부신 시간을 맞는다. 그 시간을 만나기 위해 오늘, 신불산과 간월산을 잇는 억새평원으로 향한다. 가을 산행으로는 설악의 공룡능선과 천불동 계곡을 가장 많이 찾지만, 영남알프스의 신불공룡과 간월공룡에서 느끼는 스릴과, 신불산과 간월산을 따라 흐르는 억새의 물결은 또 다른 차원의 가을을 선사한다.

영남알프스는 최고봉 가지산(1,241m)을 중심으로 운문산, 천황산(제약산), 신불산, 영축산, 고헌산, 간월산 등 일곱 산군이 어깨를 맞댄 곳이다. 유럽의 알프스를 닮았다 하여 붙은 이름이지만, 이곳의 가을은 그 어떤 산맥보다 한국적이다. 능선을 타고 흐르는 바람과 억새가 그 증거다.

간월산장 주차장에서 등억온천단지 영남알프스 웰컴센터를 지나 좌측 길로 들어선다. 클라이밍장을 지나 산길로 접어들면 흙길과 돌계단이 잘 정비된 오름이 이어진다. 약 30분 만에 홍류폭포에 닿는다. 한동안 비가 내리지 않아 물줄기는 가늘다. 햇빛을 받아 무지개가 서린다고 하여 붙은 이름이지만, 오늘은 그 장관을 마음속으로 그려본다.

대숲 길을 지나 너덜지대에 이르러 밧줄을 잡고 오르자, 능선 초입에 닿는다. 갈림길이다. 좌측은 자수정 동굴로, 우측은 신불산 정상으로 가는 길이다. 우리는 오른쪽 길로 방향을 잡는다. 잠시 후, 칼날처럼 날 선 바위능선, 신불공룡에 들어선다. 약 700m 길이의 능선을 조심스레 건너는 동안 긴장과 설렘이 교차한다. 산행의 재미는 바로 이런 순간에 있다.

너덜지대를 지나 오솔길을 돌아 오르니 신불산 정상(1,159m)에 선다. 누군가의 손길로 쌓아 올린 두 개의 돌탑이 있고, 정상석은 기존 표석과 새로 세워진 표석이 각각 따로 자리하고 있다. 밑동이 굵고, 용트림하듯 엎드린 '누운 소나무'는 이곳의 시간을 말없이 증언한다.

전망대 겸 휴식 공간에 탐방객이 삼삼오오 모여 점심을 먹고 있다. 우리도 가져온 음식으로 허기를 달랜다. 아래로는 광활한 신불평원 60만 평의 억새가 펼쳐지고, 남쪽으로는 영축산 능선이 또렷하다. 신불산은 울주군 삼남면과 삼북면에 걸쳐 있다. 1988년 군립공원으로 지정된 이후 이 산은 더 많은 이들의 가을을 품어왔다. 신령이 불도를 닦던 산이라는 이름처럼, 예부터 왕봉이라 불리며 산꼭대기에 묘를 쓰면 역적이 난다는 이야기도 전해진다.

다시 능선을 따라 간월재로 향한다. 신불능선 끝자락, 내리막 포토존에서 탐방객들이 간월산장과 간월산을 배경으로 셔터를 누른다. 같은 풍경 앞에서 낯선 이들과 번갈아 사진을 찍어주며 미소 짓는다. 간월재 덱 계단으로 내려서자, 간월평원

     1. 산은 아무 말 없이 말한다

의 억새가 흰 수염을 흔들며 맞아준다. 억새밭 속으로 들어서자, 나 역시 그 흔들림의 일부가 된다.

햇빛의 결에 따라 빛깔을 달리하는 억새. 해 뜰 무렵과 해 질 녘에는 황금빛으로, 한낮에는 은빛으로 바람결에 일렁인다. 화려한 단풍과는 또 다른 결의 아름다움. 억새는 말없이 계절을 알리는 가을의 전령사다.

신불산과 간월산 사이의 완만한 언덕, 간월재에는 10만 평 억새평원이 펼쳐진다. 예전에는 화전민들이 밀양과 울산을 오가던 고갯길이었다. 억새 산행의 1번지라 불리는 영남알프스의 핵심 구간으로, 가을이면 수많은 산객이 이 풍경을 찾아 모여든다.

간월재 산장, 돌탑에서 인증사진을 남기고, 간월산 정상으로 향한다. 완만한 능선을 따라 오르다 보니 이정표가 눈에 띄지 않아 잠시 머뭇거렸지만, 간월공룡 갈림길을 지나 계속 오르자, 간월산 정상석이 모습을 드러낸다. 간월산(1,069m)은 신불산의 준봉으로, 영남알프스와 낙동정맥에 속한 산이다. 정상은 협소해 잠시 숨을 고른 뒤 곧 자리를 뜬다.

하산은 간월공룡을 택했다. 초입부터 15m 절벽을 밧줄에 의지해 내려서야 한다. 이어지는 10m 구간까지, 밧줄 하강이 일곱 차례 반복된다. 쉽지 않은 길이지만, 능선 너머로 기울어가는 해와 곱고 짙게 물든 단풍이 피로를 덜어준다. 대부분의 탐방객이 평탄한 간월재 하산로를 택하지만, 호기심이 이 길로 나를 이끌었다.

해가 서산으로 기울 즈음, 다시 등억온천단지에 도착한다.

간월산 기슭의 등억온천은 게르마늄 함량이 높아 피부병과 신경통, 당뇨와 고혈압에도 효험이 있다고 전해진다. 신불공룡과 간월공룡을 넘으며 억새를 바라본 오늘의 산행은, 도전의 하루이자 흔들리며 저물어가는 나 자신을 돌아보는 시간이 되었다.

억새가 바람에 흔들리는 모습을 바라보는 동안, 마음도 함께 가벼워진다. 애써 붙들고 있던 생각들도 잠시 멈춘다. 가을을 온전히 누리기에, 신불산과 간월산을 잇는 이 억새평원만 한 길도 드물다.

바람이 스칠 때마다 억새는 은빛으로 몸을 낮춘다. 해 질 무렵이면 하루의 무게를 털어내듯 고요히 일렁인다. 말없이 흔들리면서도 제자리를 지키는 모습에서, 가을은 가장 낮은 빛으로 깊어진다.

바람이 멈추면 억새도 고요해진다. 그러나 지나간 바람까지 사라지는 것은 아니다. 우리의 시간도 그러하다. 흔들린 날들이 쌓여 지금의 자리를 만든다. 비워낼수록 가벼워지고, 낮아질수록 오래 빛난다는 것을 억새는 조용히 보여준다.

2025년 10월 30일

2. 마라톤, 삶을 닮은 레이스

- 나를 이기는 길 위의 시간들

우연한 계기로 시작한 마라톤은 내 인생에 신선한 자극이 되었다. 지인과 후배들의 권유로 뛰어든 이 세계는 낯선 길을 향한 설렘, 긴장감, 그리고 스포츠를 통한 교류로 가득했다. 젊음과 열정이 넘치던 그 시절은 인생의 황금기였다.

그러나 '코로나19'라는 예상치 못한 전환점을 지나며, 화려했던 날들은 이제 아름다운 기억으로 남아 있다. 그럼에도 함께 달리고, 웃고, 이겨냈던 순간들은 여전히 생생하다. 그 감동을 다시 꺼내어 글로 남긴다.

마라톤은 타인과의 경쟁이 아닌, 자신과의 싸움이다. 한계에 부딪혔을 때 포기하지 않고 이겨내는 것, 고통의 시간을 버텨내는 것, 그리고 결국 결승선을 통과히는 순긴의 성취감은 이루 말할 수 없다. 지치면 잠시 걸어도 괜찮다. 중요한 건 '멈추지 않는 것', 다시 나아갈 용기다.

인생도 마라톤과 같다. 길고 예측할 수 없으며, 누구도 대신 완주해 줄 수 없다. 고통과 장애물, 변수를 마주하면서도 결국 자기 의지로 걸어야 하는 여정이다. 달리는 것이 곧 살아가는 것이고, 쉬어가더라도 다시 일어서는 것이 삶의 태도다. 인생은 자기 자신과의 긴 레이스다.

2. 마라톤, 삶을 닮은 레이스

첫 하프, 그 푸르른 시련의 길에서

며칠 전부터 가슴 속을 간질이던 설렘이, 마침내 아카시아 향기로 피어났다. 신록이 짙어지는 봄날, 달리는 기분 또한 그 푸르름에 물들어 간다. 오늘은 내 인생의 첫 하프마라톤, 그것도 페이스메이커로 뛰는 날이다.

경기장에 도착하자 사람들의 열기로 공기가 달아올랐다. 같은 소속 동료들과 나란히 참가번호표를 붙이고 준비를 마치자, 이내 출발 신호가 울렸다. 사흘 전, 무리한 연습 탓인지 왼쪽 장딴지에 뻐근한 느낌이 있었지만, 대수롭지 않게 여겼다. 그렇게 나는, 수천 명의 발걸음과 함께 트랙을 박차고 나섰다.

하지만 불과 2km를 달리지도 못해, 장딴지 아래쪽에서 날카로운 통증이 몰려왔다. 예기치 못한 신호. 시작이 고작인데 벌써 이렇다면 도저히 완주할 수 없을 것 같았다. 함께 뛰던 문진이에게 털어놓자, 그는 "조금 천천히 달려봐"라며 말을 아꼈다. 나는 고개만 끄덕였다. 내 뒤를 보고 페이스를 맞춰오는 이들이 있기에, 함부로 멈출 수도 없었다. 그저 아픈 다리를 조심스레 착지하며 한 발씩 내디뎠다.

몸은 정직하다. 마라톤을 한 지 얼마 되지 않았지만, 페이스메이커로 뛰라는 제안에 기분 좋게 나섰다. 그러나 짧은 기간 동안 부족했던 훈련의 틈은 곧 현실로 다가왔다. 통증에 다리는 무겁고, 어깨는 결렸으며, 마음조차 내 것이 아닌 듯했다. 이 고비를 넘기면 무엇을 마주하게 될까. 나 자신에게 묻고 또 물었다.

5km 지점을 30분에 통과했다. 거의 오차 없는 페이스다. 신기하게도 통증이 서서히 잦아들기 시작했다. 심장은 안정적이고, 숨도 거칠지 않았다. 몸이, 이제서야 나를 받아들이는 것 같았다. 혹시 이것이, 고통을 넘기며 분비되는 체내의 마지막 진통제일까?

기록에 연연하지 않으니 마음이 한결 가벼웠다. 목표는 2시간 10분. 나는 속도에 여유를 두고, 손짓으로 응원하며, 옆 사람과 이야기를 나누며 달릴 수 있었다. 이것이야말로 하프의 매력이라는 걸, 이제서야 알 것 같았다.

10km 지점을 1시간 1분에 통과했다. 흐름은 안정적이었다. 한 여성 참가자가 내 곁으로 다가와 바짝 속도를 맞췄다. "잘 뛰시네요," 그녀의 숨결 섞인 인사가 고맙고 반가웠다. 함께 페이스를 맞춰 달리던 중, 15km 지점에 접어들자 길게 뻗은 오르막이 앞을 가로막았다. 힘이 빠진 그녀는 점차 뒤로 밀렸고, 나는 손짓으로 응원을 보내며 앞을 향했다.

20km 지점. 2시간 3분. 이제는 거의 다 왔다. 신기하게도 전혀 힘들지 않았다. 마지막 트랙을 돌아 골인지점에 다다르자, 셔터 소리가 연신 터졌다. 완주 기록 2시간 9분 46초. 첫 하프마라톤의 도전, 그리고 페이스메이커로서의 임무, 모두

　　2. 마라톤, 삶을 닮은 레이스

성공적으로 마무리한 순간이었다.

‘과연 해낼 수 있을까’ 했던 스스로에게, 나는 조용히 말한다. “대견하다.” 아픈 다리는 이제 기억 저편으로 밀려나고, 새로운 꿈이 조용히 고개를 든다. 언젠가, 풀코스에도 도전해 보고 싶다. 아직 넘어야 할 산은 많지만, 오늘의 경험이 다음 여정의 밑거름이 될 것이다.

연습한 만큼만 달릴 수 있다는 것. 자신의 페이스를 지켜야 지치지 않는다는 것. 그 단순한 진리가, 삶의 깊은 교훈처럼 가슴에 새겨졌다. 결국 모든 일은 마라톤과 닮아 있다. 무리하지 않고, 조급해하지 않으며, 자신의 속도로 한 걸음씩 나아간다면… 언젠가 반드시 목표점에 도착하게 될 것이다.

영남일보 하프마라톤대회 (2015년 5월 10일)

가을, 달리다 첫 풀코스의 전설

풀코스를 향한 여정은 어느 봄날 문득 시작되었다. 달리기에 문외한이던 내가 서서히 몸을 깨우며 조심스럽게 첫발을 뗀 건 지난 5월이었다. 그 후 두류공원과 신천변을 누비며 틈날 때마다 뛰었다. 영남일보 하프(5월 10일), 달서마라톤(9월 20일), 경주국제마라톤(10월 11일)에서 하프코스를 완주했고, 앞산 자락길 22km 산악 훈련까지 마친 뒤 마침내 생애 첫 풀코스를 향해 시동을 걸었다.

10월 25일 새벽 3시. 알림 소리에 눈을 비비며 침대를 박차고 일어났다. 전날 준비해 둔 가방을 들고 중리시장 앞에서 동료들과 합류했다. 12인승 승합차에 9명이 올라 춘천으로 향했다. 불편한 좌석에 몸을 욱여넣은 채 설잠을 청하며 중앙고속도로를 달렸다. 혹여 이 피로가 경기에 영향을 미치지는 않을까. 불안한 마음은 차창 밖 어둠 속으로 흘려보냈다.

6시 무렵 치악산 휴게소에 도착해 간단히 식사를 마친 뒤 화장실에 들렀다. 남자 화장실 앞에는 이미 대회 참가자들이 길게 줄을 서 있었다. 급한 마음에 잠시 눈치를 보다가 사람이 없는 여자 화장실을 슬쩍 이용하고 나왔다. 그러자 다른 남자들도 슬그머니 그 뒤를 따랐다. 급할 땐 체면도 잠시 내려놓게 되는 모양이다. 민망한 웃음이 새어 나왔다.

춘천 시내에 들어선 건 아침 8시경이었다. 공지천 조각공원 내 축구장에 차를 대고 가볍게 몸을 풀었다. 도심은 이미 인파로 북적였다. 2만 7천여 명의 참가자와 1,500여 명의 자원봉사자들. 내 이름조차 묻힐 듯한 거대한 무리 속에서 나는 맨 끝 H조에 배정되었다.

9시 33분 33초. 출발 신호가 울리자 비로소 가을의 전설이 시작되었다. 붉게 물든 춘천의 단풍, 유려한 의암호와 삼악산. 가을의 정취를 한껏 품은 도시는 꿈결 같았다. 형형색색으로 줄지어 달리는 사람들 속에서 내 마음도 어느새 붉게 물들고 있었다.

생애 첫 풀코스라는 두려움에 초반 페이스는 조심스러웠다. 몇 차례 오버페이스로 부상을 겪은 기억이 있어 심호흡을 하며 완만한 오르막과 내리막을 넘었다. 의암댐 앞 다리를 지날 즈음 첫 카메라맨이 있었지만 미처 알아보지 못하고 지나쳤다. 출발점에서 파워젤 하나를 먹었고, 12km 지점에서 하나를 더 먹었다. 18km 지점에서는 먼저 출발했던 동료를 만나 반가운 인사를 나눴다.

25km 지점. 배고픔과 탈진이 동시에 밀려왔다. 자원봉사자에게서 파워젤 두 개를 받아 털어 넣고, 혹시 모를 상황에 대비해 가져온 진통제 '탁센' 두 알도 삼켰다. 그때부터 의지할 수 있는 건 오직 나 자신뿐이었다.

춘천댐을 지나며 조금씩 기운을 되찾았다. 30km 지점에서 자신감이 스며들었고, 35km를 넘어서자 갈증이 몰려왔다. 두

잔의 물로 타는 목을 축이고 다시 달렸다. 도심에 들어서자 답답한 공기와 뜨거운 햇살이 체력을 앗아갔다. 40km 지점에서는 발바닥이 타는 듯 아파왔다.

"다 왔어요! 힘내세요!" 동료의 응원이 들려왔지만 말로 답할 힘이 없었다. 숨은 턱까지 차올랐고, 500m를 남기고 막판 스퍼트를 내려 했지만 더 이상 힘이 남아 있지 않았다. 그저 버티며 마지막까지 달렸다.

결승선을 통과하는 순간, 카메라 셔터 소리가 연달아 울렸다. 본능처럼 미소를 지으며 포즈를 취했다. 지금 이 순간을 기억하고 싶었다. 이 사진 한 장에 모든 고통과 땀이 담길 수 있다면 좋겠다고 생각했다. 멈추자 별이 눈앞에서 반짝였고 헛구역질이 올라왔다. 두 다리는 풀렸고 숨쉬기조차 힘들었지만, 가슴 한가운데 뜨거운 한마디가 맴돌았다. "내가 해냈구나."

25km까지는 1km당 6분 페이스. 이후 평균 6분 40초. 최종 기록 4시간 23분 18초. 고통은 있었지만 그보다 더 큰 성취가 있었다. 땀과 근육통을 견디며 '달릴 수 있다면 달린 만큼 달릴 수 있다'는 말을 내 몸으로 증명했다.

첫 풀코스를 완주한 지금, 동호인들은 말한다. "풀코스 완주면 다냐? 서브-4는 해야지." 웃으며 고개를 끄덕이지만 마음 한편에서는 또 다른 도전의 불씨가 살아난다. 그래, 도전의 끝은 없다. 살아 있는 한 우리는 끊임없이 넘어야 할 산을 꿈꾼다. 그것이 삶이고, 그것이 달리기다. 삶은 마라톤이다. 끝까지 달려야 비로소 내가 누구였는지를 알게 된다.

조선일보 춘천국제마라톤대회 (2015년 10월 25일)

명사 20리 고래불 해안 길을 달리다

마라톤은 봄과 가을, 운동하기 좋은 계절에만 하는 줄 알았다. 그런데 실제로는 한겨울 매서운 추위에도, 한여름 숨 막히는 더위에도 어김없이 대회가 열린다. 달리는 사람에게 계절은 핑계가 되지 않는다는 듯이. 어쩌면 인생도 그렇지 않을까.

7월 초, 찜통더위가 막 시작되는 피서철. 유명 해수욕장은 하나둘 개장하고, 물놀이장에도 사람들의 웃음소리가 점점 커진다. 영덕의 고래불해수욕장 역시 7월 14일 개장을 앞두고 있었다. 그러나 그보다 먼저 바다를 끼고 달리는 마라톤 대회가 열린다. 철썩이는 파도가 은빛 물보라를 일으키며 부딪히는 해안 길. 매년 이맘때면 그 길 위에 땀과 숨결이 더해진다.

대회 당일, 대구에서 모인 하나로마라톤클럽 회원 15명이 봉고차 한 대와 승용차 한 대에 나눠 타고 아침 여섯 시에 출발했다. 공기는 차분했지만 차 안은 설렘과 긴장이 뒤섞여 있었다. 나는 후배 최정두 감독의 권유로 클럽에 가입한 지 1년 남짓 되었지만, 새로 들어온 회원들과는 조심스러운 말투와 어색한 웃음이 오갔다. 그러나 같은 목적지를 향해 달려간다는 사실만으로 이미 한 팀이었다.

참가 인원은 5,000여 명. 이 대회에는 해마다 '마라톤 황제' 이봉주 선수가 모습을 드러내 홍보를 돕는다. 오전 9시, 풀코스가 먼저 출발하고 5분 간격으로 하프, 10km, 5km 코스가 순서대로 이어졌다. 나는 10km 구간에 나섰다. 코스는 고래불해수욕장 캠핑장을 출발해 영리해수욕장, 경북수산자원연구원을 거쳐 덕천해수욕장 캠핑장으로 이어진다. 고래불대교를 건너 대진1리 어촌체험마을 5km 지점까지 달린 뒤 다시 되돌아오는 길이다.

고래불해수욕장은 병곡면의 여섯 해안마을을 배경으로 20리에 이르는 동해안의 대표 해수욕장이다. 이름 '고래불'은 고려의 대학자 이색 선생이 마을 뒷산 상대산에 올라 바다를 바라보다 고래가 물을 뿜는 장면을 보고 '고래뿔'이라 부른 데서 유래했다. 해안 길이는 고래불해수욕장 3km, 영리해수욕장 1.9km, 덕천해수욕장 3.1km, 그리고 대진해수욕장까지 총 8km, 즉 20리에 달한다.

굵고 고운 모래는 몸에 잘 달라붙지 않아 백사장에서 찜질을 하면 심장과 순환기 건강에 좋다는 이야기가 전해진다. 수심도 얕아 어린아이를 동반한 가족 단위 피서지로도 인기가 높다. 고래불 입구에는 고래를 형상화한 조형물이 서 있고, 숲길 산책로 곳곳에는 고래 떼를 닮은 조각들이 놓여 있다.

출발 신호와 함께 천천히 달리기 시작했다. 해안 길을 따라 송림이 우거진 고래불 해변 사이로 길게 이어진 바닷가 풍경이 한 폭의 그림처럼 눈앞에 펼쳐졌다. 모래밭에 핀 번행초와 야생 풀꽃, 영리해수욕장 습지의 갈대밭, 덕천해수욕장의 소

　　　2. 마라톤, 삶을 닮은 레이스

나무 숲까지…… 이 모든 자연이 긴 백사장을 따라 어우러져 있었다. 그 고요한 풍경과 달리 내 심장은 북처럼 울리고 있었다.

솔숲 사이로 불어오는 시원한 해풍이 뜨겁게 달궈진 몸을 간간이 식혀 주었지만 땀은 줄줄 흘렀다. 한여름 뙤약볕 아래 열기를 품은 아스팔트를 뛰는 동안 숨이 턱턱 막혀 왔다. 몸은 빠르게 과부하에 걸렸다. 힘겨운 운동이 몸과 마음을 단련시킨다고 하지만, 혼자였다면 몇 번이고 멈춰 섰을지 모른다.

반환점을 돌아오는 길은 더욱 버거웠다. 태양은 더 높이 떠 있었고 바람마저 뜨거웠다. 그러나 옆에서 함께 달리는 사람들의 발소리와 거친 숨소리가 이상하게도 위로가 되었다. 누군가는 나를 앞질렀고 누군가는 내 뒤를 따랐다. 서로 경쟁하면서도 같은 방향으로 나아가는 그 연대감이 마지막 힘을 끌어냈다.

결국 10km를 48분 38초 만에 완주했다. 기록은 숫자에 불과했지만 그 안에는 포기하지 않은 시간과 마음이 담겨 있었다. 그것은 거리의 시간이 아니라, 스스로를 설득한 시간이었다. 골인지점 근처에 마련된 샤워 시설에서 찬물을 뒤집어쓰는 순간 "으아!" 하는 소리가 절로 터졌다. 뜨겁게 달아올랐던 몸이 한순간에 식으며 심장까지 시원해지는 기분이었다.

경기를 마친 뒤 희망자는 제트스키와 바나나보트를 무료로 체험할 수 있었다. 쪽빛 바다를 가르며 제트스키는 흰 포말을 길게 남겼다. 물 위를 나는 듯한 그 속도감과 스릴이 오감을 깨웠다. 조금 전까지 힘겨웠던 다리는 어느새 웃음으로 풀어졌다.

무더운 여름, 바다와 사람과 땀이 뒤섞인 하루. 그 고단함 속에서 우리는 끝내 완주했고, 파도 위에서 다시 자유를 만났다. 해풍은 뜨거웠지만 기억은 시렸다.

제12회 영덕 로하스해변 전국마라톤대회 (2016년 7월 4일)

경기 전, 참가 회원 15명과 함께

2. 마라톤, 삶을 닮은 레이스

경주(慶州), 서브-4를 향한 발걸음

마라톤을 시작한 지 어느덧 2년째, 평소 달리기와 거리가 멀었던 내가 운동화를 신고 길 위에 서게 된 것은 늦은 나이에 내린 작은 결단이었다. 안 하던 달리기를 갑자기 시작한 탓에 초기에는 다리와 발목 부상이 잦았고, 경기 중에도 근육 통증으로 여러 번 고생했다. 6개월쯤 지나자 조금씩 단련되는 느낌이 들었고, 1년이 지나면서야 비로소 나는 '달리는 몸'을 갖게 되었다.

그동안 10km 다섯 번, 하프 마라톤 다섯 번, 그리고 풀코스 한 차례에 참가했다. 풀코스는 단순한 체력 싸움을 넘어 정신력과 생리학이 교차하는 시험대였다. 마라톤 동호인들 사이에는 이런 말이 있다. "풀코스도 안 뛰어보고 마라톤 했다고 말하지 마라." 그리고 덧붙인다. "서브-4는 해봐야 좀 뛰었다고 할 수 있다."

작년 춘천국제마라톤에서의 첫 풀코스 기록은 4시간 23분 48초였다. 그날 새벽, 잠을 설친 채 어둠을 뚫고 춘천까지 올라가 42.195km를 내달린 나는 완주만으로도 스스로가 대견했고 자신감도 얻었다. 경험해 보지 못한 두려움과 설렘, 그리고 낯선 긴장이 뒤섞였던 그 경험은 내 안의 무언가를 깨우기에 충분했다.

올해는 경주국제마라톤대회 풀코스에 도전했다. 대구에서 승용차로 1시간이면 닿을 수 있는 곳에서 열리는 대회라 컨디션 조절이 수월했고, 무엇보다 서브-4를 향한 마음이 각오를 더욱 굳게 했다. 연습도 충분히 했다. 경주 대회는 서울(JTBC)과 춘천(조선일보) 마라톤을 준비하는 동호인들에게 일종의 사전 실전 무대이기도 하다.

대회 당일, 경기장은 많은 참가자로 붐볐다. 하늘에는 잔뜩 구름이 드리워져 있었고, 낮에는 비가 올 것이라는 예보가 마음에 걸렸다. 에너지 보충을 위해 10km마다 파워젤을 섭취하기로 계획했다. 최소 네 개가 필요하다고 판단했고, 20km 지점에서 주최 측이 제공하는 것까지 감안해 개인적으로 세 개를 준비했다.

아침 8시, 경주 황성공원운동장. 출발 총성이 울리자 수천 명의 발이 일제히 아스팔트를 박차고 나갔다. 경주역을 지나 5km 지점, 첨성대 앞에 이르자 붉은 안개처럼 퍼진 핑크뮬리가 시야를 물들였다. 길옆의 코스모스는 바람결에 흔들리며 손짓하듯 달리는 우리를 배웅했다.

중앙시장과 경주여고 앞 1차 반환점을 지난다. 첫 번째 파워젤을 먹는다. 아직은 몸이 가볍다. 10km를 지나 오릉으로 향하는 길, 숲의 단풍은 짙게 물들어 가을의 농익은 기운을 머금고 있다. 경주의 들판을 가르며 우리는 시간의 강을 거슬러 달린다.

 2. 마라톤, 삶을 닮은 레이스

　15km 지점, 국립경주박물관을 지나 오르막을 오른 뒤 2차 반환점인 선덕여고 앞을 돌았다. 다시 경주역을 지나 20km 지점에 이르렀다. 두 번째 파워젤을 먹어야 할 순간이었다. 그때 당혹감이 밀려왔다. 보급대 위에는 파워젤 대신 초코파이와 바나나 조각이 놓여 있었다. 순간 계산이 어긋났다. “어쩔 수 없다.” 나는 남은 두 개를 25km와 35km 지점에서 나누어 먹기로 했다. 지나온 거리만큼 앞으로의 거리를 감당해야 하기 때문이다.

　22.5km, 용강산업단지를 향하던 중 빗방울이 떨어지기 시작했다. 이내 굵은 비가 소나기처럼 퍼부었다. 빗물이 얼굴을 때리고 옷은 금세 몸에 달라붙었다. 신발까지 물을 머금자 발걸음이 둔해졌다. 빗속에서 두 번째 파워젤을 삼킨 뒤, 3차 반환점인 신라공고를 돌아설 때는 바람까지 휘몰아쳤다. 잠시 주춤했지만 멈출 수는 없었다. 페이스를 유지한 채 비를 뚫고 달렸다.

　32.5km, 경주여고 앞. 비는 잦아들었지만 젖은 신발은 모래주머니처럼 다리를 짓눌렀다. 마지막 남은 파워젤을 먹고 4차 반환점 선덕여고를 지난 뒤 다시 경주여고를 향해 뛰었다. 그러나 36km를 넘어서면서 체력이 급격히 소진되기 시작했다. 달리기의 심장이 서서히 멎어가는 느낌이었다.

　40km 지점, 시계를 보니 3시간 47분 18초. 1km당 5분 49초 페이스였다. 계산상으로 남은 2.195km를 12분 이내에 들어오면 서브-4가 가능하다. 그러나 다리가 쉽게 떨어지지 않았고, 졸음이 몰려올 정도로 탈진감이 심했다. 마치 잠이 쏟아지듯 정신이 아득해졌다. 몇 걸음 걷다가 다시 뛰어 보지만 리

듬은 쉽게 돌아오지 않았다.

그래도 포기할 수는 없었다. 나는 속으로 되뇌었다. "해낼 수 있다. 여기까지 왔는데, 조금만 더." 결승점 500m를 앞두고 마지막 힘을 쥐어짜 달렸다. 비에 젖은 생쥐처럼 흐느적거리며, 발을 끌 듯 터덜터덜. 피니시 라인을 통과했다. 기록은 4시간 2분 16초. 아, 2분 16초.

서브-4에는 닿지 못했다. 제때 이루어지지 못한 에너지 공급, 그리고 빗속을 오래 달리며 급격히 떨어진 체력. 원인은 분명했다. 그러나 그보다 더 또렷이 남은 것은 한 가지 깨달음이었다. 체력이 무너지면 정신력도 끝내 버티지 못한다는 사실. 몸은 결국 가장 솔직한 진실이었다.

42.195km는 거짓이 없다. 목표에는 미치지 못했지만 끝까지 완주했고, 누구도 대신할 수 없는 자신의 한계를 확인했다는 점에서 의미 있는 도전이었다. 아쉬움은 많았지만 후회는 없었다.

동아일보 경주국제마라톤대회 (2016년 10월 16일)

개통 전 고속도로(영덕-상주 간)를 달리다

경북 영덕군 동해대로 4874. 새벽 공기를 가르며 약 3,000 명이 모여들었다. 평생 한 번 있을까 말까 한 기회, 아직 개통 되지 않은 고속도로 위를 달릴 수 있는 단 하루의 허락이었다.

영덕은 대게의 고장이다. 천 년의 맛을 간직한 이곳은 여름 마다 '해변 전국마라톤대회'를 열고, 삼사해상공원과 고래불 해수욕장 같은 해양 레저 명소로 이름을 알렸다. 그동안 도로 망 부족으로 불편이 따랐지만, 동서를 잇는 이 고속도로의 완 공은 동해안 관광 지도를 새롭게 그릴 전환점이 될 것이다.

영덕에서 상주까지 107.6km. 이 구간에는 7개의 나들목, 2개의 분기점, 3개의 휴게소, 37개의 터널(35.0km), 그리고 115개의 교량(17.3km)이 이어진다. 고속도로가 아니고서는 넘기 어려운 산악 지형을 가로지르는 길. 그 길을 우리는 달 렸다.

나는 원래 풀코스를 신청했었다. 경주 동아국제마라톤(2016. 10.16)을 완주하고, 이어 달구벌과 양산 하프마라톤을 준비 했지만, 바쁜 일정에 발걸음을 멈춰야 했다. 추운 계절의 마라 톤은 체온 유지부터가 부담이다. 마음은 앞섰지만 몸은 따르지 않았다. 대회 직전, 풀코스에서 하프로 종목을 변경했다.

산을 타듯 이어지는 코스였다. 출발점은 영덕요금소 남산리. 반환점 지품리까지, 풀코스 기준으로 12개의 터널과 교량을 지난다. 달리는 구간의 40% 이상이 터널과 교량이라, 고요한 어둠과 응축된 숨소리 속을 헤치며 나아가는 여정이었다.

대회 당일 아침 기온은 섭씨 5℃. 차가운 공기를 뚫고 하프 참가자들이 출발선을 나섰다. 초반 상직3교는 내리막, 상직2교를 지나며 오르막이 시작된다. 발걸음은 가볍고 숨결은 고르다. 이내 나만의 리듬을 찾는다. 함께 출발했던 동료도 어느새 보이지 않았다. 나는 홀로 길 위에 있었다.

2km쯤 지났을까. 팔목에 끈을 매고 시각장애인과 함께 뛰는 러너, 동호회 복장을 맞춘 팀들, 프로처럼 보이는 참가자들. 그 속에 어린 연인으로 보이는 두 사람이 앞서 달리고 있었다. 페이스를 맞추며 조용하지만 확실하게 앞으로 나아가는 모습. 나는 천천히 속도를 높였다.

영덕터널, 종연장 2.86km. 긴 어둠의 복도를 달리다 보면 숨소리와 발걸음 소리만이 반사되어 울려온다. 불빛 아래서 나와 그 연인, 그리고 터널을 빠져나온 러너들이 서서히 모여든다. 어느 순간, 우리는 비슷한 속도로 달리고 있었다. 남자는 아가씨의 페이스메이커 역할을 하는 듯했다.

8km 지점, 달산2터널 오르막. 경사가 가팔라지며 체력 소모가 본격적으로 시작된다. 아가씨가 뒤처지는 기색을 보였다. 나는 가져온 파워젤을 건넸다. 그녀는 고맙다며 망설임 없이 받아들었다. 몇 분 지나자 다시 보폭이 살아났다.

   2. 마라톤, 삶을 닮은 레이스

10km 반환점, 용덕교 위에서 다시 영덕을 향한다. 내리막은 유혹이지만, 속도를 줄였다. 지치지 않고 완주하는 것이 먼저였다. 그녀가 말했다. "앞서가는 여성 한 명만 제치면 입상할 수 있어요." 그 말에 나와 남자친구는 다시 페이스메이커가 되었다.

17km, 다시 영덕터널. 입구가 보이자 지친 기색이 역력했다. 남자친구는 점점 처지고, 아가씨의 숨도 거칠어졌다. 남은 파워젤을 뜯어 건네며 말했다. "하나 더 먹으면 좋아질 겁니다." 속도를 조금 낮춰 그녀의 걸음에 맞췄다.

그런데 골인지점 상직3교에 가까워지자, 그녀는 갑자기 속도를 끌어올렸다. 순식간에 내 앞을 스쳐 지나갔다. 놀랍고도 기특했다. 파워젤의 힘이었을까. 아니면 목표가 눈앞에 있다는 절박함 때문이었을까. 나는 1시간 47분 8초에 골인했다. 그녀는 1시간 47분 26초, 여자부 13위로 들어왔다. 포토 세례를 받으며 활짝 웃는 얼굴에서 짜릿한 여운이 밀려왔다.

완주 후 그녀는 대전에서 왔다며 고맙다고 했다. 뒤따라온 남자친구와 셋이 기념사진 한 장을 남겼다. 우리는 처음부터 서로를 알지 못했다. 그러나 인생이란 때로, 전혀 예기치 못한 이들과의 짧은 동행 속에서 따뜻한 연결을 발견하게 되는 법이다.

그날의 겨울 아침, 우리는 도로보다 먼저 길 위에 섰다. 아니, 달렸다. 그날의 발걸음은 아직도 마음속에서 이어지고 있다.

블루시티 영덕마라톤대회 (2016년 12월 18일)

봄빛을 달리다, 섬진강 매화길에서

긴 겨울을 깨고 가장 먼저 붉고 하얗게 피어나는 봄의 전령사. 섬진강 물을 먹고 자란 매화는 더욱 찬란하다. 꽃잎마다 물길의 시간이 스며 있는 듯, 3월의 강변은 아직 겨울의 그림자를 품고 있다. 새벽 공기는 차고 물빛은 푸른 숨을 고르듯 고요하다. 그러나 둔치를 따라 번져가는 매화 향은 분명히 봄을 알리고 있다.

여수MBC와 하동군이 공동 주최한 섬진강꽃길마라톤대회는 영호남 화합을 상징하는 대회다. 경남 하동과 전남 광양을 잇는 섬진교 둔치에서, 매화 개화 시기에 맞춰 두 지역이 번갈아 개최한다. 벚꽃보다 한 발 앞서 피어오르는 꽃길을 따라 나는 올해 첫 마라톤에 나섰다.

전남 광양시 다압면 도사리, 백운산 자락의 매화마을. 해마다 3월이면 이곳은 가장 먼저 피어나는 꽃으로 세상을 깨운다. 붉은 홍매화와 흰 매화가 물굽이를 따라 수놓이면, 이곳은 더 이상 겨울의 풍경이 아니다. 그 봄날, 나는 흐름을 따라 달리기 위해 출발선에 섰다.

　　2. 마라톤, 삶을 닮은 레이스

출발 총성이 울리는 순간, 강변의 정적이 산산이 부서졌다. 오전 9시 30분 풀코스가 먼저 출발하고, 5분 간격으로 하프, 10km, 5km가 이어진다. 나는 하프코스 21.0975km에 도전했다. 동절기를 건너뛰고 맞이하는 올해 첫 레이스였다. 긴장과 설렘이 뒤섞인 숨이 입안에서 서리처럼 맴돌았다.

강변에는 마른 갈대가 군락을 이루고, 굽이치는 물줄기 아래 마을들이 보석처럼 박혀 있다. 백운산과 지리산을 가로지르는 섬진강 줄기를 따라 붉은 홍매화가 속살을 드러낸다. 꽃향기가 콧속 깊이 스며들고, 발걸음은 물결의 리듬에 맞춰 자연스레 이어진다.

2.6km 매화마을, 5.7km 송정공원, 7.1km 고사마을 입구, 8.3km 다압면사무소를 지나 다압취수장에서 하프 반환점을 돈다. 잠시 속도를 늦추고 몸을 돌리는 순간, 건너편 풍경이 시야에 넓게 들어왔다.

평사리의 하얀 백사장, 막 움트는 들판의 연둣빛. 아직은 여린 기운이지만 분명히 시작된 시간이다. 물길은 굽이치며 이어지고, 마른 갈대는 바람에 몸을 기울인다. 대숲은 낮은 숨을 내쉬고, 잔잔한 수면 위에는 나룻배 하나가 떠 있다. 움직임 없는 그 배가 오히려 흐르는 세월을 또렷하게 드러낸다.

달리는 동안 나는 하나씩 생각을 내려놓는다. 기록에 대한 욕심도, 호흡의 계산도, 남은 거리의 부담도 흐름 속으로 스며든다. 발걸음은 단순해지고 마음은 맑아진다. 섬진강 50리 길이 '세상에서 가장 아름다운 길'이라 불리는 이유를, 나는 지금 두 다리로 확인하고 있었다.

골인 지점 1km 전, 제방 안쪽 외길. 햇살은 정오의 빛으로 따뜻해졌고 매화는 더욱 환하게 웃는다. 600m를 남기고 속도를 끌어올린다. 허벅지가 당기고 종아리가 미세하게 떨리지만, 고통이라는 생각은 스치지 않는다. 이 길을 달려온 시간이 등을 떠밀어준다.

피니시 라인을 통과했을 때 시계는 1시간 43분 14초를 가리켰다. 작년 11월 이후 첫 출전이었다. 숫자 이상의 의미였다. 겨울을 건너온 몸과 마음이 꽃의 계절 위에서 다시 깨어났다는 증표였기 때문이다.

숨을 고르며 뒤돌아보니 둔치를 거니는 연인들의 모습이 눈에 들어왔다. 따스한 햇볕 아래, 홍매화처럼 환하게 웃고 있다. 꽃이 피는 자리마다 사랑도 함께 피어난다.

제9회 MBC 섬진강꽃길마라톤대회 (2017년 3월 5일)

▌화개징터, 봄의 맛을 만나다.

달리기를 마친 뒤 우리는 섬진강을 따라 화개장터(경남 하동군 화개면 탑리)로 향했다. 강을 끼고 이어지는 길(섬진강대로)에는 수령 40~50년은 족히 되어 보이는 벚나무들이 줄지어 서 있다. 아직은 몽우리지만 곧 십리 벚꽃길이 장관을 이룰 것이다.

시장 안은 활기로 가득하다. 재첩국 한 그릇을 앞에 두자 맑은 국물에서 강의 향이 피어올랐다. 은은하고 깊은 맛이 달리기로 비워낸 속을 부드럽게 채운다. 재첩무침과 빙어튀김을

     2. 마라톤, 삶을 닮은 레이스

곁들이니, 오늘의 봄이 온전히 완성된다.

장터에는 조영남의 노래 '화개장터'를 기념하는 조형물이 서 있다. "있어야 할 건 다 있고요, 없는 건 없답니다." 그 노랫말처럼 이곳에는 사람도, 시간도, 삶의 냄새도 가득하다.

귀로에 들른 지리산 자락에는 아직 잔설이 남아 있었다. 계절은 이렇게 겹쳐 있다. 산은 겨울을 품고, 강은 봄을 품는다. 섬진강의 매화는 단지 꽃이 아니었다. 긴 시간을 견디고 터져 나온 생의 환희였다.

물은 쉼 없이 이어지고 꽃은 해마다 다시 핀다. 붉게 핀 홍매화의 미소가 검은 가지 끝으로 번지듯, 오늘의 기억도 내 안에서 오래도록 번져갈 것이다. 쇠북소리 울리며, 봄은 그렇게 섬진강에서 시작되고 있었다.

(2017년 3월 5일)

군산, 벚꽃과 함께 달린 10km

낯선 곳으로 떠난다는 건 언제나 가슴 뛰는 일이다. 설렘은 길 위에 핀 작은 꽃처럼 마음 한켠을 밝힌다. 남해의 다도해와 한려해상국립공원은 여러 차례 나의 발길을 받아주었지만, 서해는 이번이 처음이었다.

군산 새만금방조제와 선유도를 직접 볼 수 있다는 기대에, 마라톤 참가라는 본래의 목적은 어느새 뒤로 물러났다. 어쩌면 나는 오래전부터 이 길을 향해 달리고 있었는지도 모른다.

새벽 다섯 시. 어둠은 아직 도로 위를 덮고 있었지만 나는 이미 길 위에 올라 있었다. 고요한 도시의 숨결을 가르며 자동차는 고속도로를 달렸다. 고령터널을 지날 즈음, 산등성이를 감싼 안개가 번지듯 퍼지며 수채화 같은 풍경을 만들어냈다. 반대편에서 마주 오는 차들의 불빛도 새벽의 축축한 공기 속에서 흐릿하게 깜빡였다.

차는 두 시간 남짓 달려 마이산휴게소에 멈췄다. 김밥 한 조각을 입에 문 채 뒤편을 돌아보니 수마이봉이 뾰족하게 솟아 하늘을 찌르고 있었다. 다시 길을 재촉해 완주 교차로를 지나 전주를 거쳐 군산으로 향했다. 안개는 여전히 도로 위에 머물렀고, 차 안에서는 낮은 이야기 소리가 유리창을 두드렸다.

군산 시내에 들어서자 아침 햇살이 도시의 잠을 깨웠다. 월명종합경기장 주변에는 벚꽃이 환하게 피어 있었다. 긴 여정을 마친 달림이들을 향해 봄이 먼저 손을 내밀고 있었다.

제14회 군산 새만금국제마라톤대회. 대한육상연맹과 군산시가 공동 주최한 이 대회에는 1만 2천여 명이 참가했다. 오전 8시 정각, 풀코스를 시작으로 5km까지 5분 간격으로 출발이 이어졌다. 나는 10km 코스에 섰다. 경기장을 출발해 수송동 시청사거리와 현대코아사거리를 돌아 다시 돌아오는 순환 구간이었다.

출발선에 서자 긴장과 기대가 교차했다. 경기장을 빠져나온 지 얼마 되지 않아 앞쪽에 외국인 여성 일행이 보였다. 가볍게 달리는 모습이 인상적이었다. 보조를 맞추자 그녀는 눈을 마주치며 환하게 웃었다. 몇 마디 짧은 인사를 나눈 뒤, 우리는 자연스럽게 같은 리듬으로 달리기 시작했다.

풀코스와 하프를 여러 차례 완주했던 나에게 10km는 비교적 여유 있는 거리였다. 나는 그녀의 페이스에 맞추어 속도를 조절했다. 5km 반환점을 지나며 그녀는 자신감을 얻은 듯 속도를 높였지만, 무리한 페이스는 곧 부담이 되었다. 호흡이 거칠어지자 나는 자연스럽게 속도를 낮추었다.

약 한 시간, 우리는 나란히 달렸다. 언어는 달랐지만 발걸음으로 나누는 대화가 있었다. 경기장에 가까워질수록 벚꽃은 더욱 환하게 빛났고, 우리의 호흡도 조금씩 가벼워졌다. 기록은 49분 13초. 곧이어 그녀도 결승선을 통과했다. 그녀는 환한 얼굴로 "고맙다"고 말하며 먼저 들어와 응원하고 있던 일행을 소개해주었다.

그녀의 이름은 Seetly Sue였다. 일행 중에는 부안초등학교 이윤록 교장 선생님이 계셨고, 함께 온 Adam Tomas와 Jacques Louw도 반갑게 인사를 건넸다. 우리는 함께 사진을 찍고, 다음 대회에서 다시 만나자는 약속을 나누었다.

그녀는 세계 여러 나라의 국제 마라톤에 참가하고 있다고 했다. 나는 혹시 대구국제마라톤대회에 오게 되면 꼭 연락하라며 연락처를 건넸다. 짧은 만남이었지만 오래 기억에 남을 인연이었다.

마라톤은 결국 함께 달리는 마음의 경주인지도 모른다. 나이와 성별, 언어와 국적을 넘어 같은 길을 같은 호흡으로 달리는 시간. 벚꽃 핀 군산의 봄날, 나는 그렇게 낯선 이와 친구가 되었다.

군산 새만금마라톤대회 (2017년 4월 9일)

▌바다 위를 걷는 길, 선유도로

경기가 끝난 뒤에도 마음은 아직 달리고 있었다. 우리는 새만금방조제를 따라 선유도로 향했다. 비응공원을 지나 방조제 위에 오르자 풍경이 한순간에 열렸다. 군산에서 부안까지 방조제 길이는 33.9km, 길은 바다 한가운데로 곧게 뻗어 있었다.

좌우로 펼쳐진 수면은 고요했고, 수평선은 아득하게 멀리 이어졌다. 그 위를 달리는 동안 나는 문득 속도를 잊었다. 마라톤의 속도, 일상의 속도, 삶을 재촉하던 속도들이 서서히 옅어졌다.

바다 위에 놓인 이 길은 인간의 의지로 만들어졌지만, 그 위에 서면 오히려 인간이 얼마나 작은 존재인지 절감하게 된다. 끝없이 이어진 수평선 앞에서 생각은 단순해진다. 지금 이 순간, 여기 서 있다는 사실만으로도 충분하다.

방조제로 달리던 차를 세우고 바람을 맞았다. 바람은 짠 기운을 머금고 있었고, 파도는 낮은 숨처럼 밀려왔다가 물러났다. 그곳의 시간은 빠르지 않았다. 바다는 늘 그 자리에 있었고, 다만 내가 잠시 스쳐 지나갈 뿐이라는 생각이 들었다.

신시도를 지나 무녀도 해변에 닿았을 때 발밑에는 둥근 몽돌 대신 넓적한 떡 자갈이 깔려 있었다. 파도가 밀려올 때마다 자갈들은 서로를 스치며 낮은 소리를 냈다. 오래된 기억이 조용히 뒤척이는 듯했다.

선유도로 이어지는 길은 일부 구간이 공사 중이었다. 차량은 더 이상 나아갈 수 없었다. 우리는 걸어서 섬으로 향했다. 편도 약 2.5km, 왕복 5km. 한 시간 남짓 걸리는 길이었다. 오래 머물 여유가 없어 마음과 발걸음은 자꾸 빨라졌다. 저 앞에 보고 싶은 풍경이 기다리고 있음을 알고 있었기 때문이었을까.

마을 어귀에 다다르자 망주봉이 시야에 들어왔다. 두 봉우리는 나란히 서서 바다를 내려다보고 있었다. 가까이 다가가지는 못했지만 그 실루엣만으로도 충분했다. 썰물로 드러난 물길 위로 햇살이 번지며 봉우리 아래를 은은히 비추고 있었다. 화려하지 않았기에 더 오래 남는 풍경이었다.

나는 생각했다. 우리는 늘 어딘가를 향해 달려가지만, 마음이 머무는 순간은 잠시 멈추었을 때 찾아온다는 것을. 마라톤의 완주가 끝이 아니듯, 여행도 목적지에서 완성되는 것은 아니다. 그 사이를 지나며 느낀 바람과 빛, 그리고 함께한 사람의 온기가 기억을 만든다.

오후가 기울 무렵, 우리는 다시 돌아섰다. 아쉬움이 남았다. 그러나 그 아쉬움은 다시 찾게 만드는 힘이 되었다. 벚꽃 아래에서 시작된 하루는 바다 위의 길을 건너 낯선 섬에 닿았고, 그 끝에서 나는 속도를 늦추는 법을 배운다. 달리며 만난 인연, 걷다가 마주한 풍경, 그리고 잠시 멈추어 얻은 사색. 군산에서의 그날은 오래도록 마음 한켠에 머물 봄날이 되었다.

(2017년 4월 9일)

남해 노량 앞바다, 해안 길을 달리다

타지에서 열리는 마라톤 대회에 참가할 때면 늘 이른 새벽부터 분주해진다. 오늘은 경남 남해군 설천면, 남해대교 인근 노량광장에서 열리는 '보물섬 남해 800리길 전국마라톤대회'에 참가하기 위해 길을 나선다.

대회는 대개 아침 8시에서 9시 사이에 출발한다. 대구에서 200km 떨어진 이곳까지는 넉넉히 두 시간 반. 시작 30분 전까지 도착하려면 새벽 여섯 시에는 출발해야 한다.

아직 잠이 채 가시지 않은 시간, 고속도로 위를 달리며 나는 늘 같은 생각을 한다. 마라톤은 단순한 운동이 아니라, 두 발로 떠나는 가장 아름다운 여행이라는 것.

'보물섬 남해 800리길'은 한려해상국립공원(1968. 12. 31. 지정, 국내 최초 해상국립공원)에 속한 길이다. 거제 지심도에서 여수 오동도에 이르기까지, 수많은 유·무인도를 품은 바다의 길. 난대성 식물과 산호 군락이 어우러진 천혜의 자연환경 속에서 달릴 수 있다는 사실만으로도 마음이 설렌다.

노량광장에 도착하니 남해대교는 광장에서 약 150m, 노량대교는 약 750m 거리에 놓여 있다. 이곳은 1598년 임진왜란의 마지막 전투, 노량해전이 벌어졌던 바다이자 충무공 이순신 장군이 장렬히 전사한 자리다. 인근 충렬사에는 그의 넋이 모셔져 있다. 바다를 바라보고 서 있으니 오늘의 달리기가 단순한 스포츠가 아니라, 어떤 역사 위를 밟는 행위처럼 느껴진다.

전국에서 모인 4,000여 명의 달림이들이 광장을 가득 메웠다. 음악과 치어리더의 율동이 분위기를 띄우고, 긴장과 설렘이 뒤섞인 공기가 흐른다. 출발은 거북선전시관을 지나 충렬사 앞에서 시작된다. 해안선을 따라 이어지는 코스(풀코스 기준 설천로·강진로·선소로, 섬호방파제 반환점 21km)는 이름 그대로 대부분 바다 곁을 지난다.

풀코스, 하프코스, 10km 코스가 차례로 출발한다. 나는 오늘 10km를 선택했다. 출발 신호와 함께 형형색색의 옷을 입은 달림이들이 해안선을 따라 길게 이어진다. 바다의 푸름과 하늘의 창공이 맞닿고, 바닷바람은 봄의 냄새를 실어 나른다.

이 코스는 거의 전 구간이 해안을 따른다. 달리는 동안 바다와 나란히 호흡한다는 감각이 온몸을 채운다. 마라토너가 아니라면 이 길을 두 발로 온전히 밟아볼 기회가 얼마나 있을까. 달리는 시간은 곧 감동의 시간이다.

한낮 기온은 28℃까지 오른다고 했지만 다행히 10km는 더위가 깊어지기 전에 마칠 수 있었다. 대체로 평탄한 코스였으나, 골인 500m를 앞두고 100m 남짓 이어진 오르막은 마지막 힘을 시험했다. 숨이 턱까지 차오를 즈음 "완주를 축하드립니다!"라는 사회자의 목소리가 들려왔다. 그 한마디에 힘을 얻어 결승선을 통과했다. 기록은 50분 39초.

잠시 숨을 고르며 바다를 바라본다. 기록보다 값진 것은 바다와 함께 달렸다는 사실이다. 남해의 바람은 여전히 푸르고, 해안 길은 묵묵히 오늘의 발걸음을 품어주었다.

보물섬 남해 800리길 전국마라톤대회 (2017년 5월 7일)

▍독일마을, 남해 바다 길에서

마라톤의 여운을 안은 채 다시 길에 올랐다. 이번에는 남해의 또 다른 얼굴을 만나볼 차례다. 노량에서 약 30km를 달려 도착한 곳은 삼동면 물건리와 봉화리에 위치한 독일마을이다.

2001년, 독일에서 생활하던 교포들이 귀국해 정착하며 조성된 이 마을은 단순한 관광지가 아니라 삶의 터전에서 시작되었다. 독일에서 직접 공수한 자재로 지은 전통 양식의 주택들은 붉은 지붕과 하얀 벽을 자랑하며 이국적인 풍경을 완성한다.

지금은 일부가 카페와 민박, 게스트하우스로 운영되고 있다. 나는 그중 한 곳에 들러 수제 생맥주 한 잔을 마셨다. 톡 쏘는 탄산과 깊은 풍미가 어우러진 맛은 낯설고도 신선했다. 맥주 한 잔 속에서 잠시 유럽의 골목을 걷는 듯한 기분이 스쳤다.

남해의 남쪽으로 40km 더 내려가 미조면 송정리 초전마을에 이르렀다. 항도방파제 바다전망대에 서니 수평선 위로 딸섬과 너불여가 조용히 떠 있다. 그 주변으로 작은 어선들이 띄엄띄엄 자리하고, 낚시를 즐기는 사람들의 모습이 점처럼 보인다. 물과 바람, 그리고 기다림의 시간이 흐르는 곳이다.

돌아오는 길에 전도마을의 갯벌을 지났다. 썰물로 드러난 갯벌 위에서 아이들과 가족들이 체험을 즐기고 있었다. 햇살이 갯벌 위에 부서지고, 파도의 숨결이 바람을 타고 전해진다.

초양대교에 이르자 또 다른 풍경이 펼쳐졌다. 다리 위에서 바라본 한려해상의 바다는 작은 섬들로 가득하다. 코섬, 씨앗섬, 추도, 신수도, 장구섬, 솔섬, 이두섬, 창선도…. 이름조차 낯설고 시적인 이 섬들은 바다 위에 떠 있는 한 줄의 시처럼 반짝인다. 창선도의 국시봉(219m) 능선은 푸르게 이어지고, 가까운 백도에는 백로와 왜가리가 깃들어 있다.

하루를 마무리하는 시간. 마라톤의 숨결과 독일마을의 향취, 섬과 바다의 빛이 겹겹이 쌓여 한 폭의 수채화처럼 마음에 남는다. 남해에서의 하루는 운동이 아니라 여행이었고, 여행이 아니라 삶의 한 장면이었다. 바다와 함께 달린 기억은 오래도록 푸르게 남을 것이다.

(2017년 5월 7일)

낙동강 줄기 따라 안동댐까지

경북의 정신이 서린 도시 안동시. 낙동강 상류의 물길을 품은 이곳에서 마라톤을 뛴다는 것은 단순한 운동 이상의 의미를 지닌다. 퇴계의 사색과 선비의 절개가 흐르던 땅 위를, 이제는 러너들의 숨결이 가른다.

안동종합운동장. 이른 아침부터 운동장은 묘한 긴장과 설렘으로 가득하다. 몸을 풀며 제자리걸음을 하는 사람, 신발 끈을 다시 조이는 사람, 기록을 가늠하며 시계를 만지는 사람, 그 틈에 나도 서 있다. 총 참가자 6,033명. 풀코스 212명, 하프 381명, 10km 940명, 5km 4,500명. 숫자는 단순한 통계지만, 출발선에 서면 그 하나하나가 각자의 사연과 목표를 지닌 삶이라는 사실을 느낀다.

문득 이런 생각이 스친다. 지구 한 바퀴가 40,076km라면, 풀코스 42.195km를 950번은 뛰어야 닿는 거리다. 과연 한 사람이 평생에 그 거리를 달릴 수 있을까. 그러나 대회장 곳곳에 걸린 '풀코스 100회 완주', '200회 완주'라는 현수막을 볼 때면, 인간의 의지는 지구 둘레쯤은 가뿐히 넘어설지도 모른다는 생각이 든다.

출발 신호와 함께 폭죽이 터진다. 심장이 먼저 반응한다. 몸은 군중에 떠밀리듯 앞으로 나아간다. 운동장을 빠져나오자마자 우회전 오르막. 채 몸이 풀리기도 전에 경사가 맞아준다. 호흡이 생각보다 빨리 거칠어진다. 오늘 코스가 만만치 않겠다는 예감이 들었다.

안동고등학교 정문을 돌아 용정교로 향하는 길, 반대편에서 달려오는 동료들과 스쳐 지나간다. "힘내!"라는 외침 대신 눈빛으로 격려를 주고받는다. 잠깐의 마주침이지만 그 순간만큼은 외롭지 않다. 마라톤은 혼자의 싸움이면서도, 동시에 함께 견디는 시간이다.

10km 반환점을 지나면서 하프 코스가 본색을 드러낸다. 용정터널을 지나 안동댐문화관광지 입구, 그리고 세계물포럼박물관까지 이어지는 약 3km의 오르막. 완만해 보이던 길은 점점 경사를 키운다. 상체를 숙이고 보폭을 줄인다. 숨은 짧아지고 허벅지는 굳어간다. 땀이 눈으로 흘러 시야를 흐린다. 걷는 사람들도 보인다. 그들을 지나치며 '곧 나의 모습일지도 모른다'는 생각이 스쳤다.

세계물포럼박물관에 닿자, 이번에는 500m의 급내리막이 펼쳐진다. 다리가 스스로 굴러가는 듯 속도가 붙는다. 그러나 기쁨은 잠시, 안동보조댐 수문길을 지나 곧바로 이어지는 짧지만 가파른 오르막이 숨통을 죈다. 200m 남짓한 거리인데도 유난히 길게 느껴진다.

마침내 반환점. 진행요원이 웃으며 묻는다. "코스가 어떻습

   2. 마라톤, 삶을 닮은 레이스

니까?" 나는 헛웃음을 섞어 답한다. "이건 마라톤이 아니라 산악훈련이네요." 투정처럼 내뱉지만, 그 말 속에는 묘한 자부심도 섞여 있다. 이 길을 견디고 있다는 사실 자체가 작은 승리이기 때문이다.

댐은 본래 높은 곳에 있다. 반환점까지 오르막이었던 이유다. 돌아가는 길은 굴곡은 있어도 대체로 내리막이다. 속도를 내고 싶은 유혹이 스친다. 그러나 이미 오르막에서 많은 에너지를 써버린 뒤다. 마라톤은 오르막보다 내리막에서 무너진다. 들뜬 마음을 누르고 호흡을 고르며, 일정한 리듬을 되찾으려 애쓴다.

남은 4km 지점, 햇볕이 머리 위로 쏟아진다. 잠시 그늘진 인도로 올라섰다가 울퉁불퉁한 노면에 다시 도로로 내려온다. 발바닥에 전해지는 충격이 또렷하다. 다리는 무겁고 어깨는 굳어간다. 시민운동장 진입 전 마지막 오르막. 길지 않은 경사인데도 가파르게 느껴진다.

그때 운동장 안에서 환호성이 들린다. 결승선이 멀지 않다. 마지막 힘을 끌어모아 트랙으로 들어선다. 붉은 트랙 위에 발을 디디는 순간, 모든 고통이 잠시 멈춘 듯하다. 드디어 결승선을 통과한다. 아…… 기록은 1시간 54분 13초, 109위. 그 안에는 오르막에서의 집중력과 내리막에서의 절제력이 고스란히 담겨 있다.

완주 메달의 묵직함이 손에 전해진다. 50리를 달린 뒤 먹는 안동국시와 바비큐, 불고기, 시원한 물 한 컵은 세상 어떤 음식보다 달다. 탈수로 바싹 마른 몸이 물을 삼키며 되살아나는 느낌이었다.

이번 대회에서 우리 클럽은 24명이 참가해 10명(10km 남자 3명, 여자 4명, 풀코스 남자 3명)이 입상했다. 한 대회에서 이렇게 많은 인원이 입상한 것은 처음이다. 개인의 성취이면서도, 함께 흘린 땀의 결과다.

마라톤은 결국 자신을 비추는 거울 같다. 오르막에서는 욕심이 드러나고, 내리막에서는 방심이 드러난다. 끝이 보이지 않는 길 위에서 사람은 자신의 한계를 만난다. 그리고 그 한계를 조금씩 밀어 올리며 앞으로 나아간다. 결국 결승선까지 데려다주는 것은 속도가 아니라 지속이다.

낙동강은 오늘도 묵묵히 흐른다. 댐 위로 불어오던 바람과 호수의 물빛은 아무 일도 없다는 듯 고요하다. 그 길 위에서 나는 나 자신의 한계를 마주하고, 또 조금은 넘어섰다는 것을 알았다. 오늘 나는 기록을 남긴 것이 아니라, 견딘 시간을 남겼다. 인생이라는 더 긴 코스 앞에서도 나는 다시 출발선에 설 수 있으리라.

안동마라톤대회 (2017년 6월 4일)

사천, 노을을 달리다

울트라마라톤을 제외하면 대부분의 마라톤 대회는 오전에 열린다. 연중 수많은 대회가 열리지만, 오후에 출발해 노을 속을 달릴 수 있는 기회는 드물다. 그중 하나가 사천노을마라톤이다. 같은 해안 코스를 달리는 포항철강마라톤도 있지만, '실안낙조'로 이름난 사천 해안 길의 풍경은 유난히 깊은 여운을 남긴다.

8월 하순의 늦여름. 마라톤 클럽 회원들과 함께 대구를 출발한 시각은 오후 2시였다. 대회장에 도착하니 4시가 채 되지 않았다. 한낮의 열기를 품은 공기는 여전히 후덥지근했고, 이마에는 금세 땀이 맺혔다. 그 더위 속에서도 식전 행사 도우미들의 율동은 경쾌하게 이어졌고, 대회장은 점점 열기로 달아올랐다. 사람들의 기대와 설렘이 공기 속에 스며 있었다.

사천노을마라톤은 삼천포대교 개통(2003년)을 기념하며 2006년 첫 대회를 열었다. 그 후 줄곧 초전공원에서 열리다가 12회를 맞은 올해 다시 삼천포대교공원으로 돌아왔다. 사천시가 선정한 '사천 8경' 가운데 제1경인 삼천포대교는, 건설교통

부가 뽑은 '한국의 아름다운 길'이기도 하다. 그 길을 달릴 생각에 마음이 설렘으로 벅찼다.

동해에 정동진의 일출이 있다면, 남해에는 사천만의 노을이 있다. 실안해안도로를 따라 펼쳐지는 해넘이 풍경은 사천 8경 제2경 '실안낙조'로 선정될 만큼 빼어나다. 오늘 우리는 그 노을길 위를 달린다. 기록이 아니라 풍경을 향해 달리는 날이다.

코스는 삼천포대교를 출발해 실안방파제, 아르떼리조트(5km 반환), 영복마을, 삼천포마리나(10km 반환), 모충공원, 신송마을, 송포농공단지 입구, 미룡해안교, 미룡자연산횟집을 지나 대포어촌체험마을(하프 반환점)에서 돌아오는 길이다. 다른 대회에서는 기록을 의식하며 달렸지만, 오늘만큼은 다르다. 목표는 단 하나, 노을을 온전히 만끽하는 것이다.

개회식이 끝나고 오후 5시 10분, 하프코스가 출발했다. 함께 완주하기로 약속한 동료 허용석과 벨트백에 휴대전화를 챙겨 넣고 천천히 출발선을 통과했다. 우리의 페이스는 이미 정해져 있었다. 빠름이 아니라 머무름이었다.

해는 서쪽 하늘에 기울어 있었지만 아직 빛은 강했다. 실안방파제를 지나 모충공원에 이를 때까지는 평소와 다르지 않은 속도로 달렸다. 송포농공단지를 벗어나 미룡마을 해안도로에 들어서자 시야가 갑자기 트였다. 푸른 바다를 따라 알록달록한 유니폼의 마라토너들이 길게 이어졌다. 달리는 사람들마저 하나의 풍경이 되었다.

대포어촌체험마을에 가까워질 즈음, 썰물로 드러난 갯벌 위로 햇빛이 반사되어 희뿌연 빛무리가 피어올랐다. 마치 연기

   2. 마라톤, 삶을 닮은 레이스

가 오르는 듯 시야가 아지랑이처럼 일렁였다. 자연이 빚어낸 한순간의 환영 같았다. 출발 후 한 시간이 지나 반환점을 돌았다. 해는 어느새 수평선 가까이 내려와 산 능선 위에 걸려 있었다. 이제부터가 진짜 노을의 시간이다.

갈라진 갯벌의 물길은 계곡처럼 굽이치며 흐르고, 그 위로 노을빛이 번졌다. 미룡마을 해안 길을 다시 달리자 바다는 서서히 붉게 물들고, 하늘도 그 빛을 따라 깊어졌다. 나는 결국 걸음을 멈추었다. 숨을 고르며 그 풍경 속에 잠시 서 있었다. 땀과 숨소리, 파도와 붉은 하늘이 한 장면으로 겹쳐졌다. 달리고 있다는 사실조차 잊을 만큼 고요한 순간이었다.

바다 곳곳에는 참나무 말뚝에 대나무를 엮어 만든 죽방렴이 보였다. 원시적 어업 방식이 만들어낸 선과 그림자가 노을과 어우러져 장엄한 실루엣을 그렸다. 인간의 삶과 자연의 시간이 나란히 서 있는 풍경이었다. 영복마을을 지나 실안방파제에 이르자 해는 거의 자취를 감추었다. 방파제 앞 작은 섬들은 노을을 등지고 검은 그림자처럼 떠 있었다. 여름이라 노을빛은 쉽게 사라지지 않았다. 하늘은 서서히 보랏빛으로 식어갔다.

골인지점에 가까워질수록 가로등이 하나둘 켜졌다. 삼천포대교에도 화려한 조명이 들어왔다. 선홍빛 하늘과 어우러진 바닷물이 은은히 출렁였다. 땀에 젖은 몸으로 그 장면을 바라보며 마지막 발걸음을 내디뎠다. 어둠이 내려오기 직전의 시간은 늘 이렇게 아름답다.

오후 5시 10분 출발, 7시 15분 도착. 하프코스 2시간 4분 45초. 평균 기록보다 20분가량 늦었지만, 그 시간은 온전히 풍경을 위해 쓴 시간이었다. 허용석 동료와 나란히 21km를 달리며 수없이 멈추어 사진을 찍고, 다시 달리고, 또 멈추었다. 그 멈춤들까지도 오늘의 완주였다.

노을이 가장 아름다운 두 시간 동안 같은 호흡으로 달린 기억은 기록 이상의 의미로 남았다. 떨어지는 해를 바라보며 피로를 잊었던 그 여름날의 풍경은 오래도록 마음속에 붉은 빛으로 머물 것이다.

사천노을마라톤대회 (2017년 8월 26일)

미룡마을 해안 길에서의 낙조

서브-4, 그 찬란한 순간을 향하여

세계 5대 마라톤 대회로는 보스턴, 뉴욕, 시카고, 런던, 베를린이 꼽힌다. 그 위대한 무대와 견줄 수는 없지만, 국내에도 오랜 역사와 전통을 지닌 마라톤 대회들이 있다. 동아 서울, 조선 춘천, 동아 경주. 나는 그중 춘천과 경주에서 풀코스를 완주했다. 다음은 서울에서 한 번 뛰어보는 것이었다.

처음 달리기를 시작한 건 2015년 봄이었다. 본격적으로 달리기에 발을 들인 지 3년째, 실력은 조금씩 늘었고 몸도 단단해졌다. 그러나 처음 하프코스를 달렸던 날, 몸과 마음이 마주한 낯선 고통은 지금도 생생하다. 골반은 뒤틀리고 장딴지 근육은 쉽게 손상됐다. 달리기를 시작하고 7km를 넘기면 어김없이 찾아오는 근육통이 매번 나를 시험에 들게 했다.

그 모든 어려움을 넘어 처음 맞이한 풀코스는 2015년 조선일보 춘천마라톤이었다. 기록은 4시간 23분. 두려움을 뚫고 완주했다. 그리고 욕심이 생겼다. '서브-4, 나도 할 수 있을까.'

이듬해 동아일보 경주국제마라톤에 다시 도전했다. 초중반

페이스는 무난했다. 40km 지점까지 3시간 47분 18초, 1km
당 5분 49초 페이스. 서브-4가 가능해 보였다. 그러나 마지
막 2.195km를 남겨두고 체력이 급격히 떨어졌다. 다리는 무
거워졌고 속도는 눈에 띄게 느려졌다. 거의 걷다시피 결승선
을 통과했다. 기록은 4시간 2분 16초. 서브-4는 단 2분 남짓
차이로 멀어졌다.

경기를 마친 뒤, 그때는 마음을 접었다. 훈련을 포함한 모든
과정이 너무 힘들었기에 풀코스는 여기까지라고 생각했다. 그
러나 시간이 지나자 아쉬움이 다시 고개를 들었다. 꼭 한 번
은 성공하고 싶었다. 봄의 동아 서울국제마라톤이든, 가을의
JTBC 서울국제마라톤이든, 가장 상징적인 무대에서 서브-4
를 이루고 싶다는 마음은 쉽게 사그라지지 않았다.

벼르던 끝에 JTBC 서울국제마라톤에 참가하기로 했다. 11
월 5일, 드디어 결전의 날. 전날 서울로 올라와 둘째 아들 집
에서 하룻밤을 묵으며 몸을 충분히 쉬었다. 새벽 6시 30분,
출장길에 나서는 아들이 차로 태워주었고, 나는 잠실종합운동
장에 도착했다.

아침 기온은 7℃. 마라톤에 더없이 좋은 날씨였다. 경기장
은 많은 참가자로 북적였다. 파워젤 네 개를 허리에 차고 에너
지 보충 음료를 마시며 출발선으로 향했다. 곧이어 출발 신호
가 울렸고, 동시에 2만여 명의 러너들이 움직이기 시작했다.
나도 그 흐름 속에 몸을 맡겼다.

출발 초반은 다소 무겁게 느껴졌지만, 잠실역 2km 지점을
지나자 몸이 풀리며 가벼워졌다. 앞서 달리는 한 여성 러너의
일정한 리듬이 눈에 들어왔다. 나는 조용히 그녀의 뒤를 따르

   2. 마라톤, 삶을 닮은 레이스

며 페이스를 맞췄다. 천호사거리와 길동사거리, 올림픽공원을 지나 수서 인터체인지까지 12.5km.그녀의 페이스는 정확했고 흔들림이 없었다.

그러나 20km 지점을 넘기면서 그녀는 점차 뒤로 처졌고, 나는 앞서 나아갔다. 여수대로를 지나 둔전동 반환점에 가까워질 무렵, 마주 오는 일행과 "파이팅!"을 외치며 스쳐 지나갔다. 도로 양옆에는 황금빛 단풍이 물들어 가을의 절정을 알리고 있었다.

후반, 동부간선도로 구간에서는 한강마라톤클럽 소속 여성 러너와 나란히 달렸다. 말없이 주고받는 교감 속에서 체력도 마음도 안정됐다. 막바지 오르막 우회 구간인 39km 지점을 통과하자 큰 고비는 지나간 듯했다. 도로 양옆에는 수많은 시민이 응원하며 힘을 북돋아 주었다.

잠실경기장 트랙에 들어섰다. 마지막 한 바퀴. 놀랍게도 아직 힘이 남아 있었다. 페이스를 유지한 채 결승선을 향해 달렸다. 힘차게 골인하는 순간, 지난 두 번과는 전혀 다른 감정이 밀려왔다. 무너짐이 아닌, 완성의 감각이었다.

기록은 3시간 43분 31초. 평균 페이스는 1km당 5분 28초. 와⋯ 믿기 어려운 기록이었다. 서브-4 달성. 그날 나는 기록 이상의 것을 얻었다. 포기하지 않았다는 사실, 끝까지 밀어붙였다는 확신. 마라톤은 결국 자신과의 약속을 지키는 일이라는 것을 깨달았다.

끝까지 포기하지 않으면 언젠가는 도달하게 된다는 것을. 그 단순한 진실을 나는 42.195km 위에서 배웠다. 서브-4는 기록으로 남겠지만, 내게 오래도록 남을 것은 그날의 마음이다.

　무너지지 않겠다고 다짐하며 달리던 시간들, 그 시간들이 모여 나를 결승선까지 데려다주었다. 그리고 나는 안다. 또 다른 길 위에서도, 나는 다시 달릴 것이라는 것을.

JTBC 서울국제마라톤대회 (2017년 11월 5일)

동부간선도로 37.5km 지점에서 뛰어가는 모습

마라톤, 남원의 숨결 따라

초목이 갈색으로 물들고, 나뭇잎이 하나둘 지며 겨울의 문턱을 알리는 11월의 아침, 기온은 12℃. 약간 쌀쌀하지만 달리기에는 더없이 적합한 날씨다. 민족의 영산 지리산 자락 아래, 춘향의 절개와 사랑의 전설이 살아 숨 쉬는 고장, 남원. 나는 그곳 춘향골 체육공원에서 열리는 남원 춘향 전국마라톤대회에 참가했다.

올 들어 나는 매달 한 번씩 공식 마라톤 대회에 참가하며 10km와 하프 코스를 달려왔다. 특히 11월 5일 서울에서 열린 JTBC 국제마라톤 풀코스(기록 3시간 43분 31초)를 완주한 직후라 체력이 최상이다. 이번 대회는 가벼운 마음으로 달리고, 남원의 맛과 멋을 즐기려는 목적이었다.

일행들과는 대회장 주차장 한쪽에 자리를 잡고, 경기를 마친 뒤 만나기로 했다. 가볍게 몸을 풀 겸 운동장을 한 바퀴 돌던 중, 문득 익숙한 얼굴들이 눈에 들어왔다. 지난 4월 군산 새만금 국제마라톤대회에서 만났던 부안초등학교 이윤록 교장 선생님과 외국인 러너들 Seetly Sue, Adam Tomas, Jacques

Louw이다. 예상치 못한 재회에 마음이 반짝였다.

"Nice to meet you." 새로 함께 온 외국인 참가자에게도 인사를 나누고, 모두 함께 인증사진을 남겼다. 오전 9시, 풀코스를 시작으로 하프, 10km, 5km 순서로 5분 간격 출발. 나는 10km에 참가했다. 코스는 체육공원 운동장을 출발해 오동초등학교를 거쳐 효기삼거리까지 달려 다시 돌아오는 왕복 코스였다.

외국인 일행들은 각자 다른 종목에 참가했고, Seetly Sue, Adam Tomas, Jacques Louw는 나와 같은 10km 코스에 출전했다. 출발 신호가 떨어지자 나는 그들을 먼저 보내고 한 박자 늦게 출발해 속도를 조절했다.

2km 지점을 지나며 Seetly Sue를 따라잡았다. 눈빛이 반짝였다. "저랑 같이 잘 뛰어볼까요?" 내 말에 그녀는 환하게 웃으며 "OK"라고 답했다. 그녀의 페이스는 생각보다 안정적이었다. Adam과 Jacques도 곁을 나란히 하며 달렸다. 우리는 5km 반환점까지 함께 호흡을 맞췄다.

이후 나는 조금씩 스피드를 올렸다. Jacques가 바짝 뒤를 따르는 가운데, Seetly는 조금씩 뒤처지기 시작했다. 나는 잠시 속도를 조절해 그녀의 보조에 맞췄다. 어느새 7km, 앞서 달리는 사람이 거의 없었다. 우리 팀이 선두권에 진입한 것이다. 8km 지점을 지나며 기록이 떠올라, Seetly와 Adam에게 양해를 구하고 앞서 나가기 시작했다.

마지막 2km, 모든 힘을 쏟아 트랙으로 들어섰다. 운동장을 한 바퀴 돌며 결승선을 통과할 때 들려오는 환호. 내 기록

   2. 마라톤, 삶을 닮은 레이스

은 45분 18초. 만족스러운 결과였다. 곧이어 Adam(47분), Seetly(48분), Jacques(56분)도 차례로 들어왔다. 5km를 먼저 마친 외국인 동료들이 환영의 박수를 보내준다.

함께 기념사진을 찍고, 다음을 기약하며 작별 인사를 나눴다. 언어도, 문화도, 국적도 다르지만, 함께 호흡을 맞추며 달린 오늘은 오래도록 기억될 순간이다. 몸과 마음을 함께 움직였던 이 즐거움, 그것이 바로 마라톤이 주는 진정한 선물이었다.

남원 춘향 전국마라톤대회 (2017년 11월 26일)

▋광한루, 달빛 아래 사랑을 거닐다

경기를 마친 뒤, 허기진 속을 달래기 위해 남원 시내의 길남한정식을 찾았다. 남원에는 '5미(五味)'라 불리는 별미가 있다. 추어탕, 흑돼지, 산채백반, 향토주(황진이주, 주몽주, 남원막걸리), 남원한과. 그중 오늘은 은은한 산내음이 서린 산채백반과 구수한 남원막걸리 한 사발이면 충분했다. 입 안 가득 퍼지는 나물 향과 걸쭉한 술맛이, 달리며 지친 몸과 마음을 천천히 풀어주었다.

식사를 마치고 향한 곳은 남원의 보물 같은 장소, 광한루원(전라북도 남원시 천거동 233). 조선 선비들의 발걸음이 머물던 그곳에는 지금도 옛이야기가 살아 숨쉰다. 먼저 들른 월매집. 입구에 달린 청사초롱이 조용히 반겨주었다.

월매와 춘향이 살던 집을 재현한 공간은 소소하지만 정겹다.

행랑채의 향단이 방, 본채의 월매방과 옷방, 춘향의 방, 부엌까지. 부용당, 장독대, 소원터, 그네가 놓인 마당까지 하나하나가 이야기를 품고 있었다.

그네에 매달린 채 바람을 가르던 춘향의 모습이, 그리고 이몽룡과 처음 만났던 순간이 눈앞에 아른거렸다. 연인이나 부부가 함께 그네를 타면 금실이 더 좋아진다는 이야기가 살짝 미소 짓게 한다.

이어 찾은 춘향관. 고전과 디지털이 만나는 공간, 춘향전 관련 유물과 서화, 장신구, 국내외 출간 자료가 한자리에 모였다. 세로로 긴 화면 위를 나비 한 마리가 폴폴 날며 춘향의 이야기를 따라가는 전시 구성은 마치 한 편의 시, 한 폭의 그림 같았다.

그리고 드디어 광한루를 마주한다. 하늘나라 달의 궁궐, 월궁을 본떠 지어진 광한루. 연못을 중심으로 놓인 광한루, 오작교, 영주각, 안월정이 서로 어우러져 한 폭의 풍경화를 이룬다. 맑은 물빛 위에 다정히 손잡고 오작교를 건너는 연인들의 모습이 비치며, 사랑의 향기가 은은히 퍼진다.

봄날 벚꽃이 흐드러지게 피는 날, 이곳은 사랑을 속삭이기 가장 좋은 장소일 것이다. 꽃잎처럼 피어난 사랑이 광한루원에 오래도록 머물 듯, 사람들의 마음 또한 오래오래 따뜻하게 머물 수 있기를, 세월이 흘러도 변하지 않는 풍경처럼, 마음속 여운 또한 그대로 남아있기를.

(2017년 11월 26일)

동학의 숨결, 내장호반길을 달리다

1894년 음력 3월 20일, 전라도 고부에서 타오른 횃불은 같은 해 11월 27일까지 들불처럼 번졌다. 그 불씨의 이름은 동학농민운동. 접주 전봉준을 중심으로 농민과 동학도들이 들고 일어나 반봉건·반외세를 외쳤던, 우리 근대사의 거대한 물줄기였다.

"사람이 곧 하늘이다." 인내천(人乃天)의 사상은 칼과 창보다 더 깊이 민중의 가슴을 울렸다. 그 정신을 기리기 위해 해마다 열리는 대회가 있다. 바로 정읍동학마라톤대회. 정읍이 동학농민혁명의 발상지이자 성지임을 알리는 뜻깊은 자리다.

새해 들어 첫 장거리 원정 경기였다. 대구에서 새벽 5시 30분 출발. 아직 도시가 잠든 시간, 헤드라이트 불빛만이 어둠을 가르며 길을 열었다. 광주대구고속도로를 타고 고령과 거창, 함양과 남원을 지나 담양JC와 장성JC를 거쳐 정읍IC로 빠져나왔다. 242km. 차창 밖으로 스쳐 간 산과 들처럼 마음도 조용히 흘렀다. 오전 8시 20분, 정읍종합경기장에 도착했다.

하늘은 흐렸고 기온은 영상 3℃. 겨울의 숨결이 아직 남아 있었지만, 달리기에는 오히려 적당한 냉기였다. 먼 길을 달려 온 탓에 경기장을 둘러볼 여유는 없었다. 몸을 풀고, 신발 끈을 고쳐 묶으며 오늘의 레이스를 마음속에 그렸다.

오늘의 종목은 하프코스. 정읍주경기장을 출발해 과교삼거리, 신정사거리, 송죽삼거리, 내장호반길, 송학삼거리, 천변로, 연지교사거리를 거쳐 다시 경기장으로 돌아오는 순환코스다. 출발 신호가 울리자 몸은 가볍게 튀어 올랐다. 지난해 11월 풀코스를 완주했던 기억이 자신감으로 남아 있었다. 하프는 한결 수월하리라, 어쩌면 조금은 방심했는지도 모른다.

2.5km 지점 교암초등학교를 지나 송정삼거리까지 이어지는 오르막 2.5km. 숨은 가빠졌지만 견딜 만했다. 그러나 7.5km 지점, 용산저수지에서 내장저수지로 이어지는 또 다른 2.5km 구간은 경사가 한층 매서웠다. 허벅지가 묵직해지며 초반에 쏟아부은 힘이 서서히 되돌아오기 시작했다.

10km 지점을 통과하며 문득 불안이 스쳤다. '조금 무리한 선 아닐까.' 다행히 송학삼거리를 지나며 길은 내리막으로 몸을 낮추었다. 중력에 몸을 맡긴 채 호흡을 가다듬었다. 그러나 이미 체력의 저수지는 눈에 띄게 줄어들고 있었다. 급수대는 2.5km마다 마련되어 있었다. 하지만 목표는 1시간 45분 이내 완주. 몇 모금의 물조차 기록을 늦출 것만 같아 12.5km 지점까지 그냥 지나쳤다. 그 선택이 후반의 그림자를 불러왔다.

16km 지점, 다리가 내려앉을 듯 무거워지며 속도도 점점 떨어졌다. 파워젤을 제대로 챙기지 못한 준비 부족이 뒤늦게 뼈아프게 다가왔다. 17.5km 급수대에서 결국 발걸음을 멈췄다. 차가운 물을 들이켜고 초코파이 세 개를 연달아 먹었다.

   2. 마라톤, 삶을 닮은 레이스

달콤함이 입안에 번졌지만, 이미 무너진 리듬을 되돌리기에는 늦은 감이 있었다. 남은 3.6km. 걷고, 다시 달리고, 또 걷는 반복.

공식 하프는 21.1km지만, 이 대회 코스는 약 1km가 더 긴 22.1km였다. 그 1km는 숫자 이상의 무게로 다가왔다. 결승선 아치가 시야에 들어왔을 때, 비로소 긴장이 풀렸다. 1시간 57분 53초. 하프코스에서 이처럼 힘겹게 결승선을 통과한 것은 처음이었다. 초반 오르막에서의 과신, 보급을 미룬 선택, 준비의 빈틈. 모든 것이 후반의 발걸음에 고스란히 얹혀 있었다.

경기 후 제공된 음식을 간단히 먹고 곧장 정읍을 떠났다. 내장산 입구와 백양사로 이어지는 길이 가까이 있었지만, 이번 여정은 관광이 아닌 배움의 길이었다.

동학의 땅에서 달린 하루. "사람이 곧 하늘"이라 외쳤던 민중의 정신처럼, 마라톤 역시 자신을 낮추고 스스로를 단련하는 과정임을 새삼 깨닫는다.

장거리는 결코 방심을 허락하지 않는다. 오늘의 기록은 아쉬움으로 남았지만, 그 아쉬움은 다음 도전을 향한 연료가 된다. 나는 다시 신발 끈을 고쳐 묶는다. 다음 레이스에서는 더 겸손하게, 더 치밀하게, 그리고 더 단단한 마음으로 달릴 것이다.

정읍동학마라톤대회 (18.02.25)

페이스메이커 1 (사천, 바다를 달리다)

태풍 '솔릭'이 남긴 비가 채 그치지 않은 아침이었다. 흐린 하늘 아래, 이번 사천노을마라톤대회에서 노을을 마주하기는 어려우리라 짐작했다. 간간이 비치는 햇살에 잠시 기대가 피어났지만, 경남으로 들어설수록 하늘은 다시 두터운 구름에 잠겼고, 기대는 이내 불안으로 바뀌었다.

오후 세 시 반 무렵, 진주 톨게이트를 지나 사천 시내로 접어들 때였다. 갑작스러운 비바람이 차창을 세차게 두드렸다. '이러다 비를 맞고 달리는 건 아닐까.' 걱정이 스며들 즈음, 감독님이 말했다. "차편이 일찍 마련됐으면 항공우주박물관도 들렀을 텐데. 시간이 애매하니 대포항에 들러 전어회나 먹고 가자."

아직 여유가 있었다. 우리는 어촌횟집에 들어가 전어회 두 접시를 시켰다. 한 점을 입에 넣는 순간 고소한 기름기와 은은한 단맛이 혀끝을 감쌌다. "가을 전어에 집 나간 며느리도 돌아온다"는 말이 괜한 소리가 아니었다. 경기 전이라 마음 한켠이 조심스러웠지만, 그 맛을 외면할 수는 없었다.

이번 대회에 참가한 목적은 이전과 달랐다. 대구남구육상연맹 최정두 감독님은 선수들을 챙기며 레이스를 준비했고, 러너들은 각자의 종목에 출전했다. 그리고 나는 다섯 살 꼬마 김성군의 페이스메이커로 출발선에 섰다.

작년 대회는 삼천포대교공원에서 열렸지만, 올해는 초전공원으로 장소가 바뀌었다. 사천대교를 사이에 두고 북쪽에는 초전공원이, 남쪽에는 삼천포대교공원이 자리한다. 두 공원은 약 17km 떨어져 있어 코스 또한 달라졌다.

내가 함께 달릴 종목은 10km. 초전공원을 출발해 외국기업로와 KAI 한국항공우주산업공단을 지나 해안산업로를 따라 달린 뒤, 선진거북선공원을 돌아오는 길이다. 바다를 곁에 둔 코스였지만, 이날 하늘은 끝내 빛을 허락하지 않았다.

출발선에 나란히 선 우리. 비는 그쳤으나, 구름 사이로 쏟아지는 햇살은 따가웠고, 습도는 높아 등줄기로 땀이 줄줄 흘렀다. 오후 다섯 시, 출발 신호가 울렸다. 풀코스에는 은진이, 하프에는 수아와 채환이가 달린다. 나와 성군이는 10km, 성군이 등에 감독님이 달아준 풍선이 가볍게 흔들렸다.

5, 4, 3, 2, 1. 출발! 인파 속에서 혹여 밀려 넘어질까 잠시 발을 멈춘다. "성군이, 이제 가자." 손을 잡고 출발선을 넘는 순간, 성군이는 망설임 없이 앞으로 튀어나갔다. '다다다다…'

"성군아, 천천히." 말을 했지만, 아랑곳하지 않았다. 500m쯤 지나서야 호흡을 가다듬는다.

2km까지는 나란히 6분 페이스를 유지했다. 사천만 건너편 낮은 산들이 길게 이어졌고, 바다는 잔잔했다. 만약 하늘이 맑

았다면 붉은 노을이 수평선을 물들였을 것이다. 그러나 오늘은 회색빛이 전부였다.

3km를 지나며 성군이의 발걸음이 잠시 멈칫했다. 말없이 곁을 지켰다. 4km 지점에서 속도가 크게 떨어졌다. 혹시 어디 아픈 건 아닐까. "성군이, 괜찮아?" 물었지만 말이 없었다. 뒤따르던 지영이가 다가와 "성군이 힘내!"를 외치며 잠시 함께 뛰었지만, 성군이는 이미 지친 듯, 결국 지영이는 먼저 앞서 나갔다.

"힘들면 여기서 그만할까?" "아니요." 그 말에 더 묻지 않았다. "반환점까지 얼마나 남았어요?" "조금만 더 가면 돼." 반환점을 돌자 잠시 속도가 붙었다. 그러나 오래가지 못했다. 걷기 시작한 성군이를 등에 업고 몇 걸음 달려가는데, 몸을 비틀며 내려달라고 했다. "뛸 수 있겠니?" 말없이 고개만 끄덕인다. 다시 걷고, 또 뛰었다. 한 발, 또 한 발.

길가의 응원이 이어졌다. "성군이 힘내라!" 그 목소리들이 등을 떠밀었다. 나 역시 점점 지쳐갔다. 7.5km 지점에서 감독님의 호각 소리가 들렸다. 그 순간, 성군이가 갑자기 속도를 올리더니 발이 걸려 넘어졌다. '괜찮니?' 놀라 얼른 일으켜 세웠다. 다행히 다치진 않았다.

그때 수아와 채환이가 우리 곁으로 다가왔다. "성군이 파이팅!" 외치며 함께 뛰어준다. "오늘은 아저씨랑 같이 골인하는 거야!" 결승점이 보이자, 성군이는 마지막 힘을 쥐어짜듯 전력 질주했다. 10km, 1시간 7분 9초. 목표 시간은 넘었지만, 그건 중요하지 않았다. 함께 완주한 것만으로도 충분했다.

 2. 마라톤, 삶을 닮은 레이스

경기를 마친 후, 옷을 갈아입히던 성군이의 어머니가 조심스럽게 말했다. "아침에 우유를 먹었는데, 뛸 때 배가 아파서… 똥을 싸버렸어요. 옷을 다 버렸네요." 나는 그 사실도 모른 채 아이를 다독이며 달렸다. 그 작은 몸이 견뎌낸 시간을 뒤늦게 알았다.

시상식이 끝난 뒤, 경남일보 기자가 성군이를 취재했다. 다음 날 스포츠면 한가운데, 환하게 웃는 성군이와 함께한 얼굴들이 실렸다. 그날의 땀과 고통, 넘어짐과 완주는 그렇게 기록되었다.

누구에게나 주어진 능력이 있다. 중요한 건 그 능력을 발휘할 기회를 놓치지 않는 것이다. 최선을 다한 사람에게는 더 많은 기회가 돌아온다. 그리고, 위대한 일은 언제나 작은 걸음에서 시작된다는 것을 우리는 잊지 말아야 한다.

사천노을마라톤대회 (2018년 8월 25일)

최연소 마라토너 김성군 (19.04.12 현재): 2013년 6월 20일 생, 만 5세, 신장 103cm, 몸무게 15.6kg 41번 대회 참가와 각종 언론 및 방송 출연, SBS 세상에 이런 일이(18.05.03), KBS 아침마당(18.07.13), Facebook 부산일보(17.10.28), 일요신문 (18.05.03), 영남일보 (18.05.14), SBS 영재발굴단 PD노트 (19.04.18)

페이스메이커 2 (전주, 전주천을 달리다)

2018년 8월 사천노을마라톤. 그날 나는 성군이의 페이스메이커로서 힘든 경기를 치렀다. 그래서 이번 전주마라톤에 거는 기대가 컸다. 컨디션도 좋았고 연습도 충분했다. 제법 만족스러운 결과가 나오리라는 희망을 품고 새벽 5시 40분, 대구를 출발했다.

광주대구고속도로를 달리는 동안 하늘은 태풍 '짜이'의 영향인지 잔뜩 흐려 있었고, 이따금 빗방울이 유리창을 두드렸다. 그러나 마이산휴게소에 도착할 무렵 하늘은 거짓말처럼 개었다. 암마이봉과 수마이봉이 봉긋한 자태로 눈앞에 펼쳐졌다. 우뚝 선 두 봉우리는 마치 오늘 하루를 축복해주는 듯했다. 상쾌한 아침이었다.

전주종합운동장에 도착한 건 오전 8시경. 참가자들은 저마다 몸을 풀며 분주했다. 그 틈에서 성군이는 유난히 나를 졸졸 따라다녔다. 오늘따라 바짝 붙어 다니는 모습이 귀엽기도 했지만, 한편으로는 괜히 걱정스러웠다.

주위를 둘러보니 반가운 얼굴들이 보였다. 'what up!' 군

     2. 마라톤, 삶을 닮은 레이스

산 마라톤(2017.04.09), 남원 마라톤(2017.11.26)에서 함께 뛰었던 지인들, 미소가 아름다운 Sweetly Sue, 훤칠한 키의 Adam Tomas, 친구 Jacguse Louw, 그리고 부안초등학교 이윤록 교장선생님까지. 반가움에 인사를 주고받는 사이, 성군이가 빠질 리 없다. "이리 오세요!" 다 함께 "차차차!" 찰칵. 기념사진 한 장에 분위기가 한껏 무르익었다.

10km 출발 신호가 떨어지자 성군이는 선두에서 경쾌하게 내달렸다. 1km 지점까지는 놀라울 정도로 빠른 출발이었다. 차도를 지나 계단을 내려가 징검다리를 건넌다. 전주천 인도를 따라 이어지는 코스. 아, 이런 곳을 달리게 되다니!

전주천은 도심 속 자연 생태 공간이다. 물길을 따라 갈대와 억새가 흰 수염처럼 흔들리고, 수양버들은 축 늘어진 가지로 그림자를 드리운다. 그 아래 호박넝쿨은 누런 알을 품고 있고, 금계국은 잡풀 사이에서도 제 자리를 화사하게 지키며 스쳐 가는 눈길을 붙잡는다.

그러나 감탄도 잠시, 성군이의 속도가 점점 느려졌다. "가슴이 콕콕 아파요." "어제 또 무리했니?" "아니요…" 걱정이 밀려왔다. 사천에서처럼 다시 무너지면 안 되는데. 3km 지점까지 예상보다 페이스가 느렸다. 4km 기록은 26분. 이대로 가면 1시간을 넘길 수도 있었다.

"성군아, 1시간 안에 골인하면 호두과자 사줄게." 반환점까지는 1km 남짓. 그 뒤로 6km를 평균 페이스 5분 30초로 끌어올려야 한다. 쉽지 않은 미션이다. 게다가 달고 있던 풍선의 바람까지 빠져버렸다. 바람을 다시 불어 넣고 숨을 고른 뒤 반환점을 돌아섰다.

"이제 몇 분 남았어요?" "27분. 앞으로 50명은 제치자. 알 았지?" "호두과자! 호두과자!" 그 외침과 함께 성군이는 조금 씩 속도를 올렸다. 하나, 둘, 열, 스물, 서른…. 추월의 기세가 붙기 시작했다. 7km 지점. 감독님의 외침이 들린다. "더 빨리 뛰어!" 성군이의 눈빛이 달라졌다. 10m 앞에 무리를 이룬 주 자들이 보인다. "앞서가자!" "다다다다!" 힘찬 발걸음이 바람 을 가른다. 징검다리를 다시 건너고 계단을 올라 9km 지점. 이제는 구경 나온 사람들도 성군이 이름을 외친다. "야! 대단 하다!" 기운을 받은 성군이는 또다시 10명을 제쳤다.

운동장 입구가 보인다. 관중의 환호가 터졌다. 트랙에 들어 서자 사회자의 안내방송이 울린다. "최연소 마라토너 김성군 선수, 들어옵니다!" 시선이 쏟아진다. 성군이는 더욱 힘차게 달렸다. 그런데 결승선 150m를 남기고 발이 걸려 넘어지고 말았다. "어이쿠!" 재빨리 일으켜 세웠다. 그런데 어디서 그런 힘이 솟았을까. 다다다다! 엄청난 속도로 결승선을 향해 달렸 다. 나도 뒤따랐다. 다다다다! 기록 56분 26초. 약속한 호두 과자를 사줘야겠다. 하하하.

결승선을 통과하자 Sweetly, Adam, Jacguse, 이윤록 교 장선생님이 다가와 축하를 건넸다. 박수와 웃음, 그리고 또 한 번의 찰칵. "기억에 남을 하루였어요." 모두가 그렇게 말했다. 경기 운영 미숙으로 코스가 다소 고르지 못해 전체 기록은 아 쉬웠지만, 성군이의 마지막 질주는 누구에게나 깊은 인상을 남겼다. 우리는 또 하나의 이야기를 완주했다.

전주마라톤대회 (2018년 9월 30일)

▌전주 한옥마을 탐방

경기를 마친 건 낮 12시 무렵이었다. 참가비와 입상자 상금 일부를 모아 시내 '노을막거리' 식당에서 점심을 함께했다. 한 상 8만 5천 원짜리 푸짐한 밥상 세 개. 마라톤의 땀과 피로가 국물과 찬에 스며 말끔히 씻겨 내려갔다.

식사를 마친 뒤, 일행 여덟 명은 예정대로 한옥마을로 향했다. 전주는 내게 두 번째 방문이지만 한옥마을은 처음이었다. 좁은 골목과 기와지붕이 늘어선 풍경 앞에서 오래된 기억 하나가 떠올랐다.

35년 전, 지금의 아내와 두 번째 데이트를 했던 곳도 바로 이 전주였다. 그 시절 자가용은 흔치 않았고, 여행 수단은 오직 버스뿐이었다. 새벽녘 대구 북부정류장에서 진안 마이산행 버스에 올랐다. 암마이봉(686m) 너른 바위 아래에서 마주한 이갑룡 처사의 돌탑은 지금도 선명하다. 돌아오는 길, 전주 시내에서 맛보았던 비빔밥 한 그릇은 그 시절 풋풋한 감정과 함께 아직도 기억에 남아 있다.

청춘남녀가 단둘이 떠난 여행. 만약 그날 마지막 버스를 놓쳤다면 어찌했을까? 젊은 날의 상상은 늘 조금 빗나간다. 그 날은 30분 차이로 실패였다. 물론 이후 몇 번의 여행 끝에 성공은 했지만, 이야기는 거기까지. 그저 웃음만 남는다.

전주 한옥마을은 후백제의 도읍지이자 조선 태조의 본향이다. 풍남동과 교동 일대에 수백 채의 기와지붕이 밀집해 있고, 한식·한복·한지 등 우리 고유 문화가 살아 숨 쉬는 공간이다. 2010년 '슬로시티'로 지정된 이후 국내외 관광객의 발길이 끊이지 않는 명소가 되었다.

　오목대에 오르면 한옥 지붕이 물결처럼 넘실거린다. 전주사고 입구의 대나무 숲은 잠시 마음을 쉬게 하는 포토존이다. 어진박물관 너머 경기전의 담장, 그 아래 붉은 벽돌의 전동성당은 이 도시에 켜켜이 쌓인 시간을 보여준다.

　오후 1시 30분, 호텔 르윈 지하주차장에 차를 세우고 골목 안으로 들어섰다. 거리는 인파로 가득했다. 한지길에서 태조로로 향하는 길목, 전통술 박물관에 들러 계피 발효주 한 잔을 마셨다. 따뜻한 기운이 목을 타고 내려가며 마라톤의 여운과 어우러졌다.

　전통의상 무료체험관에서는 도포를 입고 대감 행세를 했다. 수아, 채환이, 은진이는 즉석에서 시녀와 시종이 되어주었다. 나는 으쓱한 기분으로 호령하듯 장난을 쳤다. 잠깐의 착각이었지만 사진은 오래도록 웃음으로 남을 것이다.

　오목대 앞에서 일행은 잠시 흩어졌다. 나는 경기전으로 향했다. 어진박물관을 들르고 싶었지만 시간은 늘 발걸음을 재촉했다. 전동성당 앞에서 마지막 인사를 건네듯 잠시 멈춘 뒤, 다시 원래의 장소로 돌아와 뒤늦게 도착한 감독님 일행과 합류했다. 그렇게 전주에서의 하루가 정리되었다.

　오후 4시경, 집으로 돌아가는 길. 운전대를 잡은 손끝에 피로가 맺힐 무렵 함양휴게소에 들렀다. 허기가 슬며시 고개를 들었다. "호두과자 사줄게." 경기 중에 했던 약속이 떠올랐다. 매점에서 호두과자를 사 성군이에게 건네자, 그는 천진하게 봉지를 열어 맛있게 냠냠 먹었다.

　무엇이든 신나게 해야 한다. 달릴 때도, 구경할 때도, 웃을 때도. 그렇게 해야 삶이 조금 더 아름다워진다. 그날 전주에서 우리는 함께 달렸고, 함께 걸었고, 무엇보다 함께 즐겼다. 기록보다 더 오래 남는 것은 결국 사람과 순간이라는 것을, 또 한 번 배운 하루였다.

(2018년 9월 30일)

외국인 여성 Sweetly 일행과 함께

창원, 바닷바람을 달리다

국제공인 마라톤대회 가운데 국내 대회에서 골드라벨은 동아 서울, 조선 춘천, JTBC 서울이 있고, 실버라벨에는 대구 국제와 경주 동아가 있다. 이들은 세계육상연맹이 인증한 공인 코스답게 기록이 잘 나오고 참가자들의 선호도도 높다. 코스는 검증되었고 운영 또한 안정적이다.

반면 지방 대회는 지리적 여건과 인프라에서 아쉬움을 남긴다. 애정 없이는 선뜻 발걸음을 옮기기 어려운 이유다. 그러나 나는 한 번도 가보지 않은 도시에서 열리는 대회라면 한 번쯤 달려보고 싶어 한다. 도시마다 품고 있는 고유의 표정을 마주하고 싶기 때문이다. 그런 의미에서 이번에는 창원을 선택했다.

창원은 우리나라 최초의 계획도시다. 1970년대 국가기계산업단지가 조성되면서 현대적 도시로 성장했고, 2010년에는 마산과 진해를 통합해 거대 기초자치단체로 재편되었다. 그럼에도 도시의 설계 정신은 지금까지 비교적 잘 보존되어 있다. 동쪽으로는 부산과 김해, 북쪽으로는 밀양과 창녕, 서쪽으로는 진주와 고성, 남쪽으로는 마산만과 진해만을 품고 있다. 오

 2. 마라톤, 삶을 닮은 레이스

늘 나는 그 남쪽 바닷길을 따라 달린다.

이번 대회에 함께한 동료는 모두 17명이다. 그중 최연소 마라토너 성군이는 첫 하프코스에 도전했고, 보경이도 함께 출전했다. 성군이의 페이스메이커는 이세종 씨가 맡았다. 풀코스에는 상흠이, 채환이, 희권이, 영미 씨, 그리고 나까지 다섯 명이 나섰다. 감독님은 경기 전부터 선수들의 컨디션을 살피며 관리에 여념이 없었다.

이번 코스는 출발점에서 용지사거리와 창원병원사거리를 지나 삼동교차로에서 유턴한 뒤, 남면로 야천교와 삼동교사거리를 통과한다. 17km 지점부터는 해안길로 접어들어 제4부두와 제5부두, 용호삼거리를 지나 귀산마을 입구에서 반환점을 돈다. 이후 같은 길을 되짚어 40km 지점의 삼동교사거리를 지나 삼동교교차로를 통과해 경기장으로 들어오는 구조다.

출발 전 아침 기온은 섭씨 7℃였다. 하늘은 잔뜩 흐렸지만 달리기에는 최적의 조건이었다. 창원종합운동장에서 출발하자 곧 오르막이 이어졌다. 그러나 그리 가파르지 않아 큰 어려움은 없었다. 나는 1km 5분 페이스, 3시간 30분 페이스메이커를 따라가며 비교적 안정적인 리듬을 유지했다. 10km쯤 달려 성산네거리를 지나는데, 풀코스보다 10분 늦게 출발한 하프코스의 보경이가 벌써 뒤를 따라붙었다. "페이스를 좀 낮추세요." 그녀는 그렇게 말하고 나란히 1km쯤 함께 달리다 이내 앞서 나갔다.

봉암교를 지나 17km 이후부터 길은 본격적으로 해안으로 이어진다. 제4, 제5부두를 따라 달리고, 용호삼거리를 지나 25km 지점에 이르면 다시 오르막이 나타난다. 반환점인 귀산

마을까지는 500m 남짓한 급경사 산길이다. 호흡이 거칠어졌지만 마음만은 여전히 곧았다.

반환점을 돌아 다시 해안길로 접어들자 이번에는 바닷바람이 정면에서 세차게 밀려왔다. 11월의 바람은 생각보다 매섭지는 않았지만, 가벼웠던 발걸음을 묵직하게 만들기에는 충분했다. 휘몰아치는 맞바람에 발걸음이 주춤했고, 나도 모르게 '어쩌자고 여길 뛰고 있나' 하는 생각이 스쳤다. 두 다리는 점점 무거워졌다.

대회를 앞두고 충분한 장거리 훈련을 하지 못했던 일이 마음에 걸렸다. 25km 이상을 뛰어본 게 언제였던가. 훈련이 잘된 사람은 초반부터 꾸준한 페이스를 유지하다 마지막 5km에서 전력 질주한다. 그러나 준비가 덜된 사람은 점점 처지다가 결국 걷게 된다. 나 역시 그 경계선 위에 서 있었다.

38km 지점, 한국철강 공장 앞까지는 견딜 만했다. 그러나 39km 지점에서 왼쪽 다리에 갑작스럽게 쥐가 났다. 출전 이후 처음 겪는 일이었다. 그 자리에 멈춰 서 꼼짝할 수 없었다. 지나가던 참가자들이 "근육을 천천히 풀어보세요"라며 격려해주었다. 숨을 고르고 다리를 폈다 굽혔다 반복한 끝에 다시 한 발을 내디뎠다.

남은 거리는 3km. 여기까지 와서 포기할 수는 없었다. 초반 목표는 3시간 40분이었지만, 이 상태로는 4시간 이내 완주조차 불투명했다. 조심스럽게 발을 디디며 달렸지만 41km 지점, 충혼탑 앞 오르막에서는 결국 걷고 말았다.

그래도 마지막 힘을 짜내 경기장 안으로 들어섰다. 트랙을 따라 결승선이 보이자 사회자의 목소리가 울려 퍼졌다. "번호

40049번, 완주 축하드립니다! 박수 부탁드립니다!" 기다리고 있던 동료들이 환호와 함께 손뼉을 쳤다. 이제 다 왔다. 기록은 3시간 59분 14초. 가까스로 서브-4를 달성했다. 체력은 한계였지만 마음은 가벼웠다.

이번 대회는 내게 작은 전환점이 되었다. 메이저 대회가 아니어도 지역 대회만의 의미와 매력은 분명 존재했다. 풀코스는 10km나 하프와 달리 매년 한 번도 벅찬 도전이다. 무엇보다 꾸준한 연습, 특히 장거리 훈련이 없이는 감히 넘볼 수 없는 경기다.

경기를 마치고 결과를 살폈다. 성군이는 2시간 2분 48초로 첫 하프 완주에 성공하며 특별상을 받았고, 보경이는 2위에 올랐다. 채환이 역시 풀코스 2위를 차지했다. 젊은 선수들의 눈부신 기록은 충분히 자랑스러웠지만, 정작 나는 풀코스가 버겁게 느껴졌다.

이제는 정말 이쯤에서 멈춰야 하지 않을까 하는 생각이 스쳤다. 그러나 사람 마음이란 알 수 없는 법이다. 더는 도전하지 않겠다고 다짐해도, 내년이 되면 또다시 러닝화를 꺼내 들고 있을지 모른다.

창원통일마라톤대회 (2018년 11월 18일)

페이스메이커 3 (목포, 삼학도를 달리다)

쓰지 않아 넘쳐나는 것일까, 아니면 쓰다 보면 채워지는 것일까. 격한 운동을 마친 지 얼마 되지 않았는데도 몸은 다시 근질거린다. 추운 날씨에 움츠리고만 있으면 답답함과 무기력이 스며든다. 무언가를 하고 싶어 들끓는 열정 속에서, 문득 자신감마저 물러서는 건 아닐까 하는 생각이 든다. 나는 스스로를 다잡으며, 내 안에 잠든 의지를 다시 흔들어 깨운다.

지난 11월 18일, 힘겹게 완주했던 창원마라톤의 여운이 아직 몸 깊숙이 남아 있었지만, 나는 또다시 먼 길을 나섰다. 창원에서의 아쉬움이 컸던 만큼 이번에는 그 감정을 털어내고 싶었다. 마라톤도 이유였지만, 처음 밟아보는 땅 목포, 그리고 유달산이라는 이름이 더욱 나를 이끌었다.

새벽 5시 30분, 대구를 출발했다. 차가운 공기가 콧속을 맑게 스친다. 목적지는 목포시 삼학로 92번지. 약 278km, 세 시간 남짓 걸리는 거리다. 전날 서해안에 눈이 내렸다는 소식에 마음 한켠이 염려스러웠지만, 고속도로 위 아침 풍경은 오히려 또렷했다. 산등성이와 논밭 위에 얇게 내려앉은 잔설, 그

　　2. 마라톤, 삶을 닮은 레이스

리고 8시 무렵 파란 하늘 아래 눈부시게 쏟아지던 햇살. 그 순간 불안은 말끔히 걷혔다.

경기장에 들어서자 어디선가 흘러나오는 이난영의 '목포의 눈물'이 잔잔하게 울렸다. 노래는 삼학도에 얽힌 전설을 떠올리게 했다. 1968년 이전까지 섬이었던 삼학도는 2007년부터 2010년까지 복원 공사를 거쳐 지금의 모습을 갖추었다. 그곳에는 '목포의 눈물'을 기리는 공원과 김대중 노벨평화상 기념관이 자리하고 있다.

이번 대회에는 1,400여 명이 참가했다. 나는 그 가운데 최연소 마라토너 김성군 군의 페이스메이커로 함께 뛰게 되었다. 원래 하프코스를 신청했지만, 성군이의 페이스에 맞추기 위해 10km로 변경했다. 코스는 경기장을 출발해 제일중학교와 우미블루빌 3차 아파트를 지나 반환하는 구간이었다.

출발 직전, 성군이를 소개하는 사회자의 목소리가 울려 퍼지자 사람들의 시선이 단상으로 모였다. 김종식 목포시장, 김영록 전남도지사, 박지원 국회의원, 정진백 조직위원장 등 여러 인사들이 박수를 보냈고, 카메라 셔터 소리가 연이어 터졌다.

영하 2℃. 차가운 날씨였지만 달리기에는 나쁘지 않았다. 출발 신호와 함께 성군이는 특유의 경쾌한 발걸음으로 앞장섰다. 맑고 쾌청한 하늘, 미세먼지 '좋음' 수준. 좋은 기록이 나올 것 같은 예감이 스쳤다. 그러나 잠시 후 성군이의 속도가 느려졌다. 빨리 뛰자 하고 싶지만, 인파속에 넘어질까 염려돼 조심스럽게 뒤를 따랐다.

4km까지 느린 페이스로 달렸다. 5km 반환점을 지나면 속

도를 끌어올리겠지 생각했지만, 6km 지점에서 성군이는 "힘이 빠져 더는 못 뛰겠다"며 처지기 시작했다. 그때 준비해온 파워젤을 건넸다. 달리는 중이라 옷에 조금 흘렸지만, 젤을 삼키고 난 뒤 성군이의 발걸음이 살아났다.

8km 부근에서는 감독님이 다가와 힘찬 격려를 보냈고, 그제야 다시 속도가 붙었다. 예상했던 기록은 무너졌지만, 이제 중요한 건 완주였다. 골인지점에는 5km와 10km 참가자들이 함께 몰려 다소 혼잡했다. 성군이와 나란히 결승선을 통과하자 관중들의 박수가 쏟아졌다. 기록은 1시간 3분 9초.

나는 계획했던 하프코스를 뛰지는 못했지만, 삼학도에서 성군이와 함께 달렸고, 같이 시상대에 올라 특별상을 받는 기회도 얻었다. 기념품으로 받은 멸치를 씹으며 숨을 고르자, 비로소 겨울 바다가 눈에 들어왔다. 달리기는 끝났지만, 우리의 하루는 아직 남아 있었다.

목포 김대중마라톤대회 (2018년 12월 9일)

▍유달산에 오른 날

경기를 마친 뒤 우리는 삼학도를 천천히 걸어 나왔다. 바다를 품은 섬은 이미 육지와 이어졌지만, 어딘가에는 여전히 섬의 숨결이 남아 있는 듯했다. 김대중 노벨평화상 기념관을 둘러본 뒤, 우리는 유달산으로 향했다. 삼학도에서 차로 20분 남짓 걸리는 거리였다.

목포의 정취를 묻는다면, 나는 망설임 없이 영산강과 유달산

　　2. 마라톤, 삶을 닮은 레이스

을 꼽겠다. 그리 높지 않은 산이지만, 정상에 서면 바다와 항구, 다도해의 섬들이 한 폭의 수묵화처럼 펼쳐진다. 낮은 산이라는 말이 무색할 만큼, 그 풍경은 깊고도 넓다.

입구에 들어서자 노적봉이 먼저 눈에 들어왔다. 바위를 이엉으로 덮어 군량미처럼 꾸미고, 바닷물에 백토를 풀어 쌀뜨물처럼 보이게 해 왜군을 물리쳤다는 전설. 바위는 말없이 서 있었지만, 그 침묵 속에 오랜 세월의 지혜와 기지가 스며 있는 듯했다.

천천히 둘레길을 따라 올랐다. 소요정과 정자들, 칼을 빼 들고 바다를 응시하는 이순신 장군 동상, 서로의 몸을 포개 한 몸이 된 연리지가 푸르게 늘어선 소나무. 겨울 바람이 불어오자, 나뭇잎 사이로 바다가 은빛으로 흔들렸다.

산자락 어딘가에는 삼학도의 전설이 잠들어 있다. 갯마을의 세 처녀와 수도에 정진하던 한 청년. 기다림과 사랑, 뒤늦은 깨달음과 돌이킬 수 없는 이별. 청년이 활을 쏘는 순간, 바다는 갈라지고 세 처녀는 학이 되어 하늘로 올랐다. 학이 날아오른 자리에는 세 봉우리가 남았다고 한다. 지금은 매립으로 육지가 되었지만, 바람이 스칠 때마다 그 전설은 다시 살아나는 듯했다.

"사공의 뱃노래 가물거리면…" 어디선가 들려오는 듯한 '목포의 눈물'의 가락이 마음을 적셨다. 못 오는 이를 기다리던 마음, 떠난 이를 향한 그리움. 유달산은 그 모든 사연을 품은 채 묵묵히 바다를 내려다보고 있었다.

정상 부근에 이르자, 겹겹이 둘러선 기암괴석이 병풍처럼 펼쳐졌다. 일등바위와 이등바위, 영혼이 머물다 간다는 전설이 얽힌 바위들 위로 겨울 햇살이 내려앉았다. 전날 내린 눈 때문에 더 오르지 못하고 발길을 돌려야 했지만, 오히려 그 아쉬움이 다음을 기약하게 했다.

정상에서 바라본 영산강은 말없이 흐르고 있었다. 밀려왔다 사라지는 파도처럼, 사랑과 기다림도 그렇게 스쳐 지나갔을 것이다. 삼학도와 유달산은 말없이 그 시간을 품고, 오늘도 바다와 하늘 사이에 서 있었다.

그날 목포는 단순한 여행지가 아니었다. 달리기와 전설, 사람과 노래가 겹쳐진 한 장의 풍경이었다. 그리고 나는 그 풍경 속을, 잠시 지나가는 한 사람으로 서 있었다.

(2018년 12월 9일)

　　　　2. 마라톤, 삶을 닮은 레이스

페이스메이커 4 (영덕, 고래불을 달리다)

여름이면 꼭 한 번씩 피서 겸 달리기 여행을 떠난다. 이유는 바로 영덕 고래불해수욕장에서 열리는 대회 때문이다. 몇 달 전, 대회 신청과 함께 회원 중 한 명이 지인을 통해 예약해 둔 숙소는 경북 영덕군 병곡면 소재 경상북도교육청해양수련원이었다.

대회 전날, 12명이 먼저 출발했고 외박이 어려운 나머지 8명의 회원은 대회 당일 도착해 행사장에서 만나기로 했다. 숙박비는 무료였고 개인 부담 2만 원으로 차량비와 식비를 해결할 수 있었다. 부담 없는 비용으로 1박 2일의 여행을 즐길 수 있다는 건 정말 행운이었다.

오후 4시에 대구를 출발해 저녁 6시 30분경 숙소에 도착했다. 남녀 각각 정해진 방(남 315호, 여 316호)에 짐을 내려놓고 남자 방에 모여 서둘러 저녁 식사를 준비했다. 주방시설이 완비되어 있어, 출발 전 여성 회원이 직접 준비해 온 신선한 횟감과 재료로 함께 요리를 하며 둘러앉았다. 그 순간만큼은 마치 한 가족이 피서를 온 듯 따뜻함과 즐거움이 가득했다.

식사 후 몸을 풀 겸 해변 길을 따라 잠시 달렸다. 별빛이 총 총한 고요한 밤, 철썩이는 파도 소리가 귓가를 스치며 마음을 차분하게 만들었다. 은은히 비치는 가로등 불빛 아래에서 나 눈 소소한 이야기들은 영덕의 여름 밤을 더욱 특별하게 했다.

대회 날 아침, 6시에 일어나 식사를 마치고 짐을 챙겨 대회 장으로 향했다. 이미 많은 사람들이 도착해 북적이는 현장은 활기로 가득했다. 한쪽 부스에서는 국가대표 이봉주 선수가 참가자들에게 팬 사인을 해주느라 분주했다. 전날 먼저 온 일 행과 합류해 짐을 맡기고 각자 경기 준비에 집중했다.

하늘은 구름으로 잔뜩 끼어 있었지만, 강렬한 햇빛 아래에 서 달리는 것보다는 오히려 좋은 날씨였다. 5,000여 명의 마 라토너가 함께하는 영덕 로하스해변마라톤대회는 풀코스, 하 프, 10km 순으로 진행되었다. 막상 대회장에 서니 자연스레 성군이에게 페이스메이커가 필요하다는 생각이 들었다. 몇 차 례 페이스메이커를 맡았지만, 이제 성군이는 혼자서도 안정적 으로 자신의 페이스를 찾아 달릴 수 있었다.

이번 경기에서 나는 처음부터 함께 뛰려 했지만, 경기 전 약 속 때문에 1분 뒤에 출발하기로 했다. 10km 출발선에서 진 행자 배동성이 최연소 참가자인 김성군 군을 소개하자 참가자 모두가 귀를 기울이며 큰 박수와 환호로 응원했다. 출발 신호 가 떨어지자 성군이는 어른들 틈에 끼어 거침없이 앞으로 나 아갔다.

구름 낀 하늘 아래, 달리는 사람들의 몸에는 금세 땀방울이 맺혔다. 1km 지점에서 감독님은 뛰는 회원들을 체크하며 동 영상과 사진을 찍느라 바빴다. 옆을 스쳐 지나가며 "성군이 저

    2. 마라톤, 삶을 닮은 레이스

기 앞에 갔어요. 빨리 따라잡으세요."라고 말하자 나도 발걸음을 재촉했다.

더운 날씨에 탈수가 우려돼 2.5km마다 설치된 식수대에서는 반드시 물을 마셔야 했다. 성군이를 따라잡겠다는 일념으로 속도를 조금씩 올렸지만 거리 차이는 좀처럼 좁혀지지 않았다. 최근 6개월 동안 함께 운동한 적이 없어 반신반의했는데, 그 사이 성군이의 실력은 눈부시게 성장해 있었다.

고래불해수욕장 해안 길 옆으로는 푸른 송림과 갈대밭이 이어졌고, 하얀 포말을 일으키며 부서지는 파도는 마치 달리는 우리 마음을 반영하는 듯했다. 백사장에는 갯메꽃의 초록 잎줄기가 듬성듬성 늘어서 있었다. 대진해수욕장 마을회관 앞 반환점을 향해 달리던 중, 드디어 반환점을 돌아오는 성군이를 발견했다.

떨어진 거리는 약 100m였다. 서둘러 따라잡아야 했다. 5.5km 지점에서 성군이와 나란히 달리기 시작했다. 그런데 성군이는 "먼저 가세요." 하며 앞서가라고 보챘다. 웬걸, 20~30m 앞서 달리고 있으면 잠시 후 옆으로 다가와 함께 달렸고, 다시 속도를 내면 또 어느새 곁에 와 나란히 달렸다. 그런 일이 세 차례나 반복되었다. 작년까지는 살살 달래며 함께 달렸는데, 이제는 스스로 속도를 조절하며 여유까지 보이는 모습에 감탄할 수밖에 없었다.

골인 1km 지점에서 감독님이 나와 성군이를 힘껏 독려했다. 호루라기 소리가 울리자 성군이는 전력 질주를 시작했고, 나도 뒤질세라 보폭을 넓혀 함께 달렸다. 골인 지점 100m 앞. 성군이는 눈부신 속도로 마지막 힘을 쏟아냈다.

길가에서 지켜보던 사람들의 환호 속에 다다다다, 결승선을 통과하자마자 그대로 바닥에 쓰러졌다. 놀라 재빨리 가슴에 손을 얹고 눌러주자, 마지막 순간을 지켜보던 이봉주 선수가 다가와 손을 잡아주었다. 성군이는 이내 벌떡 일어나 밝게 웃었다.

아, 정말 대단하다. 어린 나이, 작은 몸집에서 어떻게 저런 엄청난 지구력과 순간 에너지가 폭발할 수 있을까. 특별한 재능을 타고난 것일까. 앞으로 크게 성장할 것이 분명하다는 생각이 절로 들었다. 기록은 10km 48분 25초.

경기 후 주최 측이 제공하는 해상 물놀이(제트스키와 바나나보트)는 파도가 거세 이용하지 못해 아쉬웠다. 그러나 기회를 놓칠세라 일행과 함께 바닷물에 첨벙 뛰어들어 물놀이를 즐겼다. 명사십리 하얀 모래밭에 앉아 밀려와 부서지는 파도를 바라보며, 이번 여름과 함께 달린 삶의 한 조각을 마음에 담았다.

파도 / 한영택

끝없이 철썩이는
그건 뜨거운 사랑이다.

밀려와 부서지는
그건 애틋한 마음이다.

왔다가 멀어지는
그건 훗날의 그리움이다.

끝없이 철썩이고
밀려와 부서지고
왔다가 멀어지는

아, 임이여!!

영덕 로하스해변마라톤대회 (2019년 7월 7일)

고래불해수욕장 바닷물에 첨벙

페이스메이커 5 (옥천, 금강을 달리다)

어디서 와서, 어디로 가는가. 금강은 전북 장수군 수분리, 신무산 뜸봉샘에서 솟은 물줄기가 스무 갈래 지류와 어깨를 겯고 흐르며 395km를 달려 군산만에 이르는 강이다. 양산팔경의 수려한 계곡을 품고, 백마강 낙화암의 낭만과 백제의 멸망사를 지나 충청의 들판을 굽이쳐 흐른다. 그 긴 여정 위에, 오늘 우리는 잠시 발을 얹는다.

"여름 소나기는 서등(西燈)도 가린다"고 했다. 대회 전날 중부지방에는 비 예보가 있었다. 우중주가 될지도 모른다는 생각을 안고 새벽 5시 반 대구를 출발했다. 김천을 지나며 잠시 흩뿌린 빗줄기는 고속도로 위에 물기를 남겼고, 달리는 차들은 그 물기를 안개처럼 피워 올렸다. 추풍령을 넘자 산 아래로 희뿌연 비안개가 피어오르고, 황간 터널을 지날 무렵 구름 사이로 첫 햇살이 스며들었다.

오전 7시 20분, 금강휴게소에 도착했다. 금강IC를 빠져나와 옛 금강대교를 건너니 다리 주변 도로를 중심으로 주차 구역과 대회장이 나뉘어 있었다. 대회장은 충북 옥천군 동이면 적하리 18-2번지 일대, 금강변에 마련되어 있었고 참가 차량들은 도로 한쪽에 길게 줄지어 서 있었다. 우리는 그 사이에 자리를 잡았다. 오늘 함께 달리는 인원은 모두 13명. 처음 합류한 지영이와 재광이도 어느새 자연스럽게 어울리고 있었다.

이번 대회는 옥천포도 금강마라톤대회. 하프와 10km 두 종목 모두 상위 50위까지 상패가 주어진다. 10km 코스는 대회장을 출발해 금강휴게소 방향으로 달린 뒤, 동이초등학교 우산분교와 경부고속도로 인근 지점을 돌아 다시 출발지로 복귀하는 구조다.

하프에 도전했다면 순위를 조금은 기대해 볼 수도 있었겠지만, 이미 10km로 신청해 둔 터라 마음은 담담했다. 게다가 출발선에 선 러너들의 면면을 보니 입상은 쉽지 않아 보였다.

비는 그쳤지만, 그 자리에 무더위가 남았다. 기온은 32℃, 습도는 70%. 금방이라도 숨이 막힐 듯한 더위였다. 성군이와 어떻게 달릴지 잠시 생각하다가, 이제는 내가 성군이 따라가기도 버겁다는 걸 인정하고 그저 내 페이스대로 달리기로 마음먹었다.

하프 부문이 먼저 출발하고, 이어 10km 참가자들이 스타트를 끊었다. 성군이는 맨 앞줄에 섰고, 나는 일부러 맨 뒤에서 출발했다. 지난 영덕 대회에서도 늦게 출발해 5.5km 지점쯤 성군이를 따라잡은 기억이 있었기에, 오늘도 비슷하리라 짐작했다. 하지만 예상은 빗나갔다. 3km 지점에서 이미 성군이를 따라잡았다. 이후로는 내가 줄곧 앞섰다. 아마도 무더위가 성군이 컨디션에 영향을 준 듯했다.

달리기는 체력의 경기가 아니라 마음의 경기다. 땀은 빗물처럼 흐르고, 갈증은 쉬이 가라앉지 않았다. 2.5km마다 마련된 급수대에서 물을 꼬박꼬박 들이켰다. 혹시라도 탈수 증세가 오면 낭패다. 4km쯤 지났을까, 파워 젤을 챙기지 않았다는 사실이 떠올랐다. 새벽에 서둘러 나오느라 식사도 부실했고, 두 시간 넘게 차를 타고 온 여파에 습도 높은 더위까지 더해지니 체력이 빠르게 소진되고 있었다. 후회가 밀려왔다. '이럴 줄 알았으면 젤이라도 하나 챙길 걸.'

힘겹게 반환점을 돌았다. 20m쯤 달려 나갔을 때, 맞은편에서 성군이가 반환점을 향해 뛰어오고 있었다. 곧 성군이도 반환점을 돌았고, 이내 내 뒤 40m쯤 간격을 두고 묵묵히 따라붙었다. 그러다 갑자기 내 이름을 크게 불렀다. 그의 승부욕이 느껴졌다. 나도 페이스를 끌어올렸다. 속도를 높였다가 늦췄다가, 밀고 당기듯 간격을 유지했지만 어느 순간부터 거리는 서서히 좁혀지고 있었다.

7.5km 지점, 감독님이 성군이를 마중 나왔다. 호루라기 소리와 함께 격려가 이어지자 성군이는 잠에서 깨어난 짐승처럼 달려와 나를 따라잡았다. 이후로는 앞서거니 뒤서거니, 발끝마다 긴장감이 실렸다.

남은 거리 1km. 안내판이 눈에 들어왔다. 힘은 이미 바닥이었고, 잠시 걷고 싶다는 유혹이 목덜미를 붙잡았다. 그러나 성군이에게 뒤처지는 건 자존심이 허락하지 않았다. 이를 악물고 뛰었다. 마지막 200m. 성군이의 폭발적인 스퍼트가 시작됐다. "다다다다!" 나도 속도를 끌어올렸다. "다다다다! 캑, 캑…" 숨이 턱에 걸리고 헛구역질이 치밀어 올랐다. 결국

　　2. 마라톤, 삶을 닮은 레이스

성군이가 앞섰다. 기록은 10km, 51분 23초. 성군이, 정말 대
단하다.

꾸준히, 묵묵히, 정직하게 달리는 이를 당해내기란 쉽지 않
다. 오늘 다시금 깨달았다. 흘린 땀은 거짓말을 하지 않는다.
달리는 자만이 아는 진실이 있다. 오늘의 나보다 한 걸음 앞선
내일의 나를 만나기 위해, 우리는 또다시 달릴 것이다.

옥천포도 금강마라톤대회 (2019년 7월 28일)

경기 후, 참가 회원 13명과 함께

광안대교, 바다 위를 건너며

일상의 피로와 스트레스를 털어내는 데에는 가끔 낯선 곳에서 두 발로 달리는 것만큼 확실한 방법도 없다. 길 위를 걷거나 뛰며 땀을 흘릴 때, 몸과 마음은 함께 치유된다. 그 특별한 감정을 경험해 본 사람만이 그것이 얼마나 깊은 위안이 되는지 안다.

얼마 전 아내가 교통사고로 입원한 뒤, 나의 하루는 전과 다르게 흘러갔다. 일은 그대로였고, 병원에 누운 아내를 돌보는 일도 내 몫이었다. 집에 홀로 남겨진 반려견 '초코'의 밥까지 챙기다 보니 부담이 컸다. 연락을 주고받는 이들에게 세심하지 못한 날들이 이어졌고, 마음 한편에는 늘 미안함이 남았다. 요즘 들어 '가화만사성(家和萬事成)'이라는 말이 더욱 가슴에 와 닿는다. 가정의 평안이 곧 나의 행복임을 새삼 깨닫는다.

이달 말 열리는 춘천마라톤을 앞두고 몸 상태를 점검할 겸 부산바다마라톤에 참가하기로 했다. 연습이 충분치 않을 때는 실전이 가장 좋은 훈련이 된다. 특히 춘천 대회는 마라톤 애호가들이 손꼽는 무대이기에 마음가짐도 남달라야 했다. 이번

　　2. 마라톤, 삶을 닮은 레이스

에는 수성마라톤클럽 회원 22명과 함께 새벽 5시 30분 대구 스타디움에서 출발해 오전 7시 20분 부산 벡스코 광장에 도착했다.

행사장에는 약 1만 5천 명의 러너들이 모였다. 오늘은 하프 코스를 뛰기로 했다. 코스는 출발점에서 영화의 전당을 지나 센텀피오레아파트 앞에서 첫 번째 유턴을 돈다. 이어 수영강 변요금소를 지나 광안대교 진입로로 향한다. 상층부에 올라 바다 위를 가로지른 뒤 용담램프로 내려와 대연교 앞에서 두 번째 유턴을 돈다. 이후 광안리해수욕장 램프를 거쳐 삼익아 파트 해변길과 광안리해수욕장, 민락수변로, 수영교를 지나 다시 벡스코로 돌아오는 여정이다.

이날의 하이라이트는 단연 광안대교 상층부 구간이었다. 해 운대 우동 센텀시티에서 수영구 남천동 49호 광장을 잇는 길 이 7.42km의 2층 해상교량 위를 달린다는 사실만으로도 가 슴이 설렜다. 아침 기온은 19℃, 산들바람이 불어 달리기에 더 없이 좋은 날씨였다. 과연 다리 위에서는 어떤 풍경으로 다가 올지 직접 몸으로 확인하고 싶었다.

오전 8시 20분, 출발 신호와 함께 폭죽이 하늘로 솟았다. 붉 은 옷을 입은 러너들이 물결처럼 앞으로 나아갔다. 나는 일행 과 보조를 맞추느라 조금 늦게 출발해 천천히 리듬을 찾았다. 영화의 전당과 수영강변로를 지나 센텀피오레아파트 앞에서 첫 번째 유턴을 돈다. 센텀시티 교차로를 지나 1.2km 지하차 도를 통과하면 광안대교 진입로가 눈앞에 펼쳐진다.

이어지는 긴 오르막. 상층부로 올라서자 7km 지점부터 10km 지점까지 끝이 보이지 않는 다리가 펼쳐졌다. 숨이 차

올랐지만, 눈앞에 들어온 바다와 하늘이 그 수고를 잊게 했다. 일부 참가자들은 걸으며 풍경을 즐겼고, 어떤 이들은 기념 촬영을 하느라 잠시 멈추었다. 그러나 대부분은 저마다의 호흡을 지키며 묵묵히 앞으로 나아갔다.

광안대교 상층부를 지나 10km 지점에 도달한 뒤 용담램프로 내려와 대연교 앞 11km 지점에서 두 번째 유턴을 돈다. 다시 광안리해수욕장 램프로 올라 삼익아파트 해변길을 따라 달린다. 그 즈음, 나보다 빠르게 달려오던 한 러너와 보폭이 맞아 2km 남짓을 함께했다. 앞서거니 뒤서거니 하며 자연스레 리듬을 나누다가, 광안리해수욕장에 이르러 내가 조금 앞섰다.

민락동 수변로를 지나 수영교를 건너니 18km 지점이 보였다. '이제 정말 다 왔구나.' 시계를 확인하니 오전 9시 50분. 남은 2.9km를 16분 안에 달리면 10시 6분쯤 골인할 수 있으리라 계산했다. 보폭을 조금 넓혔다. 바람이 거세 힘들지 않을까 걱정했지만, 오히려 몸은 가벼웠다. 결국 1시간 45분 26초. 만족스러운 기록으로 결승선을 통과했다.

마라톤은 매번 다르다. 이달 말 춘천 풀코스에서는 또 어떤 결과가 기다리고 있을까. 하프와는 또 다른 세계다. 연습이 아무리 충분해도 그날의 컨디션과 날씨에 따라 결과는 달라진다. 그 예측할 수 없음이 마라톤의 묘미일 것이다.

경기 종료 후 오전 11시, 콤비버스를 타고 민락동 횟집 거리로 향했다. 도다리와 우럭회 한 접시에 시원한 맥주 한 잔. 부산 바다의 향기를 입 안 가득 느끼며 동료들과 나눈 시간은 오래도록 여운으로 남았다. 7층 횟집 창밖으로 광안대교가 한눈에 내려다보았다. 바다를 가로지르는 저 다리 위를 내가 달렸다니, 생각만 해도 흐뭇했다.

광안대교 위에서 차량이 멈추고 오직 마라토너들만이 길을 채우는 순간, 그 감동은 그 자리에 함께 선 사람만이 온전히 안다. 오늘 나는 또 한 번 달리며 삶의 한 자락을 돌아보았고, 다시 앞으로 나아갈 용기를 얻었다.

부산 바다마라톤대회 (2019년 10월 6일)

광안리해수욕장 조형물과 광안대교

달리는 나는 아름답다

　자신의 한계를 마주하는 일에는 늘 설렘과 두려움이 교차한다. 준비가 부족하면 결승선을 넘기 어렵고, 경험이 쌓여도 목표 기록은 쉽게 허락되지 않는다. 마라톤은 결국 자신과의 싸움이다. 그 싸움은 의암호를 따라 이어지는 길 위에서, 가쁜 숨과 무거워지는 다리를 이끌며 벌어진다. 고통은 매번 새롭고, 극복의 방식도 매번 달라진다.

　첫 풀코스를 춘천에서 시작했다. 경주와 서울, 창원을 거쳐 다섯 번째 풀코스를 다시 춘천에서 마주한다. 같은 42.195km지만, 그 거리를 대하는 나는 해마다 달랐다. 처음의 나는 완주 자체가 벅찬 도전이었고, 그다음부터는 기록을 좇았다. 그리고 다시 찾은 이곳에서 비로소 알게 되었다. 풀코스는 흘러온 시간을 견디며 자신을 받아들이는 과정이라는 것을.

　짙은 어둠이 내려앉은 새벽 1시 50분, 알람 소리에 몸을 일으켰다. 4시간을 달려 춘천에 도착하면 곧장 풀코스를 뛰어야 한다. "으흐흐, 미친놈… 마냥 청춘인 줄 아냐?" 혼잣말처럼 웃었지만, 그 속에는 끝까지 해내고 싶다는 고집이 숨어 있었다. 새벽 2시 40분, 대구스타디움에서 일행과 함께 출발해 6시 30분 춘천에 도착했다. 안개가 잔잔히 호수를 감싸고 있었다.

갈비탕으로 속을 데우고 경기장으로 향했다. 옷을 갈아입고 물품을 맡긴 뒤 출발선으로 향하던 길, 공지천 잔디구장 포토라인에서 사진 한 장을 남겼다. "달리는 나는 아름답다." 그 문장이 이상하리만치 마음에 와 닿았다. 지금껏 달려온 자신이, 달리는 이 순간이 아름답다는 뜻처럼 들렸다.

9시 정각, 출발 신호와 함께 A조부터 F조까지 5분 간격으로 달려 나갔다. 기온은 19℃, 더없이 좋은 날씨였다. 형형색색의 러너들 사이에서 나는 C조의 흐름을 따라 나아갔다. 마라톤은 기록을 다투는 경기이면서도 동시에 축제다. 높은 하늘과 잔잔한 호수, 곱게 물든 단풍, 그 길을 달려가는 묘한 연대감. 우리는 각자의 삶을 짊어진 채 같은 방향으로 달린다.

의암댐 신연교를 지나 10km 지점에서 왼쪽 장딴지에 미세한 통증이 찾아왔다. 미리 준비해 온 진통제와 파워젤을 먹으며 속도를 유지했다. 다행히 통증은 가라앉았다. 그러나 20km 지점 신매대교에 이르러 또 다른 뜨끔한 통증이 올라왔다. 아직 반환점도 지나지 않았는데, 몸은 이미 한계를 말하고 있었다.

이번 대회를 앞두고 장거리 훈련은 충분하지 못했다. 한 달 동안 주 1회 10km 달리기, 하프마라톤 한 차례, 비슬산 25km 산행 한 번이 전부였다. 30km 이상 훈련을 하지 않았으니 몸은 정직하게 반응했다. 풀코스는 '연습한 만큼만 뛸 수 있다'는 말을 그때 비로소 실감했다.

하프를 1시간 53분에 통과하며 서브-4를 기대했지만, 초반 5분 22초의 페이스는 욕심이었다. 인생에서도 그렇듯 초반의 과속은 후반의 부담이 된다. 30km를 넘기자 체력은 눈에 띄게 떨어졌다. 오르막 구간에서 한 여성이 말했다. "목표 시간 신경 쓰지 말고 편하게 가요." 짧은 한마디였지만 위로가 되었다. 기록보다 중요한 것은 끝까지 가는 일이라는 사실을 다시 생각했다.

32.5km 지점에서 결국 걸음을 걷기 시작했다. 바나나와 이온음료를 삼켰지만 힘은 쉽게 돌아오지 않았다. 허벅지에 쥐까지 올라와 달리다 걷기를 반복했다. 수많은 생각이 스쳤다. '내가 왜 이렇게까지 해야 하나.' 그러나 멈출 수는 없었다. 기록은 의미를 잃어갔지만 의지는 분명했다. 완주 외에는 다른 선택이 없었다.

오후 2시가 가까워질 무렵, 공지천교를 지나 결승선이 보였다. 마지막 힘을 모아 달리는 자세를 갖췄다. 숨이 턱까지 차올랐다. 그리고 골인. 4시간 32분 59초. 오버페이스, 훈련 부족, 페이스 조절 실패. 결과는 분명했다. 그러나 다섯 번째 풀코스를 끝까지 완주했다는 사실 또한 분명했다.

계절이 순환하듯 인생도 흐른다. 봄의 패기와 여름의 열정, 가을의 성찰과 겨울의 인내를 지나며 우리는 조금씩 변해간다. 풀코스를 대하는 나의 태도도 그랬다. 기록을 좇던 시절에서 완주를 통해 자신을 받아들이는 시절로.

마라톤은 삶을 닮았다. 출발은 누구나 하지만 끝까지 가는 일은 각자의 몫이다. 때로는 달리고, 때로는 걷고, 때로는 흔들리더라도 결코 방향을 잃지 않는 것. 나는 다시 그 문장을

 2. 마라톤, 삶을 닮은 레이스

떠올린다. "달리는 나는 아름답다." 빠르기 때문이 아니라, 멈추지 않았기 때문에. 인생은 결국 각자의 풀코스이기 때문이다. 그 길 위에서 나는 조금씩 나를 배웠다.

조선일보 춘천마라톤대회 2 (19.10.28)

의암교 10km 지점을 지나면서

3년만의 질주, 다시 봄을 달리다

밤의 길고 긴 터널을 지나, 초록이 움트는 봄날 만개한 벚꽃을 바라보며 심장이 다시 뛰었다. 세월의 틈 속에 묻혀 있던 질주 본능을 꺼낸 날, 나는 다시 한번 달려보기로 했다. 2023년 대구국제마라톤. 이번 대회는 예년과 달랐다. 팬데믹 이후 4년 만에 대구 도심을 달리게 되었고, '실버라벨'이던 대회는 이제 '골드라벨'로 승격했다. 그 사실만으로 충분한 도전 이유가 되었다.

하시만 긴 공백은 무심하지 않았다. 10km도 아닌 하프 마라톤(21.0975km). 과연 완주할 수 있을까? 대회 15일 전부터 몸을 일으켜 보았지만, 예전 같지 않은 몸은 확실히 느려 있었다. 뒷심은 떨어졌고, 숨은 거칠었다. 일과 병행하며 이른 아침 11km씩 달리기를 반복했다. 익숙한 거리였기에 완주는 가능하리라 생각했지만, 2시간 내 골인은 자신할 수 없었다. 중요한 건 기록이 아니라, 뛰고 있다는 사실 자체였다.

2020년 1월 18일, 평창 마라톤을 끝으로 마지막 레이스를 마쳤다. 이틀 뒤 대구에서 '코로나19' 첫 확진자가 발생했다. 공포는 도시 전체를 집어삼켰고, 정부는 곧 사회적 거리두기

     2. 마라톤, 삶을 닮은 레이스

와 단체 활동 금지 조치를 내렸다. 그때부터 달리던 발걸음은 멈추고, 모임은 흩어졌으며 열정은 서서히 사그라졌다.

긴 공백이었다. 사람들은 각자의 자리로 돌아갔고, 시간은 무심히 흘렀다. 2022년 4월, 거리두기 해제 소식과 함께 도시는 조금씩 살아났다. 하지만 삶은 이미 바뀌어 있었다. 연습 부족과 나이. 모든 것이 예전과는 달랐다. 활력도, 의욕도 쉽게 되살아나지 않았다.

대회 당일, 아침 7시 버스를 타고 국채보상운동기념공원으로 향했다. 하지만 도심 교통 통제로 예정된 장소에 내릴 수 없었고, 한참을 우회하다 급히 하차했다. 시간은 촉박했고, 숨은 가빴다. 물품 보관소를 찾지 못해 인근 편의점에 양해를 구하고 짐을 맡겼다. 곧바로 하프 마라톤 참가자 무리에 합류했다.

출발 신호가 울리자 천천히 앞으로 나아갔다. 군중 속에서는 속도를 낼 수 없었다. 시간이 지나면서 흐름이 정리되었다. 청구네거리에서 수성네거리로 향하던 중, 20m 앞서 달리는 여성 러너 한 명이 눈에 들어왔다. 잘 훈련된 폼, 가볍고 꾸준한 호흡. 나는 그녀의 뒷모습을 따라 10m 간격을 유지하며 달리기 시작했다.

5km 지점, 범어네거리를 지나며 문득 익숙한 뒷모습이 보였다. 같은 마라톤 클럽에서 함께 달렸던 최상철님이었다. 반가운 마음에 다가가 "잘 지내시죠? 여전하십니다." 그는 숨을 고르며 "아이고, 오랜만입니다." 서로 짧은 인사를 나눈 뒤, "파이팅!"을 외치며 나는 다시 속도를 높여 앞서가는 그녀를 따라갔다. 코스는 상동시장을 지나 신천동로로 접어들었다. 한결 수월한 구간이었다.

10km를 지나자 그녀는 점점 멀어졌고, 나는 뒤처지기 시작했다. 초코파이를 한입 베어 물고 생수로 목을 축여보았지만, 다리에선 힘이 빠져나갔다. 뒤따르던 젊은 러너들이 하나둘 앞질렀다. 연습 부족 탓일까, 나이 탓일까. 문득 이런 생각이 들었다. "이 나이에, 어쩌랴." 그래, 이제는 내 페이스대로 달리자. 누구를 이기려는 것도, 앞서가려는 것도 아닌, 오직 나 자신을 위한 달리기다.

성북교를 지나 16km 반환점을 통과했다. 1시간 23분, 1km당 약 5분 22초의 페이스. 아직 괜찮았다. 남은 거리는 5km. 힘은 들었지만 마음은 안정적이었다. 동신교를 지나며 결승선이 가까워졌다. 1km 남짓 남았을 때, 길 양옆으로 늘어선 응원객들의 함성과 꽹과리 소리가 들렸다. 손을 흔들며 고마운 마음을 전했고, 마지막까지 내 리듬대로 달렸다.

그리고 마침내 결승선을 통과했다. 포토라인 셔터 세례 속에서 걸음을 멈췄다. 지친 기색은 없었다. 기록은 1시간 53분 23초. 전체 하프 참가자 3,123명 중 702위. 예전 최고 기록보나 13분 느렸시만, 평균 수준은 유시했나. 나는 웃었나. 조용히 중얼거렸다. "아… 성공이다."

마라톤은 젊음의 상징뿐만이 아니다. 나에게 그것은 살아 있음의 증명이다. 뛸 수 있다는 것, 함께 뛸 수 있다는 것. 그 자체만으로 세상 모든 것에 대한 감사가 차오른다. 언젠가 더는 뛸 수 없는 날이 올 것이다. 오늘 뛴 한 걸음 한 걸음이 더욱 소중하다.

대구국제마라톤대회 (2023년 4월 2일)

전국 공식대회(2014년~2024년) 출전 52회
(풀 5회, 하프 20회, 10km 25회, 5km 2회)
최고 기록: 풀 3:43'31, 하프 1:41'01, 10km 45'22, 5km 23'23

3. 택시, 길 위에서 마주한 인생

– 도심 속, 사람과 삶을 싣고

오랜 시간 몸담았던 은행을 떠난 뒤, 뚜렷한 일자리를 찾지 못해 방황하던 시기도 있었다. 무슨 일이든 해보자는 마음으로 시작한 택시 일. 육체적으로 고된 일이지만, 얽매이지 않고 자유롭게 일할 수 있다는 점이 나를 끌었다.

화이트칼라에서 블루칼라로, 겉으론 전락 같지만 나는 다시 삶을 배웠다. 깊은 밤 좁은 차 안에서 홀로 달리며, 길 위에서 만난 이들의 삶과 마주했다. 택시는 단순한 이동 수단이 아니라, 작은 사회이며 인생의 축소판이다.

도시의 밤은 낮보다 더 분주하다. 틀에 묶였던 낮과 달리, 밤이 되면 사람들의 진짜 모습이 드러난다. 나는 그 틈에서 사람을 태우고, 내려주고, 때론 이야기를 듣는다. 기쁘거나 슬프거나, 각자의 감정을 안고 택시에 오르는 이들. 나는 그들의 하루에 잠시 끼어들었다가 조용히 빠져나온다.

운전대를 잡고 있지만, 때로는 상담사, 때로는 친구, 혹은 말 없는 벽이 된다. 모두가 쉴 때 달리고, 잠든 시간에 떠도는 일이지만, 그 길 위에서 나는 살아 있는 인생들과 만난다. 그렇게 각자 하루를 버티는 모습에서, 나 역시 위로를 받는다.

삶은 조용히 흘러가며 사람과 사람을 잇는다. 나도 그 흐름 속에서 이 도시의 한 조각이 된다. 오늘도 시동을 걸며, 또 어떤 이야기를 만날지 모른 채 도로 위에 나선다.

홍콩 여대생과 인증샷

아침, 집을 나서 막 차를 몰기 시작할 즈음이었다. 길 건너편에서 누군가 손을 흔들며 차를 세우라는 신호를 보냈다. 여행 가방을 하나씩 든 여대생 셋. 한국, 홍콩, 베트남 출신인 듯했다. 영어로 빠르게 무언가를 이야기하며 삼덕성당으로 가 달라고 했다. 어찌나 밝고 경쾌한 얼굴들이던지, 보는 이도 덩달아 기분이 좋아질 만큼이었다. 가는 내내 그들은 쉼 없이 재잘거렸지만, 영어가 익숙하지 않아 내용을 알아듣기는 어려웠다. 목적지에 도착해 그들을 내려주고 나는 다시 또 다른 손님을 찾아 길을 나섰다.

빈 차로 돌아오는 길, 한 사람을 태웠다. 출발하자마자 그 손님이 뒷좌석에서 휴대폰 하나를 주워들며 말했다. "아저씨, 누가 휴대폰 두고 내린 것 같아요. 찾아줘야겠네요." 혹시 조금 전 태운 학생들 것인가 싶었지만, 벌써 30분이나 지났는데 어찌 연락 한 통 없을까 의아했다. 전원을 눌러보았지만, 기기는 꺼진 상태였다. 손님을 목적지에 내려준 후 나는 곧장 삼덕성당으로 다시 향했다.

이미 한 시간이 훌쩍 지났고, 성당 앞에는 관광버스 세 대가 나란히 서 있었다. 마당은 여행 온 학생들로 북적였다. 어딘가 익숙한 얼굴이 보여 가까이 다가가 물었다. "혹시 휴대폰 잃어버린 친구 있나요?" 반가운 얼굴로 학생 둘이 대답했다. "네! 아저씨 맞으시죠?" 기뻐하는 모습에 나도 안도했다. 왜 연락하지 않았느냐고 묻자, 한국 학생이 대답했다. "잃어버린 학생이 홍콩에서 왔거든요. 국내에선 전화가 잘 안 돼서요." 그 말을 마치자마자 한국 학생은 홍콩 친구를 데리고 와 주었다. 나는 휴대폰을 건네주었고, 그녀는 감격한 듯 어쩔 줄 몰라 했다. 고마운 마음을 친구를 통해 전하며 연신 고개를 숙였다.

돌아서려는데 한국 학생이 살며시 말했다. "홍콩 학생이요, 아저씨랑 사진 한 장 찍고 싶대요. 고국에 돌아가면 자랑할 거래요." 그 말에 괜스레 가슴 한켠이 따뜻해졌다. 사진 한 장, 그것으로 충분하다고 말하는 그녀의 눈빛에서 진심이 느껴졌다. 사진을 함께 찍고, 손을 흔들며 고맙다는 인사를 보내는 그들을 뒤로한 채, 나는 다시 또 다른 길 위로 향했다.

오전 일을 마치고 집에 돌아와 잠시 숨을 돌리며 생각에 잠겼다. 혹시 그 학생이 끝내 휴대폰을 찾지 못한 채 고국으로 돌아갔다면 어땠을까. 그 상실감이 여행 내내 마음에 남지 않았을까. 나는 고작 몇십 분을 투자했지만, 그녀는 어쩌면 그보다 훨씬 많은 것을 잃었을지도 모른다.

그 순간 깨달았다. 간절한 이에게는 아주 작은 배려가 때로는 크나큰 기쁨이 된다는 사실을.

우리는 흔히 자기가 해 준 만큼의 대가를 기대하고, 그것을 당연히 여긴다. 그러나 물질적인 보상보다 더 값진 것은, 누군가의 기억 속에 오래도록 머물 '감사의 마음'을 얻는 일이다. 그것보다 소중한 것은 없다.

　하루를 마감하며, 문득 스스로에게 묻는다. 나는 과연 언제, 어떤 상황에서도 진실하게 살아가고 있는가. 눈에 보이는 것보다, 보이지 않는 내면의 세계를 더 충실하게 쌓아가고 있는가.

2014년 8월 13일

VIP 팔순 영감님

10월 넷째 일요일, 도심의 거리는 한산하지 않았다. 사람들의 발걸음은 분주했고, 나는 오후 3시 무렵 여느 때처럼 승객을 태우고 내리는 일을 반복하고 있었다. 그랜드호텔 앞, 잠시 차를 세우자 팔순이 훌쩍 넘은 노신사 한 분이 다가왔다.

"좀 멀리 가야 합니다." 그의 첫 마디였다. 목적지는 현대공원묘원. 그는 34년 전 대구를 떠나 부모님과 함께 서울로 올라왔다고 했다. 젊은 시절 외교관으로 공직에 몸담았고, 유엔 대사로도 활동했다. 십여 년 전 고국으로 돌아온 그는, 한국 경제의 눈부신 발전에 감탄했다고 했다. 다섯 해 전, 대구를 찾았을 때도 그 변화에 가슴이 벅찼다고 했다.

오늘 다시 공원묘원을 찾은 건, 부모님과 큰아버지의 묘를 참배하기 위함이란다. 하지만 "그냥 갈 순 없지요"라며, 들꽃이라도 손에 들고 가야 할 것 같다고 말한다. 일요일이라 문을 연 꽃집이 드물었지만, 다행히 근처에 한 곳이 있어 꽃다발 세 개를 즉석에서 마련해 길을 나섰다.

현대공원묘원은 산을 따라 깊숙이 들어가야 했다. 굽이굽이도는 길 끝, 가장 높은 곳까지 오르자 그는 차에서 내려 말했다. "잠깐만 기다려주실 수 있을까요?" 나는 차를 세워두고 묘역 아래를 내려다보았다. 세월 저편으로 흘러간 이름 모를 수많은 영혼들이 고요히 잠든 곳. 사람들의 발길은 드물고, 그 깊은 고요 속에서 누가 그 넋을 달래고 있을까.

한참을 오르내리던 노신사는 묘소를 찾지 못한 듯 이내 지친 기색을 보였다. 오후 5시. 해는 기울고 길은 멀었다. 조급한 마음에 그에게 비석에 적힌 비문을 알려달라고 요청했다. 잠시 후, 나는 산을 이리저리 돌아 세 곳의 묘소를 확인하고 안내했다.

"이곳이 아닌가요?" 그는 한순간 얼굴에 환한 웃음을 띠며 말했다. "아, 맞네! 여기였네!" 그는 아버지, 어머니, 그리고 큰아버지의 묘소 앞에 꽃 한 송이씩을 놓고, 무릎을 꿇었다. 풀을 뜯고 손에 쥔 채 말없이 묵념하던 그 뒷모습. 그 순간, 늙은 노신사의 등이 그렇게도 쓸쓸하게 느껴질 수가 없었다.

영원한 것은 아무것도 없다. 그는 젊은 날 미처 다 챙기지 못한 부모님께 죄스러운 마음을 안고, 이제서야 묘 앞에서 흐느끼고 있었다. 묘소에 특별한 표식이 없어 찾기 어려울 것을 염려해, 나는 그의 휴대전화로 묘역 사진을 찍어 드렸다. 그는 미처 생각지 못한 일이었던 듯, 진심으로 고마워했다.

"이왕 이렇게 된 김에, 누님 댁에 잠시 들렀다 가고 싶습니다." 시내 모 아파트에 사는 누님이라 했다. "7시 30분 열차표를 예매해 두었으니, 그 전까지 동행해 주실 수 있을까요?" 그리 어려운 일도 아니었다. 아파트 주차장 한쪽에 차를 세우고 기다리니, 노신사가 다시 모습을 드러냈다. "누님이 연로하고 몸이 불편해서 식사도 같이 못 했네요. 용돈만 드리고 나왔습니다.” 말투엔 짙은 아쉬움이 묻어 있었다.

식사라도 함께 하자 하시기에, 근처 해장국집을 찾아 저녁을 나눴다. 식사 중 그는 자신의 이름을 밝혔다. “검색하시면 저를 아실 수 있을 겁니다.” 그는 자신을 낮추며, 오후 3시부터 7시까지 동행해 준 것에 대해 깊이 감사해했다. 택시비에 더해 삼만 원을 더 얹어 건넸다.

“친절하게 잘 챙겨주셔서, 두고두고 기억할 겁니다. 다음에 대구에 올 일이 있으면 꼭 연락드릴게요.” 짧은 만남이었지만, 오래도록 마음에 남을 인연이었다. 그의 건강과 평안, 그리고 마음의 위로를 진심으로 기도한다.

조상이 있기에 부모가 있고, 부모가 있기에 내가 있다. 그리고 내가 있기에 또 다른 생명이 이어진다. 요즘 사람들은 조상을 모시는 일을 꺼린다. 그러나 효(孝)의 미덕이란 잊혀서는 안 될, 우리 삶의 근간이다. 한 사람의 뒷모습을 통해, 잊혀져 가는 아름다움을 다시금 되새겨 본다.

2017년 10월 22일,

박수길(1933년생, 경산, 84세) 서울시 용산구 동부이촌동에 거주. 고려대대학원 출신 외교관(1980 ~ 1995). 1995년 유엔 대한민국대표부 대사, 1996년 유엔 안전보장이사회 의장, 2005년 고려대학교 국제대학원 석좌교수, 2006년 유엔 한국협회 명예회장, 2009년 유엔협회 세계연맹 회장

뜨내기 노가다의 비애

저녁 여섯 시, 식사를 위해 대명동 기사식당으로 향하던 중이었다. 봉덕동 농협 앞 도로에서 광주 출신 박씨(60세)와 대구 출신 김씨(58세)를 만났다. 두 사람은 휴대폰에 찍힌 주소를 보여주며 물었다. "여기, 경기도 평택 서정로초등학교 앞까지 얼마면 갑니까?" 시외요금 조견표상 249km 거리, 요금은 25만 원. 평택 시내까지의 거리까지 감안하면 1km당 1천 원이 적정 요금이다. 25만 원에 고속도로 통행료 별도라고 하니, 두 사람은 20만 원에 안 되겠느냐며 흥정하기 시작했다. 결국, 통행료 포함 25만 원으로 합의하고 짐을 챙기러 숙소로 향했다.

출발은 오후 6시 30분, 봉덕동에서였다. 북대구IC를 지나 경부고속도로에 올랐고, 김천IC에서 중부내륙고속도로로 갈아탔다. 한참을 달리던 중 박씨가 화장실이 급하다 해 선산휴게소에 들렀다. 저녁을 거른 터라 모두 허기졌고, 김씨가 햄어묵과 호두과자를 사 들고 와 함께 먹자고 했다. 나도 캔커피를 사 들고 와 잠시 그들과 휴식을 나눴다.

곧 다시 길을 재촉했다. 낙동JC를 지나 청주상주고속도로로, 내서, 상주, 보은, 청주를 거쳐 다시 경부고속도로로 합류해 천안을 향해 달렸다. 그 사이 두 사람과 나눈 대화는 깊어졌다. 박씨는 반평생 철근 구조물 설치 작업에 몸담았고, 10년 전 아내와 사별한 뒤 지금껏 홀로 살아왔다. 딸이 아버지를 모시겠다고 나섰지만, 그는 신세를 지고 싶지 않다 했다. 몸이 따라주는 한, 그는 계속 현장에 설 것이라 말했다.

김씨 역시 박씨와 비슷한 처지였다. 배우지 못해 이 일 외에는 할 줄 아는 게 없다며, 박씨와 함께 전국을 떠돌며 일하고 있다고 했다. 그는 문득 답답한 듯 말했다. "한 대만 피우면 안 될까요? 차 안인 거 알지만…." 금연구역임을 알면서도, 꺼내 든 담배에 담긴 무게를 느낄 수 있었다. "타들어 가는 담배는 가슴이고, 뿜어내는 연기는 인생입니다." 그 말이 아직도 잊히지 않는다.

밤 9시 30분경, 평택에 도착했다. 송탄IC를 빠져나와 서정리초등학교 앞에 다다르자, 마중 나온 일행이 근처 모텔로 길을 안내했다. 짐이라 해봤자 이불 하나, 작은 옷 보따리 하나, 닳은 작업화 한 켤레뿐. "수고했어요. 잘 가세요." 인사를 건네고 모텔로 들어서는 두 사람의 뒷모습을 바라보았다. 작고 오래된 보따리를 들고 말없이 걸어가는 모습은, 고단한 말년의 노가다 인생을 그대로 담고 있었다. 나도 모르게 쓴웃음이 지어졌다.

다시 먼 길을 홀로 되짚었다. 어쩌면, 밤길을 달리는 나 또한 그들과 다르지 않다는 생각이 들었다. 여유 없이 시간에 쫓기며 살아가는 택시기사의 삶 역시, 뿌리 없는 떠돌이의 인생일지도 모른다.

　평택을 출발한 시각은 밤 10시 10분, 송탄IC를 통해 경부고속도로에 다시 올랐다. 천안, 목천, 남청주, 대전… 1시간이 흘렀다. 옥천, 영동, 금강, 황간, 추풍령, 김천, 구미. 빠르게 스쳐 가는 불빛들뿐, 세상은 조용히 잠들어 있었다. 북대구IC에 당도하니 자정을 넘긴 00시 30분. 집에 도착해 비로소 안전벨트를 풀었다. 10월의 마지막 밤, 그렇게 또 한 페이지가 지나갔다.

　뜨내기 노가다들. 오늘은 이곳 모텔에서 이불 하나에 몸을 뉘이고, 내일은 또 다른 도시, 또 다른 하늘 아래서 작은 보따리 하나 옆에 두고 새우잠을 자겠지. 어둠이 가시기도 전에 철근 조각을 맞추며 땀을 흘릴 그들. "왜 사느냐고 당신에게 묻는다면, 무어라 답하겠는가?"

　세상을 즐기기 위해서? 하고 싶은 일을 하기 위해서? 자식을 바라보며? 사랑하는 사람을 위해서? 지금까지 살아온 게 억울해서? 아니면, 어쩔 수 없이?

　누군가는 이렇게 답할지도 모른다. "나는, 내 삶의 고통을 자식에게 대물림하지 않기 위해 산다." 그래서 그들은 떠돌고, 또 떠돈다. 짧은 밤을 지나 다시 인생의 철근을 이으며…

2017년 10월 31일

냄비 타령한 아가씨

술은 적당히 마시면 기분을 좋게 한다. 신경전달물질에 영향을 미쳐 도파민 수치를 높이고, 그 결과 엔도르핀이 분비되어 일시적이지만 만족과 행복감을 느끼게 해준다. 특히 좋은 사람과 함께할 때, 술은 관계의 윤활유가 되어주며, 삶에 소소한 기쁨을 더해주기도 한다.

하지만 모든 것이 그렇듯, 과하면 해롭다. 술도 마찬가지다. 조절할 줄 모른다면, 그것은 기쁨이 아니라 병이 된다. 건강을 해치고, 돌이킬 수 없는 실수를 저지르게도 한다. 특히 우울하거나 스트레스를 받을 때, 위안 삼아 술을 찾는다면 그것은 즐거움보다 파멸로 향하는 지름길일지도 모른다.

술을 좋아하는 사람들은 종종 말하곤 한다. 술을 마시는 그 순간만큼은 모든 것을 잊을 수 있어서 좋다고. 술을 통해 평소와는 전혀 다른 사람이 되어보고 싶어서 술을 찾는다고. 어쩌면 그들은 현실에서 갖지 못했던 자아를 술 속에서 찾고 있는 것일지도 모른다.

간밤의 꿨던 야릇한 꿈을 잊지 못한 채, 길 위로 나섰다. 첫 손님으로 예쁜 아가씨 한 명이 손을 들어 차를 세운다. 목적지를 말한 후 뒷좌석에 앉은 그녀는 아무 이유 없이 히죽히죽 웃기 시작했다. 휴대폰을 들여다보며 웃는 것도 아니고, 혼잣말을 하는 것도 아닌, 그저 멍하니 웃고 있는 모습이 묘하게 어색했다.

이상한 기운에 말을 건넸다. "뭐가 재밌으세요?" 그러자 그녀가 대답한다. "간밤에 자고 일어났더니, 냄비 안에 현금 14만 원이 들어 있었어요. 아무리 생각해도 그 돈이 어디서 온 건지 기억이 안 나요."

냄비에 돈이라니. 황당한 이야기였다. "냄비요?" "네, 어제 퇴근하다 친구들이랑 술 한잔 했는데요. 그다음부터는 기억이 없어요." "그런데 집은 어떻게 가셨어요?" "글쎄요, 가끔 이래요. 필름이 끊겨도 집은 꼭 잘 찾아가요." "허허, 그러십니까? 참 용하십니다." 그녀는 그저 웃기만 했다.

필름이 끊겨 침대에 옷도 벗지 못한 채 쓰러졌다가, 자다 일어나 씻고 또 잠들었고, 아침에 다시 씻고 나왔다며, 자신도 그 기억의 조각들이 우습다 했다. 냄비 속 14만 원이 혹시 술값인지, 주인 없는 돈인지, 자기 돈인지 여전히 알 수 없지만, 생각할수록 웃긴다며, 계속 혼잣말처럼 중얼거렸다.

어쨌거나 아침부터 별 꼴 다 본 셈이다. 그녀가 내릴 때 농담 한마디 던졌다. "그 냄비 돈으로 오늘 저녁에 또 한잔 하시죠. 혹시 아침에 또 14만 원 들어 있을지도 모르잖아요." 둘이서 한바탕 웃었다.

세상에는 참 다양한 술버릇이 있다. 술만 마시면 이성을 밝히는 사람이 있고, 조용히 잠들어버리는 사람도 있다. 시비를 걸거나 아무 이유 없이 웃거나 우는 사람, 아무 데나 고함을 지르거나 같은 말을 반복하는 사람, 평소 말없던 사람이 갑자기 수다쟁이가 되는 사람, 연인이나 지인에게 전화를 걸어 주정을 부리는 사람, 갑자기 옷을 훌렁 벗는 사람도 있다.

아무리 취해도 집은 잘 찾아가는 신비한 능력을 가진 이도 있다. 이 외에도 술에 관한 행동은 그야말로 백태천상(百態千狀)이다. 많은 이들이 '술을 마시면 본모습이 나온다'고 하지만, 정말 그럴까? 어쩌면 그건 진짜 모습이 아니라, 술이 만들어낸 비틀린 자아일지도 모른다.

술에 취해 한 말이 진심이라는 '취중진담(醉中眞談)'이란 말도 있다. 하지만 술김에 내뱉은 말과 행동을 술 깨고 나서 아무렇지 않게 부정하는 사람을 보면, 과연 그 말에 무게가 있었던 것인지 되묻게 된다. 진심이든, 취중이든 행실을 제어하지 못하는 사람이라면, 술을 멀리해야 한다는 사실만큼은 분명하다.

2018년 10월 12일

뽕따러 가는 남자들

월요일 저녁, 시내 중앙로 네거리. 40대 초반의 건장한 체격 세 남자를 태웠다. "회사 일 핑계로 서울에서 대구까지 놀러 왔다"며 하룻밤 묵고 간단히 술 한잔하려 한다는 이들은, 알고 보니 공학 박사학위 수료에 회사 간부라는 '재능 많은' 이들이었다.

대구까지 와서 무엇을 하려는 걸까? "어디로 가시렵니까?" "물 좋고 놀기 좋은 술집 아시면 데려다주세요." 서울에도, 가까운 인천에도 그런 곳이 있는데 멀리 대구까지 찾아왔단다. "가끔 지방으로 한 번씩 다닙니다." 전화번호를 찾아 연락했더니, 황금동 모 주점 지배인이 전화를 받았다. "잘 모실 테니 무조건 데려오세요."

기대하며 찾아갔지만, 막상 술값이 아가씨 세 명에 이차 비용까지 140만 원이라니! "뭔 놈의 술값이 이리 비싸냐? 차라리 간이주점에서 간단히 한잔하고 자갈마당 가는 게 나을 듯." 그리 말하며 거기서는 술값이 너무 비싸 단념했다.

역시 그랬던 걸까? 살아있는 수컷은 기회만 있으면 암컷을 잡아먹으려 껄떡댄다니, 모든 게 본능일 뿐이지 않은가. 사람마다 정도와 자제력 차이가 있을 뿐이다. 혼자 중얼거렸다.

10년 전, 대구엔 유흥업소와 모텔이 엄청 많았다. 2008년 이전만 해도 곳곳에 유흥주점과 모텔, 안마시술소가 난립해 한때 호황이었다. 2004년 성매매방지특별법 시행 전, 서울 동대문구 청량리588, 성북구 미아리텍사스, 용산역, 인천 광익동 옐로하우스, 대구 자갈마당, 부산 완월동, 수원역 주변 등 전국 주요 집창촌은 수컷들의 넘치는 욕구를 해소하던 장소였다.

노무현 대통령 집권 시절 성매매방지법이 만들어진 뒤, 경찰 단속이 강화되고 윤락녀들은 재활교육, 취업 알선, 금융 지원을 받으며 새로운 삶을 시작했다. 집창촌은 점차 사라져갔다. 하지만 2008년 11월, 단속에 생계를 비관한 안마시술소 여종업원의 비극적인 자살 사건도 있었다. 그 이후 성매매는 변종 형태로 음성화되어 오피스텔, 휴게텔, 성인 사이트 등에서 은밀히 이뤄지고 있다.

전국 집창촌은 2016년 42곳에서 2018년 24곳으로 줄었지만, 대구역 앞 자갈마당 골목 한쪽엔 여전히 희미한 불빛이 깜박인다. 욕정을 분출하려는 수컷들을 기다리는 그녀들이 있다. 과거 갈 곳 없던 그녀들은 직업소개소를 통해 노래방, 안마시술소, 출장 마사지로 전전했지만, 요즘은 일부 부동산중개업소를 통해 출장 성매매도 이뤄지고 있다.

한참 전, 시골 농사짓는 50대 남자 셋이 대구에 와 집창촌에 가려다 난감해 한 적 있었다. "어찌 들어가야 할지 모르겠다." 홀아비, 도시 여성의 매끄러운 살결을 고파하는 남자, 응급 상황에 따라나선 남자, 그들은 50대 나이에 버젓이 출입하기 민망하다며, "쪽팔려 죽겠으니 해결책 없냐?"고 했다. 농사철 끝난 초겨울, 모처럼 도시 나들이에 나온 이들의 욕정은 달아올랐다.

"젓가락 들 힘만 있어도 그걸 충족해야 한다." 남자들은 참 그렇다. 눈치 챈 해결사는 그들을 차에 태우고 소옥 골목 안쪽으로 들어갔다. 출입문 앞에 차를 대자 그녀들이 재빠르게 낚아채고, 그 남자들은 흔적도 없이 사라져버렸다.

오늘도 욕정 달아오른 40대 남자 셋, 그때 50대 시골 남자들보다 덜 쪽팔린 건지, 골목길 입구에 내려달라 한다. 그녀들이 고파서 멀리까지 찾아온 남자들. 골목길로 들어가자 그들을 재빠르게 낚아채는 그녀들을 보았다.

누가 누구에게 돌을 던질 수 있을까. 먹고 살기 위해 영혼을 팔며 살아가는 그녀들, 대가를 치르고 욕정을 해소하려는 남자들, 짧은 순간 살을 맞대고 하룻밤을 보내는 그들. 오늘도 어느 하늘 아래, 어느 지붕 아래서 누군가는 '뽕'을 따고 있을 것이다.

2018년 11월 5일

2004년 성매매방지특별법 이후, 대부분 집창촌은 뜯기거나 재개발되어 예전 모습은 사라졌다. 세월이 흘러 성 문화도 많이 변했지만, 그때가 오히려 남자들의 욕정을 해결하는 방식이 순진했던 것 같다. 억눌릴 수 없는 인간의 성적 욕구, 비정상적인 방법이 아닌 법의 테두리 안에서 정당하게 해결할 수 있는 좋은 묘안이 꼭 있기를 바란다.

당진으로 간 TAXI

평일보다 주말이 낫다. 거리에 흐르는 공기는 더위만큼이나 답답한 정적에 잠겨 있고, 휴가를 떠난 사람들 때문인지 유난히 한산하다. 나도 그들처럼 훌쩍 휴가나 떠났으면 좋으련만, 일할 때 쉬고 쉴 때 일하는 직업을 가진 사람에게 그런 사치는 없다. 낮과 밤을 바꿔 가며 달려야 생계가 유지되는 삶. 세상에 좋은 직장, 안정된 월급이 없다면 나와 비슷한 처지의 사람들도 적지 않을 것이다.

8월, 폭염경보가 연일 울려대고 땀이 줄줄 흐르는 날들이 계속되자 짧은 거리조차 택시를 이용하는 승객들이 부쩍 늘었다. 나는 늘 그렇듯 오전에 잠시 쉬고 오후에 다시 나가 밤 10시까지 운전대를 잡는다. 무슨 일이든 쉽게 돈을 벌 수는 없는 법이다. 하지만 일자리를 얻기조차 어려운 이들이 넘쳐나는 요즘, 일하고 싶을 때 마음껏 일할 수 있다는 사실만으로도 얼마나 감사한지 모른다.

택시는 말 그대로 운수업이다. 일이 잘 풀릴 때는 장거리 손님이 줄줄이 이어지지만, 일이 안 풀릴 때는 짧은 거리만 반복하다 연료비가 아까운 날도 있다. 오늘은 칠월칠석이다. 견우와 직녀가 만난다는 날. 내일은 입추다. 계속되는 열대야 속에서 사람들은 "잠이라도 편하게 잤으면" 하고 바라고, 나는 "제발 가을이 빨리 왔으면" 하고 바란다. 여름철이라 그런지 스파밸리는 물놀이객들로 북적이고, 주말이면 마사회로 향하는 손님들 덕에 오후 시간이 분주하다.

저녁 무렵, 식사를 하러 식당으로 향하던 중이었다. 얼마 남지 않은 거리에서 콜이 울렸다. '충남 당진.' 순간 망설였다 급히 수락하고 확인해 보니 충남 당진시 송악읍 복운리 1652-17이라는 구체적인 주소가 떠 있었다. 정말일까 싶어 전화를 걸었다. 젊은 남성이 전화를 받더니 차량 번호 사진을 보내달라고 했다. 차에 탈 때 확인하면 될 텐데 싶었지만, 의아한 마음으로 사진을 보내자 이런 말이 돌아왔다. "태국 아가씨인데 주소대로 모셔다주세요." 요금은 "25만 원 드리면 되지요?"라고 한다. 내비게이션에 목적지를 입력해 보니 약 280km. 통행료 10,700원까지 감안하면 28만 원은 받아야 한다고 했다. 그렇게 하자고 답했고, 도착하면 다시 연락하겠다고 했다.

충전소에서 가스를 가득 채우고 북대구 IC에서 대전 방향 경부고속도로에 올랐다. 김천 JC에서는 상주 방향 중부내륙고속도로로, 다시 상주·낙동 JC에서 청주·상주고속도로를 타고 달린다. 전방 2km 지점, 속리산 휴게소 안내판이 눈에 들어왔다. "잠시 쉬어갈까요?" 물었지만 아가씨는 "그냥 계속 가죠"라고 했다. 그렇게 쉼 없이 밤길을 달렸다.

겹겹이 둘러싼 산자락 위로 어둠만 내려앉고, 오가는 차량의 불빛만이 간간이 그 어둠을 가른다. 우리는 지금 어디로,

무엇을 향해 달려가고 있는 걸까. 견우와 직녀가 만난다는 이 밤, 나는 태국 아가씨를 당진으로 '배달'하고 있다. 저녁밥도 거른 채 운전대에 묶인 몸으로 고독한 여정을 이어간다. 도착지는 작은 읍내, 송악읍 복운리였다. 밤 11시가 되어서야 도착했다. 전화를 걸자 오십대 중반으로 보이는 남성이 나와 요금을 건네고 아가씨를 데려갔다.

허기와 피로가 한꺼번에 몰려왔다. 읍내는 작고 조용했으며, 마땅한 식당 하나 보이지 않았다. 가까운 마트에서 빵과 우유를 사 차 안에서 먹으며 생각했다. 이왕 이렇게 된 거, 시내까지 나가서 자고 아침 일찍 내려가는 게 낫겠다. 모텔은 부담스러워 찜질방을 찾았고, 당진 워터파크 찜질방으로 향했다. 자정 무렵 샤워를 마치고 자리에 누웠지만 냉방기 소음 때문인지 잠은 쉽게 들지 않았다.

자는 둥 마는 둥, 새벽 다섯 시가 되어 길을 나섰다. 당진까지 왔는데 그냥 돌아가기엔 아쉬움이 남았다. 구경할 만한 좋은 곳이 없을까 생각하던 중, 시내에서 23.6km 거리에 있는 왜목마을 교로리 해수욕장이 해돋이 명소라는 이야기가 떠올랐다. 그곳에 잠시 들렀다가 가기로 했다.

하지만 그보다 먼저 배고픔이 몰려왔다. 가는 길에 '아침 식사 됩니다'라는 문구를 내건 식당 하나가 눈에 띄었다. 작업복을 입은 중년 남성 일곱 명이 말없이 식사를 하고 있었다. 그 모습이 왠지 마음을 먹먹하게 했다. 한 집안의 가장일 그들이 새벽부터 허름한 식당에 앉아 밥을 먹고, 종일 뜨거운 햇살 아래에서 하루를 보낼 것이다. 그 모습은 곧 내 모습이기도 했다.

왜목마을 해수욕장. 해변 입구에는 견우와 직녀가 만난다는 오작교가 놓여 있었고, 바다 안쪽에는 '왜가리 목'을 형상화한 조형물이 아침 해를 맞고 있었다. 구름에 가려 선명한 일출은 아니었지만, 잠시 얼굴을 내민 붉은 해가 수평선 너머로 떠오르는 모습만으로도 충분했다. 나는 조용한 바닷가에 한참을 서 있다가, 모래 위에 조그만 하트 하나를 그리고 발길을 돌렸다.

삽교천 방조제로 향했다. 대구로 돌아가는 길목에 있는 이 방조제는 1976년 착공해 1979년 완공되었다. 안쪽에는 당진·아산·예산·홍성의 농업·공업·생활용수를 책임지는 거대한 인공호수가 있고, 바깥쪽에는 광활한 서해가 펼쳐진다. 해 질 녘이 아름답다지만 아침이라 일몰은 볼 수 없었고, 썰물로 물이 빠진 서해의 고요한 풍경만이 눈에 들어왔다.

근처에는 현대제철 당진공장과 현대자동차 아산공장이 있다. 아마 이 두 거대한 산업이 이 지역의 경제를 떠받치고 있을 것이다. 나는 방조제를 따라 인주 일반산업단지 뒤편을 지나며 다시 대구로 돌아가는 여정을 시작했다.

아침 햇살이 눈부셨다. 오늘도 대지는 뜨거울 것이다. 인주리에서 국도를 타고 천안·아산 방면으로, 다시 천안 IC를 지나 고속도로에 올랐다. 경부고속도로를 따라 대전, 옥천, 김천, 구미를 지나 북대구 IC로 들어섰다. 집에 도착한 시간은 오전 11시였다. 피로가 한꺼번에 몰려왔다. 운전석에 앉아 있던 몸이 무겁게, 아주 천천히 눕는다.

이 삶, 나만 그런가. 아니다. 세상에는 여전히 누군가의 '발'이 되어 밤낮없이 달리는 이들이 있다. 3D 업종이라 불리지만, 누군가는 그들의 헌신 덕분에 삶의 방향을 잃지 않는다. 돈 때문이든, 사랑 때문이든. 사람이 살아가는 그 길 위에서 오늘도 누군가는 묵묵히 달리고 있다.

2019년 8월 8일

왜목마을 해수욕장 '왜가리 목' 조형물과 일출

팔순 나이의 요지경

정력과 궁합은 나이와 무관한 것일까? 사람마다 다르겠지만, 여든을 넘긴 노부부가 시도 때도 없이 치근대거나 좋다고 애정 표현을 하는 모습을 마주하면 신기하고도 감탄스럽게 느껴진다.

첫 번째 - 관리형의 건강한 할아버지

여느 때와 다름없이 열심히 돌아다니며 손님 태우기에 바쁘다. 팔순이 넘어 보이는 할아버지와 할머니가 차를 멈춰 세우더니, 뒷좌석에 타면서 칠성시장으로 가자고 했다. "네, 알겠습니다." 하고는 곧장 목적지로 향해 가는데, 웬걸, 할아버지가 할머니의 손을 꼭 잡고는 볼에 뽀뽀하고 비비는 것이 아닌가? 백미러에 슬쩍 비치는 모습이 어이가 없었다. 젊은이도 아닌 노인이, 대낮에 택시를 타고 가면서 저렇게 애정 표현을 감칠맛 나게 하다니!

사랑에는 국경도, 나이도 없다지만, 나이가 들었어도 젊은이 못지않게 애정 표현할 수 있는 것이 대단하다고 생각해 할아버지에게 물었다. "어떻게 그 연세에도 그런 정력이 남아 있는지요? 칠성시장엔 뭣 하러 가는지요?” 하자, “나이 들어도 관리만 잘하면 되지.” 하는데... 칠성시장엔 보신탕 먹으러 간다고 했다. 힘을 쓰려면 고단백 음식을 자주 섭취해 줘야 한다며, 남자는 그것을 수시로 운동시켜 줘야 한다나? 규칙적인 운동으로 단련시키듯 해야 한다는데...

두 번째 - 할아범의 집착, 의지는 있어도...

어스름한 저녁 6시경, 뒷좌석에 택시를 타고 가는 팔순이 넘은 할아버지와 할머니가 있었다. 가는 도중 할아버지가 할머니를 자꾸만 찝쩍거리며 애정 표현을 하는 것 같았다. 할머니는 찝쩍거리는 할아버지가 몹시 싫은 듯 “기사 양반, 상담 좀 해도 되겠습니까?” 한다.“뭔 일이신데요?” 묻자, 할머니 하는 말. “이놈의 영감탱이, 시도 때도 없이 자꾸만 찝쩍거려 못 살겠어요.”“아, 그래요. 그럼 할머니, 할아버지가 하고 싶은 대로 하시게 그냥 두시죠.” 하자, “말도 마이소. 하라고 대주면 정작 하지도 못하면서, 잠도 못 자게 밤마다 찝쩍거리기만 합니다.” 한다. “아이고, 그럼 대책이 없네요.” 하니, 할아버지는 좀 부끄러운 듯 못 들은 체한다.

세 번째 - 바람쟁이 영감과 복수심의 아내

더운 여름날 한낮, 팔순이 넘은 할머니가 지팡이를 짚으며 겨우 택시에 올랐다. 무슨 볼일이 있기에 그렇게 불편한 몸으로 택시를 타고 가야 할까 하면서, 목적지를 물었다. “할머니, 어디로 가시나요?” 하자, 5분 거리에 있는 봉덕동 ○○다방으로 가자고 한다. “거기엔 무엇 하러 가십니까?” 하고 물었다. 대답인즉슨, “이놈의 영감이 눈만 뜨면 바람피우러 다니니, 잡으러 가요.” 했다.

우습기도 하고, 안돼 보이기도 하고, 기가 찰 노릇이다. "할머니, 몸도 불편하신데 할아버지가 바람피워도 그냥 내버려 두시지요." 했다. 할머니 하는 말. "젊었을 때부터 이때까지 바람피우고 엄청 속 썩인 영감이라, 오늘은 꼭 잡아서 모가지를 비틀어 버릴 거요." 하는데, 바람피우는 할아버지나, 잡으러 가는 할머니나 참 대단하다.

암튼 사랑이든 미움이든, 감정이란 게 나이와는 무관한 듯하다.

2019년 11월 3일

텅 빈 거리에서

봄기운이 완연하다. 나들이라도 떠나고픈 포근한 휴일이다. 산이며 유원지는 분명 꽃이 피었을 테지만, 2020년 경자년(庚子年)의 봄은 마치 실종되어버린 듯하다.

중국 우한에서 시작된 '코로나19'가 국내에 급속히 확산되기 시작한 지도 벌써 한 달을 훌쩍 넘겼다. 신천지교회를 통한 집단 감염이 사태의 불씨가 되었고, 그로 인한 불안은 하루가 다르게 커져만 간다. 몇 날 며칠째 일을 하지 못하고 있는 내 처지도 답답하기만 하다. 언제 끝날지 모를 이 상황 속에서 무작정 손을 놓고 있을 수도 없어, 더더욱 난감하다.

대중시설은 문을 닫았고, 교회 등 종교활동도 멈추었다. 하루 벌어 하루를 살아가는 영세한 자영업자들과 소상공인들은 절벽 끝에 내몰린 심정일 것이다. PC방, 대중목욕탕, 헬스클럽, 수영장, 영화관 등, 사람이 많이 모이는 밀폐 공간은 모두 폐쇄되었고, 외출 자제와 사회적 거리두기 알림 문자가 하루에도 몇 번씩 울린다. 거리의 손님들은 자취를 감추었고, 도시의 일상은 깊이 침잠해 있다.

무턱대고 차를 끌고 나설 수도 없어, '콜 대기 중'으로 요청이 올 때만 손님을 태운다. 괜히 시내를 배회하다 헛걸음하고 연료만 낭비하기 일쑤다. 늘 출동할 준비로 집에서 대기 중이던 어느 날, 드디어 콜이 떨어졌다. 잽싸게 수락하고 손님을 목적지까지 모셔드렸지만, 그게 전부였다.

혹시나 싶어 동대구역 택시 승강장에 차를 세워 두고 기다렸건만, 한 시간이 지나도 아무도 오지 않는다. 대구가 특별재난지역으로 선포되고, 전국적으로 '코로나19' 대규모 감염지란 낙인이 찍히자 이곳을 찾는 이들은 발길을 뗀 듯하다.

개학이 연기되며 학원가는 문을 닫았고, 젊은이들로 북적이던 도심은 고요하기만 하다. 봄꽃은 피어 거리를 물들이지만, 전염에 대한 두려움 탓에 사람들의 표정에서는 웃음이 사라졌다. 택시들은 하나둘 운행을 멈췄고, 불안 속에서도 위험을 무릅쓰고 길에 나서는 몇몇 기사들의 한숨만 깊어진다. 어쩌다 손님을 태우더라도 서로를 경계한 채 말 한 마디 없이 목적지에 도착한다. 이 고요는 침묵이 아니라 공포다. 답답하고, 무기력하기만 하다.

이탈리아는 확진자와 사망자가 폭증했고, 그 여파는 유럽 전역으로 번졌다. 미국 또한 3월 하순에 접어들며 확산세가 본격화되고 있다. 최초 발생지인 중국과, 그 다음으로 고비를 넘겼던 우리나라는 다소 진정 국면에 들어선 듯 보이지만, 이제 막 불길이 번지고 있는 국가들을 보면 이 상황이 언제 끝날지 가늠조차 어렵다.

중국처럼 도시 전체를 폐쇄하는 극단적 조치는 아니지만, 이
곳 또한 외출금지와 시설 폐쇄로 사실상 경제활동이 마비된
상태다. 미국은 '슈퍼예산'이라는 이름으로 전 국민에게 지원
금을 배포하며 경기 부양에 힘쓰고 있지만, 이 사태가 단기간
에 해결될 문제는 아닌 듯하다. 경제는 멈췄고, 삶은 얼어붙
었다. 금융위기와 메르스를 더한 것보다 더 깊은 위기. 우리
가 지금 겪고 있는 이 '코로나19'의 시대는 그야말로 전대미
문의 재난이다.

2020년 3월 20일

외로움을 태운 밤

2020년, 바이러스가 세상을 잠식하던 해, 3월의 1차 대유행과 8월의 재확산을 지나, 겨울이 다가올 무렵 또 한 번의 대유행이 시작되었다. 11월부터 수도권을 중심으로 확진자가 급증했고, 12월 1일 사회적 거리두기는 2단계로 격상되었다. 사흘 뒤에는 비수도권까지 경계가 높아졌고, 결국 12월 8일부터 수도권은 2.5단계, 그 외 지역은 2.0단계로 조정되었다. 식당과 카페, 유흥시설은 밤 9시 이후 문을 닫아야 했고, 밤거리에서 사람의 흔적은 빠르게 사라져갔다.

택시 영업도 예외일 수 없었다. 밤이 되면 도로는 고요해졌고, 그 고요 속에 나는 종종 정차한 채 시간을 보냈다. 콜은 간간이 들어왔고, 그나마 손님을 태우려면 무조건 시내 중심가로 나가야 했다. 주말조차 예외가 아니었다. 사람들은 따뜻한 방 안에 머물고, 길 위엔 외로운 헤드라이트 몇 줄기만 떠다녔다.

그날도, 다른 날과 다르지 않았다. 식사를 마치고, 삼덕소방서 맞은편에 차를 세웠다. 차 안은 따뜻했지만, 마음은 조금씩 식어가고 있었다. 그때, 조심스레 열린 문틈 사이로 한 청년이 모습을 드러냈다. 서른 중반쯤 되어 보였고, 말투는 무심하되 어딘가 허전했다. "타도 될까요?"

"네, 타세요." 그는 문을 닫으며 말했다. "근처 노래방이나, 괜찮은 술집 좀 아시나요? 그런 데로 가고 싶어요." 나는 고개를 저었다.

"이 시간엔 다 문 닫았습니다. 거리두기 때문에, 밤 9시 이후엔 어디든 영업이 불가하거든요."

청년은 고개를 젖히며 웃었다. "부산은 다르던데…… 그럼 대구역으로 가죠. 혹시, 부산까지도 가실 수 있나요?" "예. 갑니다." "그럼, 부산 갑시다. 15만 원이면 되죠?" 청년은 미련 없이 지갑을 열고, 현금 15만 원을 내밀었다. 선불이었다. 이 시국에, 갑자기 찾아온 장거리 손님. 나도 모르게 웃음이 새어 나왔다.

출발 전, 그는 대구역 근처 Z호텔에 잠시 들러 수지품을 챙겼고, 편의점에 들러 담배도 샀다. 돌아온 그가 다시 내민 건 현금 5만 원. 이번엔 팁이었다. "최대한 빠르게, 11시 전엔 도착하게 해주세요." 고속도로에 진입하자, 나는 시속 120에서 140 사이를 유지하며 달렸다. 청년은 조용히 앉아 있다가, 이내 말했다. "다리를 좀 뻗어야겠네요. 담배도 한 대 피우고 싶고……"

그 말에 나는 조심스레 답했다. "택시 안에서는 금연입니다. 꼭 피우셔야 한다면, 창문을 조금 여시고 부탁드릴게요. 안전벨트는 꼭 착용해 주시고요." 그는 피식 웃더니, 운전석 앞에 현금 3만 원을 더 내려놓았다. "기사님, 마음에 드시네요." 그리고 창문을 조금 내린 채 담배를 꺼내 물었다. 담배를 피우며 창밖을 바라보는 그의 눈빛이 비어 있었다. 그 순간부터 차량 안엔 묘한 공기가 감돌았다. 담배 연기보다 더 진한 건, 청년의 발 냄새였다. 마스크와 열린 창이 방패가 되어주었으니 망정이지, 그렇지 않았다면 꽤 괴로웠을 터였다.

청도와 밀양을 지나, 도로는 더욱 적막해졌다. 그때 청년이 다시 입을 열었다. "오줌이 너무 마렵네요. 어디 세울 수 없을까요?" 근처엔 휴게소도, 안전한 갓길도 없었다. 30분만 참으면 목적지라 했지만, 그는 난감한 얼굴로 고개를 저었다. 결국, 도로변의 조금 넓은 공간을 찾아 차를 세웠다. 볼일을 마친 그가 다시 차에 오르며 말했다. "아이고, 시원하다. 감사합니다." 그리고 또, 3만 원의 지폐가 손에 들려 있었다.

그는 이상할 정도로 자신이 원하는 걸 얻고 나면 아낌없이 돈을 건넸다. 그때마다 그의 표정엔 엷은 허무가 배어 있었다. 이야기 끝에 알게 되었다. 그는 K건설의 사장이자 부유한 집안의 아들이었다. 그는 말했다. "돈은 많은데, 예쁜 여자 하나 만나기가 왜 이리 힘든 건지 모르겠어요." 그날, 그는 외로움을 풀기 위해 대구까지 왔다. 호텔을 잡아놓고, 누군가와의 짧은 인연을 기대했다. 하지만 문은 닫혀 있었고, 도시는 조용히 그를 밀어냈다. 그래서 다시 돌아가는 길이었다.

밤 10시 50분, 우리는 부산 서면로 1번가에 도착했다. 도시는 여전히 밝고, 건물은 화려했다. 대구의 정적과는 또 다른 세상이 펼쳐졌다. 청년은 짧게 인사를 남기고, 불빛 속으로 사라졌다.

나는 차를 돌렸다. 돌아오는 길은 한결 느긋했다. 도로는 비어 있었고, 하늘엔 별빛 하나 보이지 않았다. 차 안엔 비상용 생수와 에너지바 몇 개가 놓여 있었다. 장거리 손님을 태우다 보면, 끼니도 잊게 되는 법. 나는 조용히 그것들을 꺼내 입에 넣었다. 야금야금, 소리도 없이. 대구에 도착한 시각은 밤 12시 반. 왕복 세 시간. 짧다면 짧고, 길다면 긴 여정이었다.

삶의 행복은 과연 어디에 있을까. 사람을 웃기고 울게 하고, 편하게도 만들고 불편하게도 만드는 것. 보람을 주는가 하면, 어느새 타락의 문턱에 서게 하기도 하는 것. 모든 것이 돈, 돈, 돈. '코로나19'로 모두가 힘들다. 그럼에도, 어떤 이들은 돈으로도 채울 수 없는 외로움을 품고 살아간다. 오늘의 청년도 그랬다. 돈이 많아도 외로움은 사라지지 않는다.

택시 영업도, 예전엔 하루 8시간에 10만~15만 원은 벌었다. 지금은 그 절반에도 못 미친다. 그런데 오늘은 단 3시간 만에 28만 원을 벌었다. 쉽지 않았지만, 땀 흘린 만큼 값진 수입이었다. 한 사람의 외로움을 태우고, 그 대가로 받은 돈이니. 문득, 나도 그 청년처럼 한 번쯤, 누군가에게 돈을 툭툭 던지며 마음껏 살아보고 싶다는 생각이 스쳤다. 언제쯤, 그런 날이 내게도 올까. …… 언젠가.

2021년 2월 5일 (21:30~24:30)

멈춘 도시, 달리는 밤

▌1편: 빈 차뿐이던 봄(2020년)

2020년 2월 16일, 대구에서 첫 '코로나19' 슈퍼 확진자(여·61세)가 발생했다. 신천지교회를 중심으로 집단 감염이 확산되자, 아무런 정보도 없는 상황에서 '코로나19에 걸리면 죽는다'는 막연한 공포가 퍼졌다. 대구는 순식간에 죽음의 도시처럼 변했다.

2020년 2월부터 4월까지 이 지역을 찾는 사람은 거의 없었고, 역과 터미널에는 간간이 택시만 보일 뿐 오가는 사람이 없었다. 석 달 동안 택시 한 달 수입은 30~40만 원으로 급감했다. 출입 봉쇄 조치로 타 지역 사람들에게 기피 대상이 된 대구 사람들은 죄인 같은 취급을 받았다. 2020년의 봄은 그렇게 비참했다.

5월 5일 연휴 이후, 서울 이태원 클럽발 집단 감염이 수도권을 중심으로 전국에 확산되면서 부분적인 사회적 거리 두기가 시행되었다(1차). 8월 14일 광복절 전후에는 정부의 자제

요청에도 불구하고 광화문에서 대규모 집회가 열리며 '코로나
19'는 다시 확산되었다(2차). 확진자 증감에 따라 거리 두기가
강화되거나 완화되었지만, 더 큰 문제는 다가올 겨울이었다.
12월 들어 수도권과 일부 비수도권은 2.5단계, 그 외 지역은
2단계로 강력한 사회적 거리 두기에 들어갔다(3차).

2021년 봄, 백신 접종과 함께 안정세를 찾는 듯했으나 여름
철 확진자가 다시 증가했고, 추석 명절에도 가족 간 만남은 제
한되었다. 10월 들어 확진자가 줄자 11월 30일부터 '위드 코
로나'로 전환했다(4차). 그러나 위드 코로나 전환 후 변이 바
이러스(오미크론)가 발생하며 확진자는 다시 폭증했다. 2021
년 12월 19일부터 방역패스가 도입되면서 백신 접종 여부에
따른 갈등과 불편이 커졌다. 하루 확진자 수는 2022년 3월 17
일, 62만 1,328명으로 정점을 찍었다(5차).

이 2년 동안 사회적 거리 두기와 심야 영업 제한으로 택시 영
업은 극도로 어려웠다. 정부 지원금이 있었던 것은 그나마 다
행이었다. 그러나 손님이 없어 수입이 줄자 더는 버티지 못하
고 현장을 떠난 법인 기사도 적지 않았을 것이다.

▌2편: 빈 차가 사라진 봄(2022년)

2022년 4월 25일, '코로나19'는 제1급 감염병에서 제2급 감
염병으로 전환되었다. 방역패스가 사라지고 영업시간 제한이
해제되면서 사회적 거리 두기는 전면 해제되었다. 영업 환경
은 순식간에 달라졌다.

밤 11시가 넘자 택시를 잡으려는 사람들로 거리와 골목이

붐볐다. 택시 잡기가 하늘의 별 따기라는 말이 연일 이어졌고, 밤늦게까지 영업하는 기사들에게는 힘들지만 반가운 변화였다. 격세지감(隔世之感)이라는 말이 절로 떠올랐다. 2020년 초와 2022년 4월 이후의 영업 환경은 너무나 달랐다. 매일 심야 '택시 대란'이 뉴스에 오르내렸고, 서울시는 지하철 운행 시간 연장 등 대책을 내놓았다. 그러나 기사 공백과 운행 대수 부족으로 문제는 쉽게 해결되지 않았다.

'코로나19'로 생계가 어려워진 법인 기사들은 배달업이나 택배 기사로 대거 이직했다. 서울시 법인 기사 수는 2019년 말 3만 991명에서 2022년 5월 말 2만 640명으로 1만 명 이상 줄었다. 대구 역시 개인 기사 1만 명, 법인 기사 5,500명에서 1만 3,500 명으로 감소했다. 다른 도시도 사정은 크게 다르지 않았을 것이다.

'코로나19'가 완전히 끝난 것은 아니었지만, 억눌렸던 일상은 폭발하듯 살아났다. 심야 시간, 택시를 타려는 승객만 줄지어 있을 뿐 '빈 차'는 보이지 않았다. 개인택시 영업 15년 만에 처음 겪는 풍경이었다.

택시는 시대 변화에 민감하다. 유흥업소 감소, 대중교통 확충, 정책 변화 속에서 영업 환경은 점점 어려워졌고, 여기에 '코로나19'는 결정타였다. 시민의 발인 택시는 공공성을 지닌 만큼 정부 역시 책임에서 자유로울 수는 없다.

심야 택시 대란 해소를 위해 탄력 요금제와 심야 시간 조정이 논의되고 있지만, 요금 인상은 서민 부담으로 이어질 수 있어 신중할 수밖에 없다. 최근 몇 달간 한 달 수입이 300만 원을 넘기고 있지만, 마냥 기쁘지만은 않다. '코로나19'로 잃어버린 시간과 떠난 기사들, 버텨야 했던 지난날을 떠올리면 마음 한켠이 씁쓸해진다.

"나는 오늘도 밤길을 달린다. 손님이 타면 '살아 있다'는 느낌이 들고, 비어 있으면 '세상이 멈췄다'는 느낌이 든다. 코로나가 지나간다고 해서 모든 것이 돌아오는 것은 아니다. 떠난 것들이 돌아와야 비로소 '정상'이 되는 것 아닐까. 그날을 기다리며 다시 운전대를 잡는다."

2022년 6월 30일

값이 달라진 여름

여름이 되면 사람들은 으레 계곡이나 바닷가를 떠올린다. 그러나 작열하는 햇볕을 피해 시원한 실내에서 물놀이를 즐기려는 이들도 적지 않다. 그런 이들의 발길이 닿는 곳이 가창 스파밸리다. 대구 인근은 물론이고 구미, 영천, 경주, 심지어 바다를 품은 포항과 울산, 부산에서도 사람들이 찾아온다. 주로 학생이나 젊은 층이다.

오늘처럼 거리에 손님이 뜸한 날이면, 나는 스파밸리와 동대구역 혹은 서부정류장을 오가는 일을 반복한다. 한 번 탑승하면 목적지까지 10km가 넘는 거리를 달려야 하고, 요금도 자연스레 1만 원을 훌쩍 넘는다. 조용한 날치고는 나쁘지 않은 장사다.

첫 번째 손님

중학생으로 보이는 아이 셋이 탔다. "서부정류장이요." 가는 길에 말을 붙였다. "서부정류장에서 또 어디로 가려고?" "거창이요." "학교는?" "중1이요." "아이고, 중학생이 꽤 멀리서 왔네. 집에서 보내 주던가?" "예." "입장료는 얼마 주고 갔

노?”“3만 5천 원이요.”“학생은 2만 9천 원 아니가? 학생증 있으면 할인되던데.”“인터넷으로 할인받아 샀어요.”“비싼 돈 주고 멀리까지 왔는데, 폐장할 때까지 좀 더 놀다 가지?”“아침 9시에 와서 실컷 놀았어요. 이제 힘이 다 빠졌어요.”“재미는 있었나?”“예.”

셋 다 엄마에게 용돈을 받아 왔다고 했다. 택시 요금에 버스비, 식사비, 입장료까지 보태면 한 사람당 10만 원은 족히 넘었을 것이다. 예전 같으면 상상하기 힘든 액수다. 요즘 부모들은 자식이 원한다면 웬만한 건 기꺼이 내어주는 세상에 살고 있다.

두 번째 손님

비슷한 또래로 보이는 아가씨 셋이 탔다. “동대구역 갑니다.” 차 안은 금세 웃음과 수다로 채워졌다. “학생들이에요?” “아뇨, 직장 다녀요.”“어디서 오셨어요?”“경주요.”“경주 어디요?”“성건동이요.”“제가 예전에 경주에서 학교를 다닌 적이 있어요.”“정말요? 반갑네요. 경주 참 좋은 곳이죠.” 입장료가 만만치 않았을 텐데도, 그들은 아까운 기색이 없었다. 멀리서 친구들과 함께 왔다는 사실 자체를 하나의 추억으로 받아들이는 듯했다. “사람이 많아서 제대로 즐기진 못했지만, 낯선 데 와서 놀다 가는 재미가 있잖아요.”

그 말을 듣고 나도 모르게 고개가 끄덕여졌다. 젊음이란, 결국 떠날 수 있고 만날 수 있으며, 새로운 경험 앞에서 망설이지 않을 수 있는 용기인지도 모른다.

세 번째 손님

젊은 남녀 두 명이 뒷좌석에 앉았다. “복합환승터미널이요.”

"거기서 또 어디로 가시나요?" "부산이요." "부산이면 해운대가 가까운데, 거긴 안 가셨어요?" "해는 싫고, 실내 수영장이 좋아요." "잘 놀았어요?" "그다지요." "왜요?" "입장료가 너무 비싸요. 성인은 5만 8천 원, 학생은 2만 5천 원이라는데 인터넷 할인으로 3만 5천 원 주고 들어갔어요. 그래도 아깝더라고요."

멀리서 찾아왔지만 기대만큼은 아니었던 모양이다. 즐거움의 값어치는 사람마다 다르게 남는 법이니까.

나 역시 물놀이를 좋아하고 수영에도 제법 자신이 있지만, 요즘 시설들의 가격을 들으면 '비싸다'는 말이 먼저 떠오른다. 만족은 각자의 몫이지만, 주로 젊은 세대가 이용하는 공간이다 보니 내게는 조금 낯선 풍경일지도 모르겠다.

그러다 문득 오래전 어린 시절이 떠올랐다. 시골에서 자란 나는 여름이면 개울가나 강가로 향했다. 또래들과 멱을 감고 놀다 형들의 손에 이끌려 수심 깊은 곳에 들어가 물을 먹어 가며 헤엄을 배웠다. 용돈이라는 말조차 생소했던 시절, 우리의 여름 놀이는 언제나 공짜였고 자연은 늘 열려 있었다.

세월이 흐르며 삶은 많이 달라졌다. 경제 수준은 높아졌고, 레저 문화도 변했다. 지금의 부모들은 자녀가 원한다면 기꺼이 지갑을 연다. 아이들의 욕구가 커진 탓일까, 아니면 더 편하고 안전한 즐거움을 택하는 세상이 되었기 때문일까. 어쩌면 그만큼 자식에 대한 마음이 더 애틋해졌기 때문인지도 모르겠다.

2022년 8월 10일

달콤한 중독의 그림자

도시는 늘 바쁘게 숨 쉰다. 차창 밖으로 스쳐가는 풍경은 언제나 비슷하지만, 그 속에 깃든 사람들의 사연은 제각기 다르다. 누군가는 가족을 위해, 누군가는 자신의 삶을 위해, 또 누군가는 '한 번만'이라는 희망을 품고 길 위를 걷는다. 그런데 그 희망이 어느 순간부터 욕망으로 변해버리면, 사람은 길을 잃는다. 길 위의 삶은 그때부터 무너진다.

나는 주말이면 경마장을 오가는 손님들을 태우며 영업을 한다. 그곳을 찾는 사람들의 이야기를 그냥 지나칠 수 없어, 있는 그대로 적어본다. 그들의 말은 가볍게 흘러가지만, 그 안에 담긴 마음은 결코 가볍지 않다. 어쩌면 그곳은 돈을 잃는 장소가 아니라, 인생의 방향을 잃는 장소일지도 모른다.

도박의 종류가 무엇이든 중독성은 같다. 한 번 발을 들이면 빠져나오기가 쉽지 않다. 경마도 마찬가지다. 한 방에 큰돈을 벌 수 있을 것이라는 기대는 근로의욕을 떨어뜨리고, 한탕주의와 현실도피로 이어져 결국 불행한 삶의 실마리가 된다.

비산동에 산다는 60대 김 씨는 노가다를 한다고 했다. 김 씨에 따르면, 이곳에 오는 사람들 대부분은 일확천금을 노리기보다 '조금씩 따보자'는 마음으로 시작한다고 한다. 하루 종일 땡볕에서 일해봐야 몇 푼 손에 쥐지 못하는데, 경마는 잘만 하면 일당을 금방 챙길 수 있다는 것이다. 그러다 일당 벌러 왔다가 가진 돈까지 다 잃고, 이제는 중독이 되어 미련을 떨치지 못하고 있다고 했다.

봉덕동에 사는 40대 노총각은 20년 전 직장 상사의 가족들과 과천 경마장에 따라갔다가 재미를 붙였다. 1년 만에 5천만 원을 잃고는 다시는 안 하겠다고 다짐하며 1년을 끊었다. 하지만 결국 다시 시작했고, 집 한 채를 날리고, 월급을 가불 받고, 빚을 내는 일을 반복하다가 모든 것을 털어먹었다. 지금은 경마장에 와도 단돈 천 원씩만 넣고 한다며 이렇게 말했다. "친구든 아는 사람이든, 절대로 경마장에 따라가면 망해요."

포항에서 왔다는 60대 박 씨와 친구 김 씨도 노가다를 한다고 했다. 가끔 이곳까지 올라와 경마를 하는데, 잃은 돈이 집 한 채 값은 훌쩍 넘는다고 했다. 오늘은 30만 원을 넣어 5배 배당에 당첨돼 150만 원을 벌었다며 택시를 타고 포항으로 내려간다고 했다. 기분이 좋은지 가는 길에 식당에 차를 세우고 함께 저녁을 먹고 가자고 했다. 이런저런 이야기를 나누다 보니 밤 9시가 되어서야 목적지에 도착했다. "다음에 또 부르세요."라는 말을 남기고, 나는 다시 먼 길을 돌아섰다.

신천시장 인근 오피스텔에 산다는 30대 청년은 8월 중순 이후 오늘까지 여섯 번째 방문이라고 했다. 첫날, 단돈 2만 원을 넣고 750배 배당에 당첨돼 1,500만 원을 벌었다고 했다. 오늘은 60만 원을 잃고 간다고 했다. "와, 오자마자 대박이네요."

“그걸로 끝냈으면 좋았을 텐데요.” 그러자 그는 “돈벌이가 어려워서 이거라도 해야죠.”라고 말했다. 친구 따라와 단번에 큰돈을 벌었으니 유혹을 떨치기란 쉽지 않을 것이다. 혹시나 하는 마음에 한 번 더, 또 한 번 더 하다가 결국 가진 돈까지 다 잃고 또 한 사람의 인생이 무너질 것 같다는 생각이 들었다.

안동에서 버스를 타고 온다는 70대 오 씨는 정년퇴직 후 연금으로 비교적 안정적인 생활을 하고 있다고 했다. 다른 사람들과 달리 올 때마다 따서 간다며, 오늘은 일곱 경기 중 두 경기에서 400배 배당에 당첨돼 165만 원을 벌었다고 영수증을 보여주며 자랑했다. 이야기를 들어보니 처음 경마를 시작한 해에 1년 동안 5천만 원을 잃고 정신이 번쩍 들어 1년을 끊은 뒤, 혼자 연구하며 승률 통계를 만들었다고 했다. 비 오는 날과 맑은 날, 코스별 기록, 말의 성적 등을 분석해 지금은 욕심을 부리지 않고 소액으로만 베팅하며 승률 70%를 유지한단다. 도박에도 따는 사람과 잃는 사람은 정해져 있는 것일까, 아니면 버텨낸 사람만 남는 것일까.

본리동에 산다는 60대 김 씨는 오늘도 와서 50만 원을 잃고 간다고 했다. 맞힐 수 있었는데 순위 조작 때문에 놓쳤다며 아쉬워했다. 지금은 혼자 산다고 했다. 한때는 잘나가던 시절이 있었고, 경마로만 30억을 날렸다고 했다. 재산이 많아 바람도 피우고, 가정을 버리고 산토끼를 쫓아다녔지만 돈만 챙기고 모두 떠났다고 했다. “도박에 발을 들이는 순간 불행의 시작입니다. 절대 하지 마세요.” 술 한잔하고 잊고 자야겠다고 말하며, 그는 팁까지 얹어 택시비를 건네고 말없이 사라졌다.

주말마다 영업은 하지 않고 경마장에서 시간을 보내는 택시

기사도 있다. 힘들게 적은 돈을 버는 것보다 한방에 끝내고 싶다는, 인간의 욕망이 그들을 붙잡고 놓지 않는다. 하지만 우리가 진정 바라야 할 인생은 그런 것이 아닐 것이다.

사람들은 종종 '한 번만'이라고 말한다. 하지만 '한 번'이 쌓이면, 그것은 어느새 삶을 갉아먹는 습관이 된다. 경마장의 불빛은 화려하지만, 그 불빛 아래서 흔들리는 사람들의 얼굴은 어둡다. 그들은 돈을 잃는 것이 아니라, 자신을 잃고 있는지도 모른다.

훗날, 인생의 뒷자락에서 미소 지을 수 있으려면, 오늘을 성실하게 살아야 한다. 큰돈은 아니더라도, 땀 흘린 하루의 노동 속에서 오는 뿌듯함을 맛보며, 지금 이 순간 주어진 삶에 기쁨을 채워야 한다. 한탕주의는 달콤하지만, 그 끝은 쓰다. 매일을 묵묵히 걸어가는 삶 속에, 진정한 인생의 해답이 있다.

2022년 8월 10일

그들의 밤, 나의 길

택시 영업이 가장 어려운 시기는 학생들의 방학이 시작되는 한여름과 한겨울이다. 특히 여름에는 더위를 피해 사람들은 바다로, 산으로 떠난다. 한낮의 도심은 텅 비고, 거리엔 뜨거운 공기만 맴돈다. 해가 지고 나서야 겨우 사람의 기척이 돌아오지만, 봄이나 가을에 비하면 여전히 적적하다.

택시 기사들은 대부분 자신이 사는 동네를 중심으로 하루를 시작한다. 나는 대구 수성구, 가창과 청도로 이어지는 길목에 산다. 집에서 4km 남짓 떨어신 곳에는 스그린 경마상이 있는 마사회가 있고, 여름이면 사람들로 붐비는 스파밸리가 있다. 주말이면 경마장을 찾는 이들, 물놀이를 마친 가족들이 나의 손님이 된다. 그렇게 나는 계절이 주는 짧은 특수를 지나간다.

8월 8일, 입추가 막 지난 서울에는 115년 만에 시간당 141mm의 폭우가 쏟아졌다. 군산도 물바다가 되었고, 중부와 남부 곳곳에서 인명과 재산 피해 소식이 이어졌다. 하지만 이곳 대구는 유독 비가 적었다. 오히려 조금 더 내려주었으면 하는, 엉뚱한 바람마저 들 정도였다.

8월 13일부터 이틀간, 대구스타디움에서는 가수 싸이의 콘서트가 열렸다. 저녁 7시부터 밤 11시까지, 이틀 동안 6만 명이 넘는 사람들이 한곳에 모였다. 공연이 끝난 뒤 스타디움 앞은 말 그대로 인파로 뒤엉켰다. 외곽에 자리한 탓에 대중교통은 금세 끊기고, 택시 없이는 빠져나오기 힘든 밤이었다.

그날도 나는 오후 3시부터 스파밸리와 경마장을 오가며 운전대를 잡았다. 저녁은 대충 때우고 시내로 들어와 손님을 이어받았다. 밤 11시가 넘자 몸이 먼저 반응했다. 피로가 몰려왔지만, 끊이지 않는 손님으로 쉬지 못한 채 계속 달렸다.

새벽 1시 30분쯤, 경산 서부동에서 마지막 손님을 내려주고 집으로 향했다. 그러다 대구스타디움 앞을 지날 때였다. 어두운 도로변에 택시를 기다리는 사람들이 끝도 없이 늘어서 있었다. 줄은 보이지 않았고, 대신 절박한 표정들이 밤공기 속에 흩어져 있었다.

가는 길이기도 해서, 눈에 띈 젊은 연인 두 사람을 태웠다. "시내 엘디스 호텔이요." "타세요." 기뻐하는 표정이 유난히 환해 보였다. 그때 옆에서 세 사람이 다급하게 다가왔다. "기사님, 시내 가시는 거면… 제발 같이 좀 태워주세요." 연인에게 양해를 구하자, 잠시 망설임도 없이 고개를 끄덕였다. "괜찮아요."

차 안에는 다섯 사람이 탔다. 연인은 부산에서 올라왔다고 했다. 부산 공연을 놓쳐 아쉬운 마음으로 대구 공연에 맞춰 호텔까지 예약해 두었단다. 세 명의 일행은 창원에서 왔다고 했다. "주말이니까 공연도 보고, 시내에서 한잔하려고요." 청춘은 참 좋다. 일할 땐 힘을 다해 일하고, 놀 땐 눈치 보지 않고 논다. 체력도, 열정도 넘치는 시절. 나도, 한때는 그랬다.

동성로에 이르러 세 사람을 내려주자, 그들은 연신 허리를 숙였다. "정말 감사합니다. 덕분에 편하게 왔어요." 잠시 후 엘디스 호텔 앞에서 연인을 내려주고, 다시 집으로 차를 돌렸다. 시계는 어느새 새벽 2시를 넘기고 있었다.

지난 4월 16일, 사회적 거리두기가 해제된 이후 심야의 도심은 늘 붐빈다. 택시는 줄고, 손님은 많다. 건강을 생각해 자정 전에는 일을 마치고 싶지만, 주말만큼은 마음대로 되지 않는다. 요즘 사람들은 말한다. "택시 대란이라며? 요즘 돈 좀 벌겠네." 하지만 현실은 다르다. 택시 일은 결코 쉽게 돈을 버는 일이 아니다. 정해진 출퇴근도 없고, 고정된 월급도 없다. 손님의 수, 날씨, 교통 상황, 그날의 운에 따라 수입은 매번 달라진다.

모두가 쉴 때, 모두가 잠들 때 나 홀로 도로 위를 달리는 일은 고독하고 고된 싸움이다. 좁은 공간 안에서 벌어지는 수많은 돌발 상황들, 그 순간의 긴장과 당황스러움은 직접 겪어보지 않고는 알 수 없다.

그래도 나는 오늘도 길 위에 선다. '시민의 발'이라는 말 한마디를 마음에 품고, 묵묵히 운전대를 잡는다. 강한 노동은 짜릿한 휴식을 위한 것일까. 어쩌면, 그런 것인지도 모르겠다. 오늘도, 내일도 좋은 날에도, 궂은 날에도 그리고 깊어져 가는 밤에도 수많은 이들의 발이 되어 달리는 택시. 그 위에서 하루하루를 살아가는 우리들의 인생. 길 위의 인생에 건강과 행운이 함께하길 바라며 또 하루를 달린다.

2022년 8월 15일

4. 함께 걷는 길, 함께 남는 시간

– 추억이 되는 순간들

인생은 혼자 걷기에는 너무 외롭고 복잡한 길입니다. 하지만 그 길을 함께 걸어주는 가족과 친구, 동료와 소중한 인연들이 있다면 우리는 더 멀리, 더 높이, 더 깊이 나아갈 수 있습니다. 그렇게 우리는 서로의 빛이 되어 살아갑니다.

만남에서 시작된 특별한 순간들. 하늘과 땅 위에서, 바다와 강을 배경으로 펼쳐진 다양한 취미와 경험 속에서 우리는 서로를 이해하고 웃으며, 때로는 넘어졌다가 다시 일어섭니다. 그렇게 쌓아온 기억들은 단순한 시간이 아니라 삶을 더욱 풍요롭게 채워주는 소중한 자산이 됩니다.

책장을 넘기며 이 이야기를 읽는 동안, 여러분도 자신만의 특별한 사람들과 함께했던 순간들을 떠올려 보시기 바랍니다. 그 기억이 주는 따스함이 오늘을 살아가는 작은 힘이 되기를 바랍니다.

길은 아직 끝나지 않았습니다. 오늘도 우리는 각자의 속도로 또 하나의 인생을 걸어가고 있습니다.

동강, 그 여름의 기억

후끈한 열기가 대지를 덮치는 여름날, 콸콸 흐르는 계곡 물 살을 가르며 더위를 식혀보는 건 어떨까. 연일 계속되는 폭염 에 지친 몸과 마음은 도시의 열기를 뒤로하고, 초록 물빛이 출 렁이는 강원도 영월의 동강으로 향한다. 그곳에서 기다리는 건 자연과 하나 되는 시원한 래프팅의 짜릿한 경험이다.

동강은 한강 상류로 이어지는 물줄기다. 동쪽에서 흘러온 물 이 서쪽의 서강과 합쳐지는 영월읍 하송리에서, 드디어 하나 의 강이 되어 남한강으로 향한다. 수천 년 이어온 강물은 서울 을 지나 서해로 나아간다.

강원도 깊은 산골, 선암마을엔 평창강의 끝자락이 자리한다. 삼면이 강으로 둘러싸인 그곳은 한반도 지형을 닮았다. 주변 엔 조선의 슬픈 임금 단종의 유배지 청령포와 능침 장릉, 고씨 굴과 김삿갓 계곡, 영월책박물관, 곤충생태박물관, 별마로천 문대 같은 볼거리도 풍성하다.

매달 한 번, 류원찬 선배가 활동하는 산악회에서 산행 안내 가 온다. 이번엔 산행 대신 래프팅이란다. 마침 도시는 방학이라도 한 듯 한산하고, 쏟아지는 햇살은 모든 것을 녹일 기세다. 이참에 잘 됐다 싶어 친구 셋과 함께 기꺼이 길을 나섰다.

대구에서 출발한 버스는 아침 7시에 출발해, 10시 무렵 강원도 영월군 삼옥리 거운교에 도착했다. 최초 집결지인 거운교에서 동강래프팅(주) 소속 안내자의 인솔로 이동 차량에 올라, 본격적인 출발지 문산나루터로 향했다.

총 인원은 40명, 보트 한 대엔 12명 정원. 조교와 함께 10명씩 4개 조로 나뉘어 구명조끼와 헬멧을 착용하고, 조교의 지시에 따라 12km, 약 3시간의 래프팅이 시작되었다. 우리가 선택한 코스는 동강의 대표라 불리는 제2코스. 문산나루터에서 시작해 하소쉼터, 어라연, 된꼬까리여울, 민지나루쉼터를 거쳐 다시 거운교에 이르는 여정이었다. 특히, 비경이라 칭송받는 어라연 구간을 포함해, 동강의 절경이 고스란히 펼쳐지는 코스였다.

보트에 오른 열 명의 동료들과 함께, 우리는 잔잔한 물살 위를 전전히 노를 저어 나아갔다. 그러나 오래가지 않아 물살은 점점 거세어졌고, 그에 휘말려 나는 그만 뒤로 벌러덩, 보트 밖으로 떨어지고 말았다. 동료 한 명도 함께였다. 급류 속에서 중심을 잡기란 생각보다 어렵고, 필사적으로 버둥대는 사이, 다행히 동료의 손을 붙잡아 다시 보트에 오를 수 있었다. 한쪽 발목을 고리에 단단히 고정한 뒤, 우리는 다시 구호에 맞춰 노를 저었다.

강폭이 넓고 물살이 잔잔한 곳에 이르자, 동심이 깃든 장난기가 스며든다. 서로에게 물을 튀기며 웃고, 사진을 찍어주며 즐거운 시간을 보낸다. 계곡을 따라 펼쳐진 초록 산자락과, 동강의 수호신처럼 우뚝 솟은 두꺼비바위를 바라보노라면, 조교의 구령도 어느새 물결 속에 녹아들 듯 멀어져 간다.

보트가 잠시 멈춘 곳은, 바로 동강의 백미라 불리는 어라연. 커다란 바위와 소나무가 어우러진 절벽 아래, 옥빛 물결이 유유히 흐른다. 전해지는 전설에 따르면, 어린 나이에 세상을 떠난 단종의 혼령이 이곳의 풍광에 반해 신선처럼 살고 싶어 했고, 물고기 떼가 그를 반겼다고 한다. 여울목마다 반짝이는 물고기 비늘은 그 전설을 품은 듯, 이곳의 물빛을 더욱 깊고 아름답게 비춘다.

일행은 보트에서 내려 조교의 지시에 따라 물놀이를 즐기며 한여름의 더위를 씻는다. 잠시 후 다시 노를 잡고, 협곡을 따라 흐르는 급류 속으로 몸을 던진다. 된꼬까리여울이라 불리는 구간은 이름만큼이나 험난한 물살이 기다린다. 세찬 물결을 가르고 나아가며, 한순간도 긴장을 늦출 수 없다. 옥수봉을 중심으로 세 개의 바위섬 사이를 지나며, 마치 용이 물속에서 꿈틀대는 듯한 물결이 꼬리를 친다.

격류의 스릴이 지나가자, 고요함이 찾아온다. 폭풍우 뒤의 평온함처럼, 한낮의 열기가 지는 저녁노을처럼, 물가에 고요히 서 있는 백로처럼. 민지나루에 이르러선 물결조차도 숨을 고른다.

그렇게 자연과 호흡하며 우리는 종착지인 거운교에 도착했고, 마지막 물놀이로 여정의 끝을 장식했다. 장장 세 시간 동안 강물을 따라 흘러온 래프팅 여정. "하나둘 셋 넷, 참새 짹짹, 오리 꽥꽥, 돼지 꿀꿀" 하며 조교의 구호에 맞춰 젓던 노의 박자, 그 메아리는 아직도 귓가에 생생하다.

　이번 여정은 단순한 레저 체험을 넘어, 자연과 역사, 그리고 사람과의 관계를 다시금 되돌아보게 했다. 어라연의 전설이 서린 초록 물빛 속에, 흘러간 시간과 사람들의 삶, 슬픔과 희망이 함께 흐르고 있었다.

동강, 그 슬픈 역사가 흐르다 / 한영택

숙부 수양대군(세조)에게 왕위를 뺏기고
상왕에서 노산군으로 강봉(降捧)되어 혈혈단신으로
유배지 영월 땅으로 발길을 재촉해야만 했던
어린 임금의 흉리(凶裏)는 어떠했을까?

창덕궁(대조전)에서 유배 교서를 받고
돈화문에서 남한강 뱃길 따라 닷새 만에 당도하여
주천 '어음정'에 목을 축였으니 공순원 주막에서
마지막 밤을 보낸 유배 길은 고달팠으리라

험준한 고등치를 넘어 굽이치는 산길을 돌아
배일치 고갯마루에 올라서 멀리 서쪽을 바라보니
저를 위해 형장에서 숨져간 사육신이 떠오름에
무릎 꿇고 엎드려 통곡하게 하였으리라

맑은 강물과 빽빽하게 늘어선 솔숲으로
육육봉의 절벽과 삼면이 서강으로 둘러싸여
나룻배가 아니면 드나들 수 없는 창살 없는 감옥
아무도 대신할 수 없는 청령포는 외로움이라

여름날 홍수로 관음정에 옮겨 머물게 하였으니
뒷동산에 올라 막돌을 쌓으며 정순왕후를 그리워한

짧았던 생의 시간만큼이나 애달픔 또한 더 컸으리니
망향탑만 애처로이 자리를 지키고 있음이라

사약을 받고 운명한 시신이 동강에 버려지니
죽음을 불사하고 노루가 잠자던 자리에 거두었던
혼령의 원한으로 일어난 괴이한 일을 멈추게 하였던
두 사람의 용기가 없었다면 누가 원혼을 달랬으랴

대신할 수 없는 단종의 한을 숙종이 풀었으니
장릉의 무덤길에 구부린 소나무는 예를 갖춤이던가?
생을 지켜본 가장 큰 소나무 관음송은 침묵하여도
동강, 그 슬픈 역사는 흘러가고 있음이라.

강원도 영월 동강래프팅 체험 (2016년 8월 7일)

봉정암, 그 길 위의 사색

"길에는 길이 있다." 그리고 그 길은 또 다른 길로 이어진다. 삶은 그저 길 위의 여정일 뿐, 수많은 사연과 만남, 헤어짐이 얽힌, 저마다의 사연이 켜켜이 쌓인 길, 계곡을 건너고, 너덜겅을 지나야 하는 험한 길이 있는가 하면, 자신의 마음을 들여다보며 내려놓고 쉬어갈 수 있는, 고요한 마음의 길도 있다. 삶이 팍팍하고 사는 일이 무의미하게 느껴질 때, 철 따라 펼쳐지는 자연의 풍경 속을 따라 설악산 봉정암에 이르는 순례의 길을 걸어가 보자.

해발 1,244m. 봉정암은 설악산 소청봉 북서쪽, 백담사에서 영시암, 수렴동계곡을 거쳐 도달할 수 있는 곳이다. 총 거리 10.6km, 산행 시간 약 5시간 30분. 익숙하지 않은 이들에겐 결코 쉽지 않은 여정이다. 전문 산악인에게는 즐거운 도전이겠지만, 믿음과 다짐을 품고 오르는 순례자에게는 고행의 길이다. 그럼에도 봉정암 적멸보궁을 찾는 사람은 적지 않다. 절 정기에는 하루 수천 명이 몰린다니, 이 길은 단순한 산행이 아닌 마음의 순례길로 자리 잡았다. 나는 불교 신자가 아니었지만, 친구의 권유와 팔공산 자비사 지선 스님, 성지순례 인솔자 양희숙 님의 초청으로 동행하게 되었다.

새벽 5시, 대구 칠성동 오페라하우스 앞에서 43명이 버스에 올랐다. 중앙고속도로를 따라 안동, 치악, 만남의 광장 휴게소를 거쳐 백담마을에 도착한 시간은 오전 10시 30분. 장거리 이동으로 아침을 거른 탓에 백담마을 한 식당 주차장에 정차하여 준비해 온 다슬기 국밥으로 허기를 달랬다. 이어 셔틀버스를 타고 백담사로 향하는 길. 20여 분 동안 꼬불꼬불한 계곡길을 따라 오르며, 숲 사이로 언뜻언뜻 보이는 기암괴석과 시원한 계곡물은 설악산의 장엄함을 예고하고 있었다.

백담사 주차장은 이미 인파로 붐비고 있었다. 참가자들은 A조와 B조로 나뉘었다. 산행이 어려운 이들은 백담사 관람 후 펜션에서 하룻밤을 보내기로 했고, 나를 포함한 30명의 B조는 봉정암까지 오르는 여정을 택했다. 정오에 도착했기에 해지기 전까지는 서둘러야 했다.

짙푸른 침엽수와 활엽수가 드리운 수렴동계곡의 숲길은 부드럽게 이어졌고, 계곡물 소리와 새소리가 청아하게 귀를 씻는다. 같이 간 친구 태화와 나는 속도를 높여 앞서가기 시작했다. 마음속엔 봉정암을 지나 대청봉까지 다녀오자는 계획이 있었다. "이왕 설악산에 왔는데, 대청봉까지는 다녀와야 하지 않겠어?" 드물게 찾아온 기회를 놓치기 싫었다.

길은 점점 가팔라졌다. 수렴동과 백운동계곡으로 흘러내리는 맑은 물은 초록빛으로 투명하게 반짝였고, 쌍용폭포를 지나 바위 틈을 오를 때 다람쥐 한 마리가 다가와 주변을 맴돌았다. 먹을 것을 내어주자 아예 장난을 청하기까지 했다. 그 순간만큼은 등산이 아닌 자연과의 대화였다.

사자바위에 이르자, 봉정암을 둘러싼 일곱 개의 암봉이 시야에 화려하게 펼쳐진다. 오후 4시, 봉정암에 닿았다. 아직 해가 저물지 않았기에 대청봉까지 왕복할 시간을 계산해 보니 가능했다. 소청봉에 다다랐을 때, 공룡능선 위로 비집고 내려오는 햇살 한 줄기는 숨이 멎을 만큼 아름다웠다. 중청봉을 지나며 점점 짙어지는 안개 사이로 대청봉(1,708m) 정상에 올랐을 땐, 군락지에 핀 들국화들이 바람에 고개를 흔들며 맞아 주었다.

해가 뉘엿뉘엿 지고 있었다. 다시 봉정암까지 되돌아가는 길. 총 거리 15.2km, 7시간의 산행 끝에 도착한 곳은 사람들로 북새통이었다. 후발 순례자들도 막 도착했는지, 반가운 얼굴들이 "어디까지 다녀왔어요?" 묻는다. "대청봉까지요." 슬쩍 웃으며 대답했다.

아침부터 먹은 것이라곤 차 안에서 먹은 김밥 한 줄, 백설기 떡 하나, 백담마을에서의 다슬기 국밥 한 그릇. 배낭엔 간단한 과자와 생수만 담겨 있었기에 허기짐은 이루 말할 수 없었다.

저녁 공양으로 나온 미역국밥 한 그릇과 단무지 몇 조각. 그마저도 묵언 속에 조용히 나누어 먹었다.

전법동 2호실, 숙소에 들어섰을 때의 당혹감은 이만저만이 아니었다. 4평 남짓한 공간에 폭 40cm로 구획된 칸에 22명이 자야 했다. 다리를 뻗을 수도 없고, 체온은 서로에게 고스란히 전해지는 좁은 공간. 그러나 누구 하나 불평하지 않았다. 그것 또한 순례의 일부이므로...

밤은 길었다. 코 고는 소리, 이를 가는 소리, 뒤척임, 가슴속으로 밀려드는 답답함. 결국 새벽녘, 밖으로 나왔다. 본당 마루엔 졸고 있는 이, 커피를 마시는 이, 그리고 한켠 식탁엔 맨밥에 김을 싼 주먹밥과 매실장아찌가 수북이 놓여 있었다. '누구든 먹으라'는 뜻이었으리라. 허겁지겁 삼킨 주먹밥 한 덩이, 그 맛은 꿀맛이었다. 문득, 1981년 군 훈련병 시절이 떠올랐다. 종일 훈련받고 밥을 주지 않아 한밤중 짬밥통을 뒤지던 그 시절. 그때도 그랬다. 배고픔은 기억을 되살리고, 오늘의 주먹밥은 그 시절과 이어져 있었다.

새벽 공양을 마친 후, 빗속의 하산길. 추적추적 내리는 빗줄기는 묵언의 성찰을 대신하는 듯 조용했고, 사람들 틈에 섞여 백담사에 도착한 시간은 오전 10시. 비에 젖은 백담사는 고요했다. 만해 한용운이 머물렀고, 전직 대통령 부부가 유배 중 참회했던 그 사찰. 조계종 기본선원으로 득도한 스님들의 수행처라서일까, 떨어지는 빗방울마저도 경건하게 들렸다.

백담계곡 물줄기 사이, 수없이 쌓인 돌탑들. 하나하나가 염원이고, 하나하나가 기도였다. 모두 다 보고 싶었지만, 시간이 허락하지 않아 아쉬움을 뒤로 한 채 떠나야 했다. 점심으로 먹은 북어구이와 북엇국은 따뜻하고 깊은 맛이었다. 여행의 끝에서 마주한 그 뜨거운 국물에 가슴이 울컥했다.

돌아오는 길, 창밖으로 내리는 빗줄기를 바라보며 문득 고은 시인의 시구를 떠올렸다. "내려올 때 보았네, 올라갈 때 못 본 그 꽃." "올라갈 때 보았네, 내려올 때 못 본 그 꽃." 나는 올라갈 때 보았다. 그 모든 풍경과, 소리와, 향기와, 마음속의 울림까지. 내려올 때 보지 못한 건, 시간에 쫓기어 여유를 잃었기 때문이었다. 깨달음은 멀리 있지 않다. 바쁜 일상 속에서도 멈추어 서서 '보는 것', 그것이 곧 삶의 꽃을 발견하는 일이리라.

봉정암 성지순례 길에서 (2016년 8월 27일 ~ 28일)

같이 걷는 봄, 같이 피는 꽃

봄이면 잎보다 먼저 꽃을 피워 온 산을 진분홍으로 물들이는 꽃, 참꽃. 오랜 세월 우리 겨레와 애환을 함께해온 한국의 꽃이다. 대구 달성군과 경북 청도군의 경계에 있는 비슬산 정상부와 능선에는, 약 30만 평(잠실야구장의 10배 규모)의 국내 최대 참꽃 군락지가 자리하고 있다.

비슬산은 봄에는 참꽃, 가을에는 산 정상의 억새가 절경을 이루는 산이다. 산 정상의 바위 모양이 신선이 거문고를 타는 형상을 닮았다 하여 '비슬산(琵瑟山)'이라 이름 붙여졌다고 한다. 남쪽으로는 대견봉, 조화봉, 관기봉으로 이어지며, 유가사 방면에서 올려다보면 정상을 떠받치고 있는 웅장한 바위 능선이 병풍처럼 펼쳐진다.

비슬산에는 유가사, 용연사, 소재사, 용천사 등 오랜 역사를 지닌 사찰들도 자리 잡고 있다. 참꽃 군락지에는 흔치 않은 백참꽃도 몇 포기 볼 수 있는데, 조선 세종 대 〈양화소록〉의 저자 강희인은 꽃의 등급을 매기며, 붉은빛의 홍참꽃은 6품, 희귀한 백참꽃은 더 높은 5품으로 평가하였다. 이는 백참꽃이 마치 두견새가 촉나라를 그리며 북쪽을 향해 우는 것처럼, 북쪽을 향해 피는 절개를 가상히 여겨 그 격을 높인 것이라 한다.

나는 등산도, 마라톤도 즐기지만, 아내가 따라 하기엔 운동 강도가 다소 높다. 가끔 같이 다니고 싶은 곳이 있을 땐 단둘이 나서지만, 아내는 동호인들과 어울리기보단 집에 있는 것을 좋아하는 성격이라, 나 홀로 나설 때면 어쩐지 미안한 마음이 들기도 한다. 그럼에도 늘 "잘 다녀오라"고 챙겨주는 아내가 고맙기만 하다.

겨우내 움츠렸다가 봄기운이 완연해지니, 꽃이 만발한 곳을 함께 찾고 싶어졌다. 시기를 생각하니, 비슬산의 참꽃을 보러 가는 것이 가장 좋겠다 싶었다. 일주일 전 아내에게 슬며시 말했더니, 모처럼 바람 쐬러 가자는 말에 은근히 반기는 눈치였다.

약속한 날, 막상 나설 때가 되자 아내는 미세먼지를 핑계로 발을 빼려 했다. 그러나 "이번 시기를 놓치면 올해 참꽃은 못 본다"는 말에 결국 따라나섰다. 대구 시내 근교에 위치해 집에서 약 30km 거리. 승용차로 약 1시간이면 닿는 거리다. 그날따라 구름 한 점 없이 맑고 화창한 날씨여서 기분이 상쾌했다.

비슬산 공용주차장(해발 422m)에 도착하면, 소재사를 거쳐 참꽃 군락지까지는 지름길 기준 3.6km, 약 1시간 10분이 소요된다. 셔틀버스를 타면 산길을 따라 6km를 20분 만에 대견사까지 오를 수 있다. 나는 아내의 체력을 감안해 셔틀버스를 타고 대견사 종점에 도착했다.

참꽃 군락은 대견사 북쪽, 대견봉(1,034m) 정상부 아래 산

자락을 중심으로 세 곳에 분포해 있다. 이 중 가장 곱고 밀집된 곳은 대견봉 부근으로, 4월 중순부터 꽃이 피기 시작해 4월 말이면 절정에 달한다. 매년 4월 하순경 참꽃 축제도 열린다. 활짝 핀 참꽃의 멋진 풍경을 기대했지만, 아직은 개화 시기가 다소 이른 탓인지 꽃이 완전히 피지 않아 조금은 아쉬웠다. 보통 개화율이 80~90%일 때 가장 장관인데, 이날은 50% 수준이었다.

이왕 온 김에 참꽃 구경도 좋지만, 비슬산 정상인 천왕봉(1,083m)까지 올라보자며 아내를 이끌었다. 능선길은 평탄해 보였지만, 아내에게는 제법 힘든 코스였다. 뒤에서 손을 밀어주며 천천히 올라갔다. 도심에서는 미세먼지로 불편했던 코가 산속에선 한결 시원하고, 하늘도 더욱 푸르게 보였다. 덕분에 아내의 기분도 한층 좋아졌다. 천왕봉 정상의 참꽃은 이제 막 30% 정도 피어 있었다. 따스한 햇볕 아래 조금씩 꽃잎을 틔우고 있었지만, 30만 평에 달하는 참꽃 군락이 진분홍으로 타오르려면, 아마 다음 주쯤 되어야 할 듯했다.

대견사에서 마령재를 거쳐 천왕봉까지 왕복 약 8km, 4시간의 산행을 마치고 곧장 하산해 집으로 돌아오는 길. 나는 농담삼아 "머리털 나고 이렇게 높은 산에 올라 참꽃 구경은 처음이지?" 하고 웃으며 "데려가 줘서 고맙다고 해라"고 했더니, 아내가 "따라가 줘서 고맙다고 해라"라며 웃는다. 과연 누가 누구에게 고마워해야 하는 것일까?

비슬산은 참꽃 명산으로 우리나라 제일을 자랑한다. 여수 영취산, 거제 대금산, 창원 천주산, 창녕 화왕산의 참꽃도 나름 유명하지만, 군락의 규모나 산세의 웅장함은 비슬산에 미치지 못한다. 정상부와 능선에 넓게 분포한 군락지에서 4월 말경 만개한 참꽃을 바라보는 감동은, 말 그대로 천상의 화원을 걷는 기분이다.

　계절마다 제각기 독특한 매력을 지닌 비슬산. 때때로 이런 명산을 찾아 자연이 주는 기쁨을 온몸으로 누려보는 것도 삶의 또 다른 즐거움이 아닐까 싶다.

2018년 4월 19일

해발 900m에서 펼쳐진 약 30만 평의 참꽃 군락지

선유도, 섬과 하늘을 걷다

한울산악회 허종훈 회장님에게서 전화가 왔다. "선유도 가는데 같이 가시죠?" 고군산열도의 장자도와 대장도, 선유도를 걷는다는 말에 망설일 이유가 없었다. 여행 전문 산악회를 통해서도 갈 수 있었지만, 오래 알고 지낸 지인이 이끄는 산악회라 마음이 먼저 길을 열었다. 여행은 결국 누구와 함께 걷느냐에 따라 풍경이 달라진다.

아침 7시, 대구를 출발했다. 광주·대구고속도로를 따라 거창휴게소에 들러 아침을 먹고, 함양 IC에서 새만금·포항고속도로로 갈아탔다. 군산까지 260km, 꼬박 3시간. 차창 밖으로 스쳐 가는 풍경이 점점 바다 쪽으로 기울었다. 군산에 닿자 새만금 북로를 따라 선유도로 향했다.

군산시 대야면에서 새만금 방조제까지는 30km. 비응공원에서 부안을 향해 방조제 길에 들어서는 순간, 눈앞이 환히 트였다. 끝을 가늠할 수 없는 평원이 펼쳐졌고, 나지막한 구릉들마저 드넓은 바다 위에 떠 있는 섬처럼 보였다. 마치 모세가 홍해를 가르듯, 바다 한가운데 길을 내고 달리는 기분이었다.

가슴속에 묵혀 두었던 숨까지 시원하게 빠져나갔다.

새만금 방조제는 비응도에서 변산 대항리까지 총 33.9km. 비응도에서 6.5km 지점에 해맞이휴게소가 있고, 야미도를 지나 신시도에 이르면 명성휴게소와 새만금휴게소가 이어진다. 신시도에서 무녀도, 선유도, 장자도까지 이어지는 8.77km의 길은 바다와 땅이 서로의 경계를 허문 흔적처럼 보였다. 바다는 물러서고, 길은 앞으로 나아가며 새로운 풍경을 만들어 내고 있었다.

선유도는 약 20개의 섬으로 이루어진 고군산열도의 중심이다. 군산에서 50km 떨어진 이곳은 고군산로가 개통되면서 더 이상 배를 기다려야 하는 섬이 아니게 되었다. 진리마을은 선유도의 중심지로, 한때는 각각 고립된 섬이었으나 이제는 연육교로 이어져 장자도와 대장도까지 자동차로 닿는다. 섬의 외로움이 길 위에서 조금씩 풀린 셈이다.

선유대교와 장자대교를 건너 장자도에 도착했다. 여기서부터 본격적인 트레킹이 시작된다. 장자마을 뒤편 둘레길 정자에서 식사와 휴식을 겸한 뒤, 선유도 진리마을까지 각자 발걸음이 닿는 데로 걷기로 했다.

장자로 2길을 따라 700m쯤 걷자 대장봉 등산로 입구가 나왔다. 대장도 입구에 자리한 섬마을풍경펜션은 이름처럼 풍경의 일부가 되어 있었다. 흔히 대장도는 기암괴석이 많아 남성적이고, 장자도는 부드러운 곡선이 많아 여성적이라 말한다. 대장봉(140.9m)에 오르자 섬 전체가 한눈에 들어왔다. 짙푸른 바다 위에 크고 작은 섬들이 점점이 떠 있어, 마치 누군가 오래전 붓으로 찍어 놓은 수묵화 같았다. 산 아래 성황당 '어화대'는 한때 풍어를 빌던 자리였으나, 지금은 사람의 발길이 끊긴 채 시간만 쌓이고 있었다.

대장봉을 내려와 장자로 1길을 따라 선유북길 2.2km를 걸었다. 30분 남짓한 길 끝에 선유스카이 SUN라인 타워가 나타났다. 바다 위를 가르며 날아가는 짚라인 위에서 터져 나오는 환호성이 바람을 타고 들려왔다. 선유도의 바다와 바람, 섬과 산이 한데 어우러져 마치 신선이 내려와 놀다 간 자리 같았다. 명사십리 해수욕장과 선유스카이 SUN라인은 연인들의 시간과 웃음이 가장 가볍게 떠오르는 공간이었다.

문득 호기심이 고개를 들었다. '언제 또 이런 곳에서 하늘을 건너볼 수 있을까.' 체험을 신청하고 장비를 착용했다. 타워 꼭대기에서 내려다본 은빛 모래와 푸른 바다는 눈이 시릴 만큼 선명했다. 높이 45m, 총 길이 700m. 짚라인은 땅의 중력을 잠시 잊게 했다. "아래를 보지 말고 앞만 보세요." 안내자의 말에 몸을 맡겼다. 스르르르르… 줄을 타고 미끄러지는 순간, 태양을 향해 날아가는 듯한 착각이 들었다. 착지 지점에서 찍어 준 사진은 그 짧은 비행의 증거처럼 남았다.

솔섬에서 다리를 건너 제방길을 따라가자 셔틀 차량이 기다리고 있었다. 시간이 남아 망주봉에 오르기로 했다. 선유스카이 SUN라인에서 망주봉까지는 1.4km, 왕복 40분. 망주봉에는 두 개의 전설이 겹쳐 있다. 임금을 기다리다 바위가 되었다는 젊은 부부의 이야기와, 유배지에서 한양을 바라보며 임금을 그리워했다는 선비의 사연이다. 기다림이 결국 돌이 되어 남은 산이었다.

썰물로 갯벌이 드러난 망주봉 앞은 속살을 드러낸 얼굴 같았다. 밧줄을 타야 하는 험한 길과 시간의 제약 때문에 정상에 오르지는 못하고, 멀지 않은 곳에서 봉우리를 올려다보는 데 만족해야 했다. 닿지 못한 풍경은 오래 기억에 남는다.

오후 2시, 집결 장소로 돌아오니 지인 한 명은 이미 술기운에 얼굴이 붉게 달아올라 있었다. 짚라인 체험 사진을 보여 주자 부러움 섞인 웃음이 돌아왔다. 여행의 기억은 이렇게 서로의 이야기 속에서 조금씩 부풀어 오른다.

곧 대구로 돌아갈 시간. 이번에는 신시도에서 군산이 아닌 변산 쪽으로 방향을 틀었다. 방조제 길 16.5km를 달리며 바라본 바다는 넓고 조용했다. 물 위에 떠 있는 해초섬은 썰물과 함께 모습을 바꾸고 있었다. 변산반도 갯벌체험장에서는 아낙네들이 묵묵히 해산물을 손질하고 있었고, 그 손놀림 속에는 바다와 함께 살아온 시간이 배어 있었다.

곰소 젓갈 도매시장에서 하산주를 곁들여 낙지젓갈을 맛보았다. 짭짤한 맛이 혀끝을 깨우자 하루의 풍경이 다시 살아났다. 세계 최장 새만금 방조제와 고군산로를 따라 만난 섬과 바다, 그리고 단 한 번의 비행이었던 선유 짚라인 체험은 낙지젓갈처럼 내 감각을 또렷하게 깨워 준 하루였다.

고군산열도·선유도 트레킹 (2019년 6월 12일)

하늘 위에 남긴 하루

"보험은 들어놨어요? 떨어져 죽으면 괜찮은데, 다쳐서 오면 안 됩니다." 출발 아침, 아내는 식탁을 차리며 농담 같은 말을 던진다. 겉으론 무심해 보여도, 그 안엔 은근한 걱정이 있다. 일하러 나갈 때도, 마라톤 대회에 갈 때도 그랬다. 별다른 말 없이 "잘 다녀와요." 그렇게 우린 늘 서로를 보내왔다. 간섭도 의심도 없는 사이. 사랑은 오래도록 남는 정으로, 그리고 믿음으로 완성되는 것임을 안다.

단양으로 향하는 아침, 친구 정구와 상석이 셋이 빗속을 달린다. 대구에서 출발해 구미에 사는 친구 재호를 태우고 나니 하늘은 점점 어두워지고, 유리창엔 빗방울이 박힌다. 새도 비 오는 날엔 날지 않는데, 우리는 하늘을 날겠다고 나섰다. 안동휴게소에 들렀을 땐 장대비가 쏟아졌다. 자판기 커피를 손에 쥔 채 우리는 스마트폰 속 단양의 기상 정보를 번갈아 확인한다. 11시 이후엔 갤 거라는 예보. 그 희망 하나에 마음을 실었다.

그리고 죽령터널을 빠져나오자, 거짓말처럼 하늘이 열렸다.

구름이 산허리를 넘고, 햇살은 은은하게 대지를 덮는다. 물기 머금은 초록이 반짝인다. 이런 순간은 말이 필요 없다. 하늘은 우리를 받아들일 준비를 하고 있었다.

비행은 오후 3시로 정해졌다. 그 사이 우리는 도담삼봉을 들렀다. 남한강 위에 우뚝 솟은 세 봉우리. 조선 개국공신 정도전이 정자를 짓고 시를 읊던 곳. 그의 호 '삼봉'도 여기서 나왔다. 도덕과 이상으로 나라를 이끌고자 했던 사람. 하지만 결국 권력에 밀려 쓰러진 이상주의자. 강물 위 고요히 선 봉우리를 바라보며, 나는 역사와 자연의 긴 대화를 듣는 듯했다.

점심은 잡어탕. 매콤한 국물에 몸을 데우고 이어 고수동굴로 향했다. 39년 전 친구와 찾았던 그곳. 출입구도 없던 그때와 달리 이제는 관광객을 위한 시설이 잘 정비되어 있었다. 석회암으로 이루어진 동굴은 여전히 14℃의 서늘함을 품고 있었다. 바깥의 더위와 동굴 속의 냉기가 교차하면서 과거의 기억도 함께 떠올랐다. 시간은 흘렀지만 그 냄새, 그 감촉은 그대로였다.

드디어 비행 준비. 사무실에서 옷을 갈아입고 남한강을 따라 양방산 활공장으로 향한다. 해발 664m, 꼬불꼬불한 산길을 돌아 도착한 이륙장. 아래로는 단양읍이 펼쳐지고 강물은 푸른 곡선을 그리며 흐른다. 이륙장 바닥은 시멘트로 잘 다져져 있고 하늘을 향한 준비가 분주하다.

친구들이 하나둘 날아오른다. 재호는 겁에 질려 날갯짓을 멈추기도 했다. 내 차례가 오자, 조 대표님의 지시에 따라 달리기 시작했다. 출발과 동시에, 발이 허공을 딛는 그 순간, 쏴아… 바람이 귓가를 때린다. 헛발질은 하늘을 걷는 첫 걸음이 되었고, 소나무 위를 날아오르는 순간, 모든 두려움은 벗겨졌다.

고요하고도 강렬한 체험. 고속도로를 미끄러지듯 달리는 고급 승용차처럼, 부드럽고 날렵하게 나는 하늘을 미끄러졌다. 조 대표님은 가장 아름다운 순간을 놓치지 않고 영상으로 남겨주었고, 좌우로 곡예를 그리며 하늘을 스케치했다. 남한강을 내려다보며 도심을 휘감는 그 풍경에선 절로 감탄이 흘러나왔다.

비행을 마친 우리는 사무실로 돌아와 소감을 나눴다. 뒤늦게 알았지만, 고소공포증이 있는 재호는 다시는 못 탈 것 같다고 했고, 다른 친구는 시간이 너무 짧았다고 아쉬워했다. 그런데 조 대표님이 내게 말했다. "조금 약했어요. 두산 활공장에서 한 번 더 태워드릴게요." 친구들은 스카이워크로 향했고, 나는 다시 하늘을 택했다.

두산 활공장. 양방산보다 해발이 낮지만, 풍경은 또 달랐다. 포토라인이 설치된 이륙장, 그리고 귀엽게 서 있는 마스코트 바람이. 순항 비행으로 조용히 날고 싶었다. 곡예 대신 이 아름다운 순간을 영상에 담고 싶었기 때문이다. 고요한 하늘, 산과 강이 엮어내는 초록의 선율 위를 나는 동안, 나는 그저 말없이 바람 속에 몸을 맡겼다.

착륙 후 돌아온 저녁. 친구들도 스카이워크를 다녀왔다. 조 대표님은 언제든 다시 오라며 손을 흔들었다. 우리는 대구로 돌아와 식당에 들렀고, 술잔이 오가며 하루를 마무리했다. 어느새 친구들은 다음 여행지를 물으며 웃고 있었다.

하늘을 날며 얻은 건 단순한 체험이 아니었다. 잠시나마 땅을 떠남으로써, 다시 땅을 딛고 살아갈 용기를 얻었다. 그리고 마음 한 자락에, 푸른 단양의 하늘이 오래도록 남았다.

단양에서 패러글라이딩 체험 (2019년 8월 27일)

양방산(664m) 활공장에서 비행 남한강 위에서

봄은 왔고, 우리는 다시 걸었다

봄이 왔다. 그러나 마음속엔 여전히 겨울이었다. '코로나19'로 사람을 만나는 일조차 조심스러워진 시간 속에서, 우리는 서로의 안부를 화면 너머로만 묻고 지냈다. 계절은 앞서가는데 마음은 자꾸 뒤처지는 느낌이었다. 이대로는 안 되겠다는 생각이 들 무렵, 오래 함께해 온 친구들과 산에 오르기로 했다.

함께 길을 나선 이들은 퇴직 후 시간을 나누어 보내던 친구들이다. 예전 같았으면 별 의미 없이 웃고 떠들었을 이야기들도, 그날만큼은 서로 무사히 얼굴을 마주한 것만으로 충분했다. 말수는 줄었지만 침묵은 어색하지 않았고, 같은 속도로 걷는다는 사실만으로도 마음이 놓였다.

우리가 찾은 곳은 대구 남쪽 경계에 자리한 비슬산이었다. 대구광역시 달성군과 청도 일대에 걸쳐 있는 비슬산은 산림청이 선정한 100대 명산으로, 1986년 군립공원으로 지정된 곳이다. 북쪽의 팔공산과 함께 대구를 대표하는 산으로, 팔공산이 남성을 상징한다면 비슬산은 여성에 비유되곤 한다.

'비슬(琵瑟)'이라는 이름은 신선이 거문고를 타는 형상을 닮은 바위에서 유래했다고 전해진다. 그러나 더 오래된 이름은 '빛의 벌판'을 뜻하는 '비사벌'이었다. '빛'과 '벌'이 합쳐져 '빛벌'이 되고, 다시 '빛산'을 거쳐 한자 음차로 비슬산이 되었다. 이름 속에 이미 이 산의 온기와 아름다움이 담겨 있는 듯했다.

이날의 산행은 유가사에서 출발해 도성암을 지나 천왕봉(1,083m)에 오른 뒤, 마령재와 참꽃군락지를 거쳐 대견봉과 조화봉을 지나 대견사로 내려오는 약 8km 코스였다. 하산은 전기차를 이용해 휴양림 주차장으로 향했다.

출발지인 유가사는 신라 흥덕왕 2년인 827년에 창건된 유서 깊은 사찰이다. 임진왜란으로 소실된 뒤 여러 차례 중창되었고, 지금은 108기의 돌탑이 절을 감싸고 있다. 수도암과 도성암을 지나며 고즈넉한 기운에 몸을 맡기자, 마음속에 쌓여 있던 소음들이 하나둘 가라앉는 듯했다. 아직 찬 기운이 남아 산길 곳곳엔 고드름이 매달려 있었다.

비슬산은 참꽃으로도 유명해 해마다 4월 중순이면 참꽃 축제가 열린다. 그러나 그해 봄은 달랐다. 축제는 취소되었고, 꽃들은 이상기온 탓인지 제대로 피지도 못한 채 시들어 있었다. 기대했던 풍경을 만나지 못한 아쉬움은 있었지만, 대신 탁 트인 능선과 부드러운 억새 언덕이 봄의 존재를 충분히 전해주었다. 어쩌면 그해 봄은 화려함보다, 버텨낸 시간의 흔적을 보여주려 했는지도 모른다.

천왕봉 정상에는 억새만 바람에 흔들리고 있었고, 참꽃은 냉해를 입은 듯 고개를 숙이고 있었다. 그러나 마령재를 지나 조화봉으로 이어지는 능선에서는 시야가 활짝 열렸다. 바람과 햇살이 오랜만에 폐부 깊숙이 스며들었고, 그 순간만큼은 모두가 같은 생각을 하고 있는 듯했다. 살아 있다는 감각, 다시 걸을 수 있다는 안도감 같은 것들 말이다.

조화봉 인근의 강우레이더 관측소를 지나 빙하기 지형인 칼바위를 넘자 대견사가 모습을 드러냈다. 해발 1,007m에 자리한 대견사는 '크게 보고, 느끼고, 깨우친다'는 뜻을 지닌 고찰이다. 신라 때 창건되어 고려의 일연 스님이 22년간 머물렀던 곳으로도 알려져 있다. 일제강점기에 폐사되었다가 2014년 재건되어, 현재는 8대 적멸보궁 중 하나로 그 위용을 되찾았다.

절 입구에는 맑은 샘과 부처바위, 코끼리바위 같은 기암들이 자리하고, 낭떠러지 끝에는 삼층석탑이 서 있다. 드라마 《추노》와 《장영실》의 촬영지로 알려진 곳이기도 하다. 절 마루에 잠시 앉아 숨을 고르며 아래를 내려다보니, 말없이 흐르는 풍경이 오래 붙잡고 있던 마음을 풀어주는 듯했다.

산행을 마친 우리는 진기차에 몸을 싣고 천천히 하산했다. 굳이 다음을 기약하는 말은 하지 않았다. 다시 만날 수 있다는 사실만으로도 그날의 산행은 이미 충분했기 때문이다. 활짝 핀 꽃은 만나지 못했지만, 참꽃이 아닌 비슬산의 속살이 그 아쉬움을 대신해 주었다.

자연은 말이 없지만 많은 것을 일깨운다. 무심하게 봄이 오듯, 우리는 다시 일상으로 나아가야 했다. 그 길 위에 작은 용기와 조용한 치유가 함께 놓여 있었다.

2020년 4월 23일

젊은 날의 어느 산행

젊은 시절 나에게 산행의 매력을 처음 느끼게 해 준 산은 대 둔산이었다. 그 기억은 지금도 또렷하다. 시간을 거슬러 올라 가면 1981년 7월, 초여름의 어느 날이다. 군 입대를 앞두고 친구 둘과 함께 1박 2일 일정으로 속리산 산행을 떠났던 때 였다.

그 시절 우리의 이동수단이라야 기차와 버스, 그리고 두 다 리가 전부였다. 전날 밤 야간열차를 타고 대전에 도착한 우리 는 역전 광장에서 밤을 보내고, 새벽녘 서대전 버스터미널까 지 약 3km를 걸어갔다. 그곳에서 다시 속리산으로 가는 버스 를 타야 했다.

당시 등산객들은 텐트와 코펠, 식량까지 배낭에 가득 넣어 짊어지고 산에 올랐다. 산행 중에는 마땅히 해결할 방법이 없 었기에 필요한 모든 것을 등에 지고 다녀야 했다. 우리도 다 르지 않았다. 겁 없던 청춘이었던 우리는 밤낮을 가리지 않고 길을 나섰다.

속리산에 도착하자마자 법주사를 지나 쭉쭉 뻗은 소나무 숲 길을 따라 문장대(1,031m)까지 올랐다. 하산하던 길에 세 명의 아가씨들을 만났다. 자연스레 이야기를 나누며 산길을 함께 내려오던 우리는, 다음 코스로 계룡산에 들러 하룻밤을 보내고 다시 산행을 이어갈 계획이었다. 그런데 아가씨들은 대둔산으로 간다며 함께 가자고 권했다. 잠시 망설였지만 결국 우리는 계획을 바꾸어 그들과 함께 대둔산으로 향하게 되었다.

속리산 터미널에서 대둔산으로 가는 합승버스를 탔다. 겨우 자리를 잡고 앉았지만 버스는 이미 만원이었고 길도 험했다. 금산 쪽으로 접어들자 도로는 비포장이었고, 버스는 덜컹거리며 달렸다. 몸은 피곤했지만 마음은 묘한 설렘으로 가득했다.

저녁 무렵이 되어서야 대둔산에 도착했다. 산 아래 야영장은 이미 많은 등산객들로 붐볐다. 우리는 한쪽에 자리를 잡고 텐트를 쳤다. 아가씨들은 민박을 하기로 했지만 저녁 무렵 캠프에 들러 함께 식사를 했다. 주변 등산객들과 음식을 나누며 이야기를 나누다 보니, 어느새 그곳은 낯선 사람들끼리도 스스럼없이 어울리는 작은 공동체가 되어 있었다.

어둠이 내려앉자 야영장 중앙에는 누군가 마련한 캠프파이어가 활활 타올랐다. 모닥불을 중심으로 사람들이 둘러앉아 노래를 부르고 웃음을 나누었다. 산속의 밤공기 속에서 모닥불은 더욱 따뜻하게 타올랐다. 그렇게 황홀한 시간이 지나고 아가씨들은 민박집으로 돌아갔고, 우리는 텐트 속에 몸을 눕혔다.

그러나 새벽 네 시쯤, 갑작스러운 비바람이 몰아쳤다. "후드득… 쏴아~." 거센 빗소리와 함께 텐트가 무너져 내렸다. 우리는 비를 그대로 맞은 채 허둥지둥 짐을 챙겨 근처 가게로 달려갔다. 그곳에는 이미 우리처럼 비를 피해 들어온 사람들이 모여 있었다. 다행히 가게 주인의 인심이 후해 우리를 반갑게 맞아 주었다. 우리는 의자에 앉아 비가 그치기를 기다리며 긴 새벽을 보냈다.

이른 아침, 텅 빈 야영장을 둘러보던 아가씨들이 우리를 찾다가 가게에서 마주쳤다. 서로 무척 반가워하며 인사를 나누었다. 간단히 아침을 해결한 뒤 우리는 다시 배낭을 메고 대둔산 산길로 들어섰다.

그 시절의 대둔산은 지금과 많이 달랐다. 금강구름다리는 나무와 밧줄로 만들어져 있어 그 위를 건너기만 해도 좌우로 크게 흔들렸다. 간밤의 비로 산허리에는 구름이 흘러 다니고 있었고, 마치 무협지 속 외나무다리를 건너는 듯 아찔한 기분이 들었다. 젊은 날의 체력과 호기심으로 우리는 짧은 시간 동안 산 곳곳을 누비며 걸었다.

세월이 흐르면서 대둔산의 모습도 많이 달라졌다. 나무로 만들어졌던 구름다리는 철재로 바뀌었고, 비포장이던 길은 반듯하게 포장되었다. 야영장이 있던 자리에는 공용주차장이 들어섰다. 얼마 전 다시 찾은 대둔산의 산길은 예전과 많이 달라졌지만 여전히 아름다웠다. 산길을 걸으며 나는 오래전 그 여름을 떠올렸다.

그때 그날 산행을 마친 뒤 우리는 대전역에서 열차를 기다리며 아가씨들과 작별 인사를 나누었다. 서로 갈 길은 달랐지만, 연락처가 적힌 작은 쪽지를 주고받으며 아쉬움을 달랬다. 그렇게 우리는 각자의 길로 돌아섰다. 여기까지는 순수했던 젊은 날의 이야기다. 이후의 일들은 이제 독자의 상상에 맡겨 두고 싶다.

2020년 6월 1일

잃어버린 카이로스의 시간, '코로나19'

2019년 겨울은 유난히 따뜻했다. 그러나 2020년 겨울은 한파에 더해 '코로나19'라는 냉랭한 그림자가 세상을 덮었다. 기억 속 2020년 1월 18일, 나는 동호인들과 함께 평창올림픽플라자 일원에서 열린 '2020 윈터런 평창 5km 마라톤 대회'에 참가했다. 700m 고지의 눈꽃 축제장, 파란 하늘과 둥실 떠 있는 흰 구름 아래, 햇살이 반사된 눈 더미 속에서 우리는 잠시 동심으로 돌아갔다.

그날, 나는 더 멋진 한 해를 기대했다. 계획했던 여러 일들이 차곡차곡 이루어질 듯 보였다. 그러나 1월 하순, 중국에서 불어온 낯선 바람은 불길한 예감이 되었고, 곧 우리 삶은 '코로나19'라는 이름 아래 속박되기 시작했다. 이동의 자유, 일상의 자유, 사랑하는 이를 만날 자유, 여행과 예술, 스포츠 등 삶의 취미가 차례로 박탈되었다. 그것은 우리에게 카이로스, 즉 삶의 결정적 순간과 기회의 시간을 앗아간 절실한 상실의 시간이었다.

2020년 2월 18일, 대구에서 슈퍼전파자가 발생했고, 신천지교회를 중심으로 집단 감염이 번지며 도시는 멈춰섰다. 서로가 멀어졌고, 찾아가지도 찾아오지도 않는 삭막한 풍경만이 도시를 지배했다. 3월과 4월, 강도 높은 사회적 거리두기 속에 시민들은 조용히 견뎌야 했다.

5월 6일, '생활 속 거리두기'로 일상을 조금씩 회복했으나, 이태원 클럽발 감염이 수도권을 중심으로 확산되며 긴장감은 다시 높아졌다. 6월부터 8월까지 이어진 유난히 길고 습한 장마(52일)와 이어지는 폭염은 또 다른 고통이었다. 8월 14일 광화문 집회 이후, '코로나19'는 2차 확산의 불씨를 당기며 수도권에 어두운 그림자를 드리웠다.

가을이 오고, 겨울이 닥치자 바이러스는 더욱 기승을 부렸다. 미국과 유럽 전역에서 확진자가 폭발적으로 증가했고, 영국에서는 변이 바이러스까지 등장하며 상황은 한층 심각해졌다. 한국 역시 12월부터 3차 대유행이 시작되었고, 하루 1천 명을 넘는 확진자가 속출했다.

정부는 수도권에 2.5단계, 비수도권에는 2단계 방역조치를 시행했다. 그러나 확산세가 꺾이지 않자, 2021년 1월과 2월, 네 차례에 걸쳐 거리두기가 연장되었고 밤 9시 영업 제한과 5인 이상 사적 모임 금지를 유지했다.

그 사이, 자영업자와 소상공인들은 생계 위기에 내몰렸고, 곳곳에서 불만이 터져 나왔다. 그럼에도 우리는 자신뿐 아니라, 이웃과 사회 전체를 위해 방역수칙을 철저히 지켜야 했다. 다행히 2월 들어 확진자 수는 점차 줄어들었고, 2월 15일부터는 수도권 2단계, 비수도권 1.5단계로 완화되며 숨통이 트이기 시작했다. 그러나 불씨는 남아 있었다. 집단감염은 산발적으로 이어졌고, 변이 바이러스의 확산 가능성은 여전히 우리를 위협했다.

그 즈음, 세계는 백신 접종을 시작했다. 미국은 화이자와 모더나, 영국은 아스트라제네카, 중국은 시노팜, 러시아는 스푸트니크 V 백신을 승인하고 보급에 나섰다. 2020년 12월 8일, 영국의 90세 할머니가 세계 최초로 화이자 백신을 맞았고, 이어 미국 뉴욕의 간호사 샌드라 린지가 접종을 받으며 백신 시대의 서막이 올랐다. 우리는 집단면역이라는 목표를 향해, 조금씩 희망을 품었다.

지금, 나는 그 어느 때보다 절실히 깨닫는다. 아주 특별한 기쁨보다, 평범한 일상의 행복이 얼마나 소중한가를… '카이로스의 시간'을 잃어버린 2020년은 고통의 해였다. 누구도 예외일 수 없었던 그 시간 속에서 우리는 모두 인내해야 했다.

2021년에는, 비록 완전하지는 않더라도, 다시금 평범한 일상의 온기를 회복하는 해가 되기를 간절히 소망한다. 추운 겨울이 지나면 따뜻한 봄이 오는 법. 다가오는 계절엔, 좋은 생각과 건강한 삶이 우리 모두에게 기쁨과 행복을 안겨주기를 기도한다.

2021년 2월 15일

청산도에서의 봄날

　푸른 바다와 산, 구들장 논, 아름다운 자연과 전통문화가 어우러진 섬, 청산도. 이 섬은 2007년, 아시아 최초로 '슬로 시티'로 지정된 보석 같은 땅이다. 2천여 명이 살아가는 이곳에선 삶의 속도도, 풍경도 한결 느리다.

　밤사이 내리던 봄비는 이른 새벽에 잦아들었지만, 하늘은 아직 잿빛 구름으로 가득하다. 눈부신 햇살은 기대하기 어려운 날씨. 친구 상석이, 정구, 재호 모두 직장에 얽매인 몸이라 가장 좋은 시기를 택하기란 쉽지 않다. 나 역시 이제는 휴식이 필요한 나이지만, 아직은 일을 해야 할 시기다. 그런 탓에 어쩌다 누리는 자유로운 나날은 더욱 짜릿하게 다가온다. 오늘은 먼 길을 오르고 긴 하루를 걸을 예정이라, 밤잠을 설친 채 이른 새벽 섬 나들이에 나섰다.

　대구에서 광주대구고속도로를 타고 지리산 휴게소에서 아침을 먹었다. 버스에 몸을 싣고 잠시 눈을 붙이며 가는데, 광주에서 완도로 향하는 국도 위로는 안개비가 내렸다 그쳤다를 반복한다. 배가 뜰 수 있을까 걱정도 들었지만, 다행히 바람은 잔잔하고 낮부터는 비가 그친다는 예보에 마음을 놓는다. 완도에 도착하자, 흐렸던 하늘 틈 사이로 햇살이 얼굴을 비춘다.

여객선터미널은 평일임에도 청산도로 향하는 이들로 북적였다. 드디어 부두를 떠난 배는 해무에 휩싸인 크고 작은 섬들 사이를 천천히 가른다. 구름은 잔뜩 끼었지만, 흐렸다 밝아졌다를 반복하는 하늘이 오히려 풍경에 깊이를 더한다. 완도에서 청산도까지는 19km, 배로 약 50분 거리. 도착하자마자 항구 앞에서 대기 중이던 마을버스에 올랐다.

오늘의 여정은 청산도 슬로길 중에서도 낭길 코스를 따라 보적산에서 시작된다. 범바위와 권덕리를 지나 낭길과 구장리, 읍리를 지나 서편제 촬영지인 당리를 거쳐 도청항으로 돌아오는 길. 청계삼거리에서 내려 보적산으로 향한다. 해발 330m의 산은 높지 않지만, 오르는 길은 내내 경사다. 편백나무들이 둘러싼 숲길은 싱그럽고 청량하다. 오전 10시에서 12시, 나무들이 피톤치드를 가장 활발히 뿜는 시간. 숲속을 걷는 것만으로도 건강해지는 기분이다.

정상에 가까워질 무렵, 뒤돌아본 길 아래로 운무가 자욱하다. 산봉우리만이 얼굴을 내밀고, 그 사이로 햇살이 스며든다. 아마 맑은 날엔 볼 수 없는 풍경일 것이다. 비 갠 직후에 산을 오른 행운이 자연의 절경으로 보답해 준다.

정상에서 기념사진을 찍고 범바위로 향한다. 전설에 따르면, 호랑이가 이 바위에 대고 포효했는데, 울림이 너무 커 '더 큰 호랑이가 있다'고 착각해 도망쳤다고 한다. 자철석이 풍부해 옛날엔 나침반이 먹통이 되곤 했다던 이 바위는 '생기복덕(生氣福德)'이 모이는 곳이라, 기를 받으려는 이들의 발길이 끊이지 않는다.

말탄바위 아래로 내려서니, 해무가 남쪽 해안을 따라 춤추
듯 흐르고 붉은 벽바위가 이어진다. 한참을 내려가 해변 가까
이 이르자, 큰 소나무 아래 탁자 하나 놓인 쉼터가 눈에 들어
온다. 점심시간을 훌쩍 넘겨서야 간단한 식사를 마쳤다.

권덕리 마을회관을 지나며, 일부 일행은 차량으로 서편제 마
을로 향했지만, 우리는 걷기로 한다. 본격적인 낭길 코스에 접
어들자, 눈앞에 펼쳐진 풍경은 감탄을 자아낸다. 붉은색 절벽
아래로는 공룡알처럼 둥글고 커다란 몽돌이 촘촘히 깔려 있
다. 철분이 풍부한 암벽이 내뿜는 색감은 자연의 신비를 말없
이 증명한다.

구장리에 다다르자, 썰물이 빠진 해변에서 아낙네가 해산물
을 채취하고 있다. 한가로운 풍경이지만, 삶의 부지런한 손길
은 쉼이 없다. 읍리로 향하며 발걸음을 재촉한다. 길가에 펼
쳐진 청보리밭이 바람을 따라 넘실거린다. 어릴 적 보리밭과
밀밭이 가득했던 고향 들판이 문득 떠오른다. 농촌 봉사활동
으로 보리를 베고 모내기를 도왔던 학창 시절의 기억도 함께
따라온다.

마을 어귀, 수령 200년이 된 느티나무가 우뚝 서 있다. 보
호수로 지정된 그 나무 아래에서 한참을 쉬어 간다. 그리고 잠
시, 시간을 내려놓는다.

당리 서편제 마을로 향하는 표지판이 눈에 들어오고, 돌담길
사이 좁은 샛길을 지나 언덕을 오르니 노란 유채꽃이 사방을
채운다. 드라마 「봄의 왈츠」, 영화 「서편제」와 「여인의 향기」가

촬영된 이곳은, 꽃길 너머로 잔잔한 바다가 어우러진 풍경이 마치 한 편의 영화처럼 펼쳐진다. '여인의 향기' 촬영지 아래, 초분이 자리하고 그 너머로 서편 바다 위엔 전복 양식장이 광활하게 펼쳐져 있다.

사람이 드물어 한적한 평일 오후, 마음 놓고 사진을 찍고 숨을 고른다. 영화 「서편제」 속 가장 아름다운 장면으로 꼽히는 5분 30초의 테이크가 바로 이곳에서 촬영됐다. 송화가 음봉과 '진도아리랑'을 부르며 덩실덩실 춤을 추던 그 길. 그 길을 따라 걸으며 청산도의 느림과 서정이 마음에 가만히 스며든다.

많은 이들이 찾는 관광지는 어쩔 수 없이 사람의 손길이 닿지만, 그 속에서도 조용히 살아가는 이들의 삶이 섬을 아름답게 가꾼다. 청산도의 진짜 아름다움은 어쩌면 그 평온한 분주함에 있는지도 모른다.

10km에 달하는 길을 걸은 끝에 도청항으로 돌아왔다. 짧은 휴식, 그리고 청산도의 특산물인 전복과 해물을 안주 삼아 친구들과 소주 한 잔. 그렇게 봄날, 청산도에서의 하루가 작은 행복으로 마무리되었다.

2023년 4월 19일

달빛 머문 시골집, 화왕산에 오르다

도시의 시간은 빠르고 무겁다. 그 틈을 비집고 나와 시골의 숨결에 기대고 싶어질 때가 있다. 내 안의 자유로운 영혼이 가만히 속삭인다. "조금 쉬어도 괜찮아." 퇴직 후에도 저마다의 자리에서 바쁘게 살아가는 친구들, 우리는 그런 마음 하나로 다시 길을 나선다.

논밭으로 사방이 열린 시골집. 그곳엔 도심과는 다른, 오래된 공기의 결이 있다. 붉은 노을이 저녁 하늘에 수채화처럼 번지고, 초승달이 조용히 떠오르면 어둠이 들녘을 덮는다.

외등 아래 개구리 울음소리가 요란한 가운데, 우리는 한 잔 술에 밤늦도록 주거니 받거니 이야기를 나눈다. 마치 개구리와 합창을 하듯이, 그 조화가 정겹다. 밤이 깊고, 별이 내려앉는 고요한 시간을 지나 아침이 밝아온다.

뜰에 핀 양귀비와 장미, 수선화가 햇살을 머금고 환히 웃는다. 마치 우리를 기다리고 있었던 것처럼. 친구들과 둘러앉아 차 한잔 나누며 묻는다. "오늘은 어디로 갈까?" 작년에 함께 달렸던 우포늪 자전거길을 떠올리며, 우리는 이번엔 화왕산으로 향하기로 한다.

창녕의 자랑 화왕산. 낙동강과 밀양강 사이, 푸른 능선이 부드럽게 이어지는 그 산은 오래된 신화처럼 조용하고 단단하다. 동쪽의 토평천, 남쪽의 계성천은 능선을 감싸안으며 고요히 흐르고, 봄에는 진달래와 철쭉이, 가을이면 억새가 산의 품을 물들인다. 그 속에서 우리는 길을 찾는다.

평일 아침, 도성암까지 차를 몰고 들어가 산행의 첫걸음을 뗀다. 소나무 숲길은 이른 아침의 햇살을 흩뿌리며 우리를 반긴다. 발걸음 아래로 뽀드득 소리 나는 흙, 연리지처럼 얽힌 나무들, 그리고 삼자매소나무와 가족소나무가 눈길을 붙잡는다.

숲은 말이 없다. 그러나 우리는 안다. 나무가 뿜어내는 향기, 그것이 피톤치드라 불리는 자연의 숨결임을. 이 향이 폐 깊숙이 스며들면, 어쩐지 마음도 씻겨나가는 듯하다. 숲은 우리에게 말없이 위로를 건넨다.

정상에 닿기까지, 숨은 조금 가쁘고 발끝은 묵직하지만, 그보다 먼저 가슴이 벅차다. 해발 758m 그곳엔 푸른 능선과 암릉이 맞닿아 있고, 먼 곳 관룡산의 산그리메가 아득히 이어진다. 바위 위에 앉아 땀을 식힌다. 바람이 쉼 없이 흐르고, 자연은 한 치의 말도 없이 그 자리에 있다.

배바위에 오르니 절경이 펼쳐진다. 닭 볏처럼 솟은 비들재, 바위와 바람이 깎아 만든 형상들이 그곳에 서 있다. '벼슬'이란 말이 '비슬', '비들'로 변해온 그 이야기처럼, 자연도 말없이 시간을 품는다. 우리는 더 멀리 가고 싶었지만, 오늘의 계획대로 산성문을 향해 내려선다.

내리막 환장고개에는 '부부소나무'라 불리는 두 나무가 바위 위에 꼭 붙어 선 채로 서 있다. 부부가 손을 잡고 이 바위 앞에서 기도하면 사랑이 깊어진다고 한다. 오늘은 아내와 함께하지 못했지만, 손을 잡지 않아도 함께했던 날들이 나를 지탱해 주는 줄을, 나는 안다.

다시 도성암. 촘촘히 달린 연등 사이로 바람이 지나간다. 고요한 법당의 그늘 아래서 땀을 식이고, 한 모금 물을 마신다. 산을 다 내려왔다는 안도감보다, 산을 올랐다는 충만감이 더 크게 남는다.

산 아래 장날이 열린 창녕시장에 들러 메밀냉면 한 그릇으로 속을 달래고, 길거리 도넛으로 입가에 미소를 묻힌다. 다시 촌집으로 돌아와선 라면을 끓이고, 사소한 과자 하나에도 웃음이 번진다.

친구의 촌집(상석)은 내 집처럼 편안했고, 친구들과의 이 하루는 쉼 그 자체였다. 바람, 숲, 사람, 그리고 나 자신과 깊이 마주했던 하루. 그 시간은 긴 여운이 되어, 삶의 한 페이지에 고요히 스며들었다. 다시 살아갈 힘을 주는, 그런 하루였다.

2024년 5월 13일

백령도, 바다의 끝에서

입영통지서를 받은 것은 예정보다 두 해나 늦은, 어느 가을 날이었다. 뜻밖에도 해군이었다. 육군이 아니라니 고개가 갸웃거려졌다. 지금도 그렇지만, 공군이나 해군, 해병대는 지원 없이는 갈 수 없는 곳이다. 그런데도 해군이라니. 쉽게 납득되지 않았다. 1981년 11월 5일. 초겨울의 찬 기운이 스며들던 진해 해군 신병교육단 검문소에 발을 들이는 순간, 나는 직감했다. 무언가 잘못 돌아가고 있다는 것을. 검문소 너머로 펼쳐신 풍경은 차가웠고, 그 안의 공기는 이미 곤이 있었디. 말없이 각을 세운 긴장, 그 자체였다.

"귀신 잡는 해병." "한번 해병은 영원한 해병." 자부심으로 뭉쳐진 군대, 해병대. 그러나 내가 입대하던 시기의 해병대는 이미 과거의 해병대가 아니었다. 1979년 10월 26일, 박정희 대통령 서거 이후 해병대는 독립 병과의 위상을 잃고 해군 산하로 편입되었다. 전통과 자부심은 서서히 빛을 잃었고, 고생만 심하다는 인식 속에 지원자는 급감했다. 결국 병력 부족을 메우기 위해 서울과 제주, 대구·경북 지역에서 강제 징집이 이루어졌다. 나 역시 그렇게, 선택이 아닌 운명처럼 해병이 되었다.

당시 대구·경북에서 징집된 인원은 약 300명. 입소와 동시에 우리는 민간인의 흔적을 지우듯 군복으로 갈아입었다. 몸에 지니고 있던 모든 개인 물품은 봉인되어 고향으로 되돌아갔다. 그 순간부터였다. 한 사람의 몸과 정신을 해체한 뒤, 전혀 다른 존재로 다시 조립하는 시간이 시작된 것은. 춥고 배고픈 것이야 타향살이의 숙명이라 해도, 이곳은 그 말로는 설명되지 않는 세계였다.

입대 전의 나는 심한 편식가였다. 소고기 외에는 거의 먹지 못했고, 돼지고기나 비린내 나는 생선은 입에도 대지 않았다. 그러나 훈련소에서 그런 취향은 사치에 불과했다. 어느새 나는 한밤중에 몰래 음식물 쓰레기통을 뒤지며 허기를 달래고 있었다. 음식의 기준이 무너졌고, 자존심도 함께 무너졌다. 조용하고 내성적이던 성격 역시 달라졌다. 살아남기 위해서는 밀어붙이고, 소리치고, 먼저 날을 세워야 했다.

훈련소의 하루는 기합과 배고픔, 수면 부족이 끊임없이 이어지는 시간이었다. 식사 시간에는 숟가락을 들기도 전에 "식사 끝!"이라는 고함이 터졌다. 자정이 넘어도 총기 손질과 암기 과제는 끝나지 않았다. 간식처럼 던져지듯 주어진 빵 두 개로 허기를 눌러야 했고, 그마저도 잠깐의 위안일 뿐이었다.

팬티 바람으로 연병장에 집합해 맨땅을 구르고, 호수로 뿌리는 얼음 같은 물을 뒤집어쓰고, 겨울 바닷바람을 정면으로 맞으며 구보를 했다. 한밤중, 군화만 신은 채 맨몸으로 바닷가를 달리던 기억은 지금도 꿈속에서 나를 붙잡는다. 그때의 바다는, 끝없이 검고 차가웠다. 막힌 변기를 숟가락으로 퍼내게 하거나, 옷을 입은 채 똥통에 들어가 바닷물로 몸을 씻게 하는 체벌도 있었다. 지금이라면 상상조차 어려운 일들이었지만, 그때는 '강한 해병'을 만들기 위한 훈련이라는 이름으로 당연시되었다. 누구도 질문하지 않았고, 질문할 수 없었다.

진해에서의 6주간 기초훈련을 마친 뒤, 포항에서 다시 4주간의 보충훈련이 이어졌다. 모든 과정을 끝내고 마침내 부대 배속지가 발표되던 날, 이름만으로도 숨이 막히는 섬이 호명되었다. 그 이름 백령도. 훈련소에서 만났던 PX 근무 선임 해병은 말했다. "거기 가서 안 죽고 살아오면 다행이다."

수료 후 2박 3일의 특별휴가를 마치고 복귀했다. 포항에서 군용 열차와 트럭을 갈아타 인천 해역사에 도착해 하룻밤을 보낸 뒤, 새벽 연안부두에서 연락선에 몸을 실었다. 아침 7시, 뱃고동과 함께 출항한 배는 거친 파도를 헤치며 12시간을 달렸다. 저녁 7시가 되어서야 백령도 사곶항이 모습을 드러냈다.

백령도는 인천에서 192km, 평양에서는 143km 떨어진 섬이었다. 남북으로 7.5km, 동서로 12km에 불과한 작은 섬이었지만, 전략적 중요성 때문에 예하부대만도 열두 곳에 달했다. 그날 함께 도착한 동기 50명은 다음 날 아침, 모두 서로 다른 방향으로 흩어졌다.

나는 여단본부 대기 내무실에 머물다 인사참모실 고참의 눈에 띄어 62대대 예비대로 배속되었다. "일병까지만 잘 버텨라"는 말이 따라붙었다. 그곳에는 뜻밖에도 고등학교 동기생이 고참 병장으로 있었다. 처음에는 서로 모른 체했지만, 오래 숨길 수는 없었다. 그 사실이 드러난 뒤부터 나에게 주어진 시간은 더욱 가혹해졌다. 새벽마다 양말을 빨아 침대 속에 넣어두어야 했고, 식사 때마다 짬밥을 따로 챙기는 심부름이 이어졌다. 밤마다 초소에서는 이유 없는 구타가 반복되었다. 묻지 않고, 설명하지 않고, 그저 견뎌야 했다. 그것이 졸병의 몫이었다.

그러던 어느 날, 나는 여단본부 인사참모실로 옮겨졌다. 입대 전 은행 근무 경력이 평가된 덕분이었다. 이후 나는 행정병으로서 사무실과 내무실을 오가며 또 다른 방식의 군기를 배워야 했다. 병력 일보와 방위병 관리, 위문품 배분까지 맡으며 예하부대 병사들과의 교류도 잦아졌다. 백령도에는 약 100명의 방위병이 있었고, 그들의 소집과 해제 업무를 맡으며 자연스럽게 지역 주민들과도 가까워졌다. 명절 무렵이면 육지에서 보내온 위문품이 산처럼 쌓였고, 병력 일보를 담당하던 나는 그 흐름의 중심에 서 있었다. 눈에 보이지 않는 영향력이 생기고 있었다.

주일이면 부대 밖 민간 교회로 향했다. 성가대 활동을 하며 교회 식구들과 두무진 같은 곳을 찾기도 했다. 일반 병사로서는 쉽게 갈 수 없는 장소였다. 그렇게 나의 군 생활은, 누군가에게는 혹독했을 시간이었을지 모르나, 내게는 결코 단순하지 않은 기억으로 남았다.

북한 황해도 장산곶은 백령도 북서쪽 끝 두무진에서 불과 14km 남짓 떨어져 있었다. 그 사이에는 마합도와 기린도가 놓여 있었고, 우리 측에는 대청도와 소청도가 자리하고 있었다.

심청이가 몸을 던졌다는 인당수의 푸른 물결이 이 일대를 감싸고, 장산곶과 백령도 해변에는 선녀의 넋이 해당화가 되었다는 전설이 전해진다. 두무진의 기암과 몽돌해변, 용과 학이 싸워 이름 붙여졌다는 섬, 그리고 한때 단단한 모랫바닥을 활주로 삼아 뜨고 내리던 천연 사곶비행장이 남아 있던 곳, 백령도는 그렇게 이야기와 현실이 겹친 공간이었다.

지금은 그 시절 함께했던 상사나 선임 해병들이 어디서 어떻게 살고 있는지 알지 못한다. 다만 내가 직접 후임으로 선발했던 두 명의 해병, 대구와 부산 출신의 그들은 각자의 삶을 잘 살아가고 있다. 가끔 잊을 만하면 연락을 주고받으며, 그 시절을 조심스럽게 꺼내 놓는다.

그때의 나는 완전히 다른 사람이었다. 고통 속에서 버텼고, 변했고, 다시 일어섰다. 그리고 그 시간은 내 삶에 지워지지 않는 흔적 하나를 남겼다.

옛 기억을 더듬으며 오늘의 군 조직 문화를 바라보다 보면, 자연스레 그 시절의 군을 떠올리게 된다. 공교롭게도 전역 후 각자의 삶에 묻혀 지내던 해병 439기 동기늘이, 농기회상을 맡고 있는 석세득 동기의 초청으로 다시 한자리에 모였다. 약 80명의 이름이 단체방에 떠 있었다.

근무지는 달랐고, 사연은 제각각이었을 것이다. 이 짧은 기록을 통해 다시 한번 마음속으로 되뇌어 본다. "한번 해병은 영원한 해병." 모든 동기들의 건강과 평안을 기원하며.

해병 439기(입대 1981.11.05. ~ 전역 1984.05.04.)
2025년 11월 30일

길 위의 인생

길 위의 인생

한영택 수필집

2026년 4월 30일 초판 1쇄
2026년 5월 4일 발행
지 은 이 : 한영택
펴 낸 이 : 김락호
디자인 편집 : 이은희
기 획 : 시사랑음악사랑
연 락 처 : 1899-1341
홈페이지 주소 : www.poemmusic.net
E-Mail : poemarts@hanmail.net

정가 : 16,000원
ISBN : 979-11-6284-645-2